Jean Jacques Laurent
Elsässer Intrigen

PIPER

Jean Jacques Laurent

ELSÄSSER INTRIGEN

Ein Fall für Major Jules Gabin

PIPER

Mehr über unsere Autoren und Bücher:
www.piper.de

Wenn Ihnen dieser Krimi gefallen hat, schreiben Sie uns unter Nennung des Titels »Elsässer Intrigen« an *empfehlungen@piper.de*, und wir empfehlen Ihnen gerne vergleichbare Bücher.

Von Jean Jacques Laurent liegen im Piper Verlag vor:
Band 1: Elsässer Erbschaften
Band 2: Elsässer Sünden
Band 3: Elsässer Versuchungen
Band 4: Elsässer Verfehlungen
Band 5: Elsässer Intrigen

FSC
www.fsc.org
MIX
Papier aus verantwortungsvollen Quellen
FSC® C083411

Originalausgabe
ISBN 978-3-492-24100-7
März 2020

Redaktion: Uta Rupprecht
Umschlaggestaltung: FAVORITBUERO, München
Umschlagabbildung: Bilder unter Lizenzierung von Shutterstock.com genutzt
Satz: Uhl + Massopust, Aalen
Gesetzt aus der Garamond
Druck und Bindung: CPI books GmbH, Leck
Printed in the EU

EINS

Was wusste er schon von Colmar, außer dass es der Geburtsort von Frédéric-Auguste Bartholdi war, des Schöpfers der New Yorker Freiheitsstatue?

In den zwei Jahren, die Jules Gabin nun im Elsass lebte, hatte er die drittgrößte Stadt der Region immer mal wieder besucht. Ab und zu dienstlich, meistens jedoch privat, wenn er sich mit Joanna Laffargue traf, deren erster Wohnsitz die Stadt nach wie vor war.

Colmar also. Eine Stadt voll buntem Fachwerk, überbordendem Nippes und dem wohl besten Flammkuchen weit und breit. Im Sommer ächzte die Kleinstadt unter dem Andrang Hunderttausender Touristen aus aller Welt, während es im Winter meist beschaulich und gemütlich zuging.

Kriminalität? Bis auf Handtaschenraub und Zechprellerei weitgehend Fehlanzeige. Daher würde sich Jules nicht großartig umstellen müssen, wenn er das kleine Winzerdorf Rebenheim verließ und seinen neuen Job in Colmar antrat. Ihn erwartete wohl kaum mehr Arbeit, dafür aber etwas mehr Gehalt und die Aussicht auf baldige Beförderung. Und auf die hatte er es abgesehen, denn mit Mitte dreißig musste man zusehen, dass man vorankam. Schließlich wollte er nicht ewig im Dienstrang eines Majors hängen bleiben. Die neue Stelle bot ihm Chancen, und die wollte er wahrnehmen.

Trotzdem fühlte sich Jules, als er vor dem Gebäude in der Rue de la Cavalerie stand, das die Gendarmerie nationale beherbergte, nicht ganz wohl in seiner Haut. Umgeben von mehrstöckigen Wohnhäusern und von Zäunen und Mauern geschützt, ähnelte dieser Gebäudekomplex so gar nicht dem fast mittelalterlich anmutenden *Corps de Garde*, seinem bisherigen Dienstsitz in Rebenheim. Alles wirkte hoch gesichert und effizient, ein Funkturm überragte die Anlage wie ein mahnend aufgestellter Zeigefinger. Nein, so erkannte Jules schon von außen, in dem kameraüberwachten Areal wehte bestimmt ein anderer Wind, als er es gewohnt war.

Während Jules sich einem blau lackierten Pförtnerhäuschen mit Gegensprechanlage näherte, dachte er mit einer gewissen Wehmut an seine alte Wirkungsstätte zurück. Mit einem Mal standen ihm die Gesichter seines früheren Teams vor Augen: das seines linkischen Adjutanten Alain Lautner, das des trägen, dicklichen Gendarms Kieffer und das freundliche, gutmütige Antlitz seiner Assistentin Charlotte. Hier in Colmar bekam er es mit einem weitaus größeren Kollegenkreis zu tun – und die überlangen Mittagspausen mit hausgemachten Spezialitäten von Alain Lautners Mutter gehörten ebenfalls der Vergangenheit an. Vielleicht sogar für Lautner selbst, denn nach Jules' Weggang hatte der einstige Adjutant die Leitung der Station übernommen. Er würde sich künftig an die Regeln halten müssen, immerhin sollte er jetzt ja Vorbild sein.

Jules seufzte bei diesen Erinnerungen. Dann straffte er die Schultern, ging die letzten Schritte bis zur Pforte und drückte auf die Klingel. Das im Torpfosten eingebaute Kameraauge leuchtete rot auf, kurz darauf ertönte eine blecherne Stimme: »*Bonjour*, was wünschen Sie?«

Jules nannte seinen Namen und hielt den Dienstausweis vor die Linse, woraufhin der Türöffner summte.

Fünf Minuten später stand Jules mitten in seinem neuen Leben: ein Großraumbüro mit acht Schreibtischen, dahinter eine durch eine Glaswand abgetrennte Besprechungsecke mit einem Kaffeeautomaten. Eine weitere gläserne Barriere schirmte den Raum des Chefs, Capitaine Raymond Debré, ab. Wäre da nicht die große, unübersehbare Trikolore an der Wand des Büros gewesen, so hätte Jules sich in eine US-amerikanische Polizeiserie versetzt gefühlt. Auch die geschäftige Betriebsamkeit, die in diesem Büro herrschte, hätte dazu gepasst.

Jules schaute sich um und erhaschte erste Eindrücke von den neuen Kollegen: etwa gleich viele Frauen wie Männer, die meisten von ihnen noch recht jung.

Sein neuer Boss begrüßte ihn mit kräftigem Händedruck. Debré war dreiundvierzig, das wusste Jules aus seinen Akten, und er war etwas größer als Jules, mit markantem Gesicht und sonnengebräuntem Teint, das dunkle Haar kurz geschnitten.

»Willkommen an Bord!« Die Stimme des Capitaine passte zu seiner Person, fand Jules: kräftig, kernig, entschlossen.

Hatte Jules damit gerechnet, für ein erstes Gespräch ins Zimmer des Vorgesetzten gebeten zu werden, so sah er sich getäuscht. Debré fasste ihn in der Armbeuge und dirigierte ihn aus dem Großraumbüro zurück ins Treppenhaus. Zwei weitere Gendarmen zogen sich ihre Uniformjacken über und schlossen sich ihnen an.

»Wir müssen zu einem Tatort«, erklärte Debré im Gehen. »Sind Sie dabei?«

Jules trug zwar ebenfalls Uniform und war seit dem heutigen Morgen offiziell der Gendarmerie nationale in Colmar zugeteilt, aber er fühlte sich innerlich noch nicht bereit für einen Einsatz.

Dennoch nickte er bestätigend und erkundigte sich beiläufig: »Was ist denn passiert?«

»Ein Mord«, antwortete Debré in einem Ton, als wäre das nichts Besonderes.

Jules stieß einen Pfiff aus. Mord – das fing ja gut an. Von wegen bloß Taschendiebe und Betrüger…

Sie liefen über einen Hof, auf dem rund um einen Masten mit der französischen Flagge mehrere weiß-blaue Einsatzwagen parkten. Jules zählte sieben, dazu noch einige Zivilfahrzeuge. Ein weiterer deutlicher Unterschied zu den gewohnten Rebenheimer Verhältnissen, wo gerade mal zwei Autos zur Verfügung standen, von denen eines meistens in der Werkstatt stand.

Capitaine Debré klemmte sich hinter das Steuer eines Citroëns, Jules setzte sich auf den Beifahrersitz. Dicht gefolgt von einem weiteren Polizeiwagen passierten sie mit heulender Sirene die Ausfahrt, noch ehe sich das stählerne Rolltor vollständig geöffnet hatte.

»Möchten Sie gebrieft werden?«, fragte Debré über das Dröhnen des Motors und das Heulen der Sirene hinweg und warf Jules einen raschen Blick zu. Währenddessen trieb er den Wagen mit rasantem Tempo in Richtung Innenstadt.

Jules' rechte Hand tastete nach dem Haltegriff. »Ja, gern.«

»Eine Tote in einem Hotelzimmer. Der Notarzt konnte die Todesursache nicht eindeutig feststellen, deshalb kommen wir ins Spiel.«

»Was veranlasst Sie, von einem Mord auszugehen?«, erkundigte sich Jules.

Debré schnalzte mit der Zunge. »Bei dem Opfer handelt es sich offenbar um eine Prostituierte, weshalb der Arzt zunächst auf eine Überdosis getippt hat. Käuflicher Sex hängt oft mit Drogen zusammen. Aber Fehlanzeige.«

»Sie tippen auf einen gewalttätigen Freier?«

»Das liegt doch nahe, oder?«

Der Citroën schoss ungebremst über Zebrastreifen und missachtete Vorfahrtsschilder. Dabei veränderte sich das Stadtbild: Hatten sich zunächst moderne Wohnblocks aneinandergereiht, tauchten nun mehr und mehr Altbauten auf. Die ersten mit Fassaden aus rotgelbem Sandstein, dann folgte Fachwerk.

»Mit toten Nutten hatten Sie in Ihrem Winzerörtchen vermutlich nicht oft zu tun«, merkte Debré an.

»Nein, dafür aber mit einem mörderischen Weinbauer, einem Feuerteufel und einem toten deutschen Touristen«, zählte Jules die spektakulärsten Fälle der jüngsten Vergangenheit auf. »Langweilig war es bei uns auch nicht. Aber ich gebe zu: Das waren Ausnahmefälle.«

Debré quittierte das mit einem weiteren Schnalzen, offenbar sein Markenzeichen.

»Erzählen Sie mir mehr, Jules. Ich darf Sie doch beim Vornamen nennen? So halten wir das bei uns.«

»Aber ja, Capitaine«, willigte Jules ein. »Was möchten Sie wissen?«

Debré zwang das Auto in eine enge Kurve. Sie waren jetzt mitten drin im Gewirr der engen Altstadtgässchen. »Ihr Akzent klingt nach Westküste, ich tippe auf Bordeaux. Ist das Ihre eigentliche Heimat?«

Aus dieser Frage schloss Jules, dass sein neuer Chef sich nicht sehr ausgiebig mit seiner Personalakte befasst hatte. »Korrekt. Vor meiner Zeit in Rebenheim war ich in Royan an der Atlantikküste stationiert.«

»Vom Atlantik ins Elsass? Eine ungewöhnliche Wahl«, fand Debré und ließ die Sirene weiterhin heulen, während sie durch die schmalen Gassen schossen. Einige Touristen brachten sich in Sicherheit, indem sie sich an eine Hauswand drückten.

»Ich erhielt die Chance, eine eigene Station zu leiten«, begründete Jules und unterschlug einen gewichtigen Grund für seinen Umzug: die Flucht aus der zu eng gewordenen Beziehung mit seiner Exverlobten Lilou.

»Und nun schon wieder eine Versetzung auf eigenen Antrag«, konstatierte Debré. »Sie bekommen bei uns zwar etwas mehr Lohn, dafür aber waren Sie in Rebenheim Ihr eigener Herr. Weshalb geben Sie das auf? Weil es Ihnen in dem winzigen Provinznest zu langweilig wurde? Das kann kaum der ganze Grund sein.«

»Ich erhoffe mir durch den Wechsel nach Colmar, dass ich viel von Ihnen lernen kann«, lautete Jules' diplomatische Antwort.

Debré sagte lachend: »Sie möchten sich bei uns wohl die Sporen für den nächsten Karriereschritt verdienen, was? Sie wollen es ebenfalls zum Capitaine bringen. Solange Sie nicht an meinem eigenen Stuhl sägen, können Sie auf meine Unterstützung zählen.«

Jules wusste allerdings nicht, ob sein Chef sich wirklich amüsierte oder die Heiterkeit bloß vortäuschte. Denn wer wollte schon einen möglichen Konkurrenten in den eigenen Reihen haben?

ZWEI

Unterwegs war Jules der eigenartige Baustil der Altstadthäuser aufgefallen. Sie wurden von einem gemauerten Erdgeschoss ausgehend nach oben hin immer ausladender. Daraus schloss er, dass die Grundstücke in Colmar schon zu den Entstehungszeiten dieser Gebäude begehrt und teuer gewesen sein mussten, so behalf man sich mit Erkern und Überhängen, um mehr Wohnfläche auf beschränktem Raum zu schaffen.

Sie erreichten das Gerberviertel, wo diese Bauweise zur Perfektion getrieben worden war: So hoch aufragende Fachwerkhäuser hatte Jules bislang noch nie zu Gesicht bekommen. Auch das *Hôtel d'Alsace*, in dem die Tote aufgefunden worden war, reihte sich da ein: eine fünfstöckige Fachwerkperle, deren Fassade mit einer Vielzahl Blumenkästen und einem ausladenden Schild aus gedengeltem Blech verziert war. Die Flächen zwischen den Holzbalken waren in weichen Pastelltönen himmelblau und zartrosa gestrichen. Nach Jules' Ansicht ging das nur haarscharf an Kitsch vorbei. Aber einer Art von Kitsch, mit der man sich durchaus anfreunden konnte.

Den Polizeiwagen stellten sie direkt gegenüber dem Hotel im absoluten Halteverbot ab. »Kommen Sie, Jules!«, rief Debré und stieg aus.

Im Foyer, das nur wenig von der eleganten Weitläufigkeit moderner Gebäude hatte und von dunklen Tönen dominiert wurde, erwartete sie bereits die Vorhut: Zwei Uniformierte der Police municipale hatten sich links und rechts des Empfangs postiert, sehr zum Leidwesen des Portiers, der mit unglücklicher Miene vor dem Schlüsselbrett stand.

»*Bonjour, messieurs*«, begrüßte sie der gedrungene Mann in der steifen Jacke mit goldfarbenen Knöpfen. Im gleichen Atemzug fügte er hinzu: »Muss das wirklich sein?«

»Was?«, entgegnete Debré barsch. »Die Polizeipräsenz? Befürchten Sie, dass wir Ihre Gäste verschrecken?« Er baute sich vor dem Empfangstresen auf. »Mein lieber Herr, wir haben es sehr wahrscheinlich mit einem Kapitalverbrechen zu tun. Rücksichtnahme auf den Hotelbetrieb können wir uns da nicht leisten.«

Da Debrés Worte keinerlei Widerspruch duldeten, schluckte der Portier nur und sagte matt: »Zimmer 303. Sie können es nicht verfehlen, denn davor steht noch ein Gendarm.«

Debré tippte sich an den Schirm der Kappe. »*Merci*«, sagte er ein wenig freundlicher, um gleich darauf klarzumachen: »Sie halten sich zu unserer Verfügung. Und geben Sie Ihrem Boss Bescheid. Wir wollen ihn sprechen, sobald wir zurück sind.«

Statt sich in einen schmalen Aufzug zu quetschen, bei dessen nachträglichem Einbau die Konstrukteure bei den engen Verhältnissen wahre Wunder vollbracht hatten, nahmen sie das ebenfalls beengt wirkende Treppenhaus. Ein Eindruck, den die vielen Ölgemälde mit Heimatmotiven an den Wänden nicht gerade minderten. Auf den holzbraunen Dielen war ein burgunderroter Teppich ausgerollt.

Wie angekündigt stand neben der Zimmertür ein Wachposten. Er salutierte, als er die beiden ranghöheren Polizisten auf sich zukommen sah. Ganz alte Schule, dachte Jules, der sehr wohl wusste, dass die Gendarmerie militärisch straff organisiert war. In Rebenheim hatte er die Disziplin allerdings ziemlich schleifen lassen.

Das Zimmer selbst entsprach Jules' Erwartungen. Antik anmutende Möbel, schwere Vorhänge und ein dicker, weicher Teppich, all das in den satten Farben bürgerlicher Behaglichkeit. Jules wandte seine Aufmerksamkeit umgehend dem Opfer zu, das halb bedeckt vom Laken rücklings auf dem Bett lag. Eine junge Frau, brünettes Haar, die dunklen Augen starr zur Decke gerichtet.

»Nun, was meinen Sie, Jules?«, fragte Capitaine Debré, nachdem sie jeder für sich die Tote gemustert hatten.

»Sie ist ...«, setzte Jules an.

»... nackt«, vollendete Debré den Satz. »Ja, wie Gott sie schuf. Eine Augenweide. Wirklich schade um sie. Aber sehen Sie irgendwelche Anzeichen von Gewalteinwirkung?« Debré holte einen Kugelschreiber aus der Jackentasche und hob damit behutsam die Bettdecke an. »Nein, nichts. Auch der Unterleib wirkt unversehrt. Ganz, wie es der Notarzt angegeben hat.« Als Nächstes inspizierte er die Armbeugen. »Keine Anzeichen von Einstichen. Unser Opfer hing also nicht an der Nadel, womit wir eine Überdosis wohl ausschließen können. Was bleibt sonst an nicht sichtbaren Todesursachen, außer Pillen oder einem Aneurysma?«

Jules, dem eine leichte Blaufärbung der Lippen nicht entgangen war, deutete auf ein Kissen, das neben dem Kopf der Toten lag. »Ersticken«, sagte er.

Debré nickte. »Ganz meine Meinung. Auch die etwas gedunsenen Wangen sprechen dafür. Wir müssen zwar die Autopsie abwarten, um ganz sicher zu sein, doch bis dahin bleiben wir sicher nicht untätig.« Mit diesen Worten zog er sich ein Paar Latexhandschuhe über und machte sich an der Garderobe der Toten zu schaffen, die über der Lehne eines verschnörkelten Stuhls hing. Aus dem strassbesetzten Handtäschchen zog er einen Ausweis und klappte ihn auf. »Natascha Smirnowa heißt unsere erkaltete Schönheit«, las er vor. »Eine Weißrussin mit Touristenvisum. Eine Urlauberin? Wohl kaum. Die ist zum Arbeiten gekommen. Wollen wir wetten, mit was sie sich ihr Geld verdient hat?«

»Ich denke, das können wir uns sparen.« Jules sah ihre ersten Vermutungen allein schon durch die Zusammenstellung der abgelegten Garderobe bestätigt: superkurzer Minirock, transparente Bluse, Stilettos. Zwar hatte er etwas gegen Vorurteile, in diesem Fall allerdings würde sein Kollege wohl recht behalten.

Debré steckte den Pass in ein Plastiktütchen und schaute sich in dem kleinen Zimmer um. Dann sagte er, sie sollten besser der Spurensicherung, die sich bereits auf dem Weg hierher befand, das Feld überlassen.

»Die werden sich bedanken, wie sträflich hier mit Spuren umgegangen wurde«, merkte er an. »Erst das Zimmermädchen, das die Tote gefunden hat, dann weiteres Hotelpersonal und die Sanis – ein unberührter Tatort sieht anders aus.«

Und den Rest haben wir besorgt, dachte sich Jules, während sie das Zimmer verließen.

Im Foyer hatte der traurige Portier inzwischen Gesellschaft bekommen. An seiner Seite stand ein hochgewachsener Mann im Anzug, der ebenso steif wirkte wie sein Angestellter, sein Mienenspiel jedoch besser im Griff hatte.

»*Messieurs*«, sagte er mit angedeuteter Verbeugung. »Darf ich mich vorstellen? Karcher ist mein Name, *directeur de l'hôtel*. Sie wünschten mich zu sprechen?«

»Wir wünschen es noch immer«, erwiderte Debré in ebenso affektiertem Tonfall.

Kurz darauf saßen sie Karcher in einem gediegenen Büro gegenüber, dessen Sprossenfenster zur belebten Fußgängerzone hinausgingen. Debré kam wieder ohne Umschweife zur Sache, seine Vorgehensweise war um einiges forscher als die von Jules.

»Wir brauchen einige Informationen von Ihnen, Monsieur Karcher.« Debré klappte einen Notizblock auf.

»Die sollen Sie bekommen, *messieurs*«, versicherte Karcher. »Sie können auf meine Kooperation zählen. Aber bitte klären Sie mich auf: Weshalb der ganze Trubel? Der Tod der jungen Dame ist tragisch, sicher, jedoch kann ich keinen Grund erkennen, warum Sie das ganze Haus auf den Kopf stellen.«

»Wirklich nicht?« Debré sah ihn scharf an. »Wie ich bereits Ihrem Pagen …«

»Empfangschef«, korrigierte Karcher.

»Meinetwegen Empfangschef. Wie ich bereits sagte, handelt es sich mit großer Wahrscheinlichkeit um ein Gewaltverbrechen, und wir sind verpflichtet, es aufzuklären. Fangen wir mit dem Zimmer Nummer 303 an: Wie lautet der Name des Gastes, der diesen Raum gemietet hat? Ich nehme nicht an, dass sich Mademoiselle Smirnowa in Ihr Gästebuch eingetragen hat.«

»Smir... was?«, fragte Karcher mit nervösem Zucken der Augenlider.

»Natascha Smirnowa. So lautet der Name der toten Frau aus 303.«

Karcher hüstelte verlegen. »Bei dem Gast aus Zimmer 303 handelt es sich um Herrn Nikolas Forster, einen Geschäftsmann aus Deutschland. Dass er sich in weiblicher Begleitung befand, war uns nicht bekannt.«

»Aha«, sagte Debré, schlüpfte aus seiner Uniformjacke und hängte sie über die Stuhllehne.

Als Nächstes würde er sich wahrscheinlich die Ärmel hochkrempeln, um dem Hoteldirektor noch mehr Druck zu machen.

»Nachdem das schneller als erwartet geklärt ist, beantworten Sie mir gewiss auch meine nächste Frage«, sagte Debré.

»Und wie ...«, setzte Karcher an.

»Wie was?«, entgegnete Debré gereizt.

»Wie lautet Ihre nächste Frage?«, erkundigte sich Karcher eingeschüchtert.

»Ist das nicht selbsterklärend?«, fuhr Debré ihn an. »Ich möchte wissen, wo sich Ihr Gast aus Zimmer 303 aktuell aufhält.«

Karcher schluckte. So laut, dass es Jules deutlich hören konnte.

»Er hat bereits ausgecheckt und ist abgereist«, sagte der Hoteldirektor kleinlaut.

»Das habe ich nicht anders erwartet.« Debré drückte sein Kreuz durch. »Wann?«

»Etwa eine Stunde bevor Claire die Tote gefunden hat.«

»Claire?«

»Das Zimmermädchen.«

Reflexartig schaute Jules auf seine Armbanduhr. Zwischen Alarmierung der Polizei und ihrem Erscheinen hatte ungefähr eine halbe Stunde gelegen. Forster hatte somit annähernd zwei Stunden Vorsprung. Die deutsche Grenze lag nur etwa vierzig Fahrminuten vom Tatort entfernt. Es würde also sehr eng werden, um den Verdächtigen noch auf französischem Staatsgebiet zu schnappen. Alles andere wäre mit Kompetenzgerangel und Zeitverlust verbunden.

Debré schien ähnliche Überlegungen anzustellen. Er stand auf und schnappte sich seine Jacke. »Ich benötige sämtliche Angaben über diesen Herrn Forster, über die Sie verfügen. Adresse, Telefonnummer, alles, was er bei der Buchung angegeben hat. Und sagen Sie mir jetzt nicht, dass Sie es mit dem Anmeldebogen nicht so genau nehmen.«

»Ich bitte Sie, Monsieur Capitaine!«, erwiderte Karcher empört. »Wir sind ein ordentliches Haus.«

»Eines, in dem die Nutten ein und aus gehen, angeblich, ohne dass Sie es bemerken«, spottete Debré. »Danke für das Gespräch.«

Jules bekam das Ende der Unterhaltung kaum noch mit. Er war bereits dabei, den Namen des Verdächtigen an die Zentrale durchzugeben. Wenn die Fahndung nach Forster auch nur geringste Chancen haben sollte, musste sie sofort erfolgen. Denn Natascha Smirnowas letzter Freier war auch ihr Mörder gewesen, da war sich Jules sicher.

DREI

Mit Anfang dreißig hatte Joanna Laffargue bereits eine Menge erreicht: Studium in Rekordzeit, Berufserfahrung in Paris und Nizza, nun Untersuchungsrichterin in Colmar. Bewundernd sah Jules seine Begleiterin an. Er betrachtete ausgiebig ihr luftiges Kleid, das die schönen, schlanken Beine besonders zur Geltung brachte, und erfreute sich an ihrer gut geschnittenen blonden Kurzhaarfrisur. Dann widmete er sich ihrem Gesicht: schmal und wohlgestaltet mit neugierigen blauen Augen.

»Hast du dich allmählich sattgesehen?«, fragte Joanna Laffargue und wedelte demonstrativ mit der Speisekarte. »Ich für meinen Teil habe nämlich Hunger.«

Jules lächelte und freute sich über sein Glück. Mit Joanna hatte er wirklich das große Los gezogen. Eine Traumfrau, nach der er sich verzehrte. Er konnte es kaum abwarten, sie später in ihre Wohnung zu begleiten. Nachdem sie sich zwei Tage lang nicht gesehen hatten, wurde es höchste Zeit, das Versäumte nachzuholen. Ihm wurde ganz warm bei diesen Gedanken.

Joanna räusperte sich und schob Jules die Karte zu. »Ich weiß schon, was ich nehme. Wie steht's mit dir?«

Jules fiel es schwer, den Blick von seiner Freundin zu lösen und sich stattdessen mit der Bestellung zu befassen. Sie saßen in einer urgemütlichen *Winstub* mitten in der Altstadt, die Tische dicht an dicht, die Wände holzvertäfelt, das Licht auf gemütliche Weise schummrig. Durch die offenen Fenster hörten sie das Flüsschen Lauch plätschern.

»*Pâté en croûte au Riesling*«, las Jules vor. »Pastete im Teigmantel.« Dann suchte er unschlüssig weiter. »*Mousse de foie d'oie*, Gänseleberpüree.« Schließlich legte er die Karte beiseite und sah Joanna lächelnd an. »Weißt du, was? Ich nehme einfach das Gleiche wie du!«

»Wie unoriginell«, meinte Joanna, lächelte aber ebenfalls. Sie beugte sich über den Tisch und küsste ihn sanft auf den Mund.

Nachdem sie den Kellner herbeigewinkt und die Bestellung aufgegeben hatte, erkundigte sie sich, wie Jules' erster Arbeitstag gelaufen war.

»Das kannst du dir doch denken: Jedem, wie er es verdient«, sagte Jules. »Ein Mord zum Einstand – was will man mehr?«

»Tja, ich hätte dir einen sanfteren Beginn gegönnt, aber so ein Sprung ins kalte Wasser hat ja auch etwas für sich. Davon abgesehen, scheint diese Sache ja eine recht einfache Angelegenheit zu werden.«

»Du kennst die Details?«

Joanna nickte. »Ein Kollege hat mich ins Bild gesetzt. Gegen diesen Deutschen ist Haftbefehl erlassen worden.«

»Ja, aber noch haben wir ihn nicht erwischt. Wir können nur hoffen, dass er nicht inzwischen den Rhein überquert hat.«

»Und wenn schon«, sagte Joanna gelassen. »Dann geht er den Kollegen in Baden-Württemberg ins Netz.

Das bedeutet für uns zwar mehr Papierkram, doch letztlich läuft's auf das Gleiche hinaus.«

Das stimmte zwar, denn grenzübergreifende Amtshilfe war in solchen Fällen selbstverständlich, dennoch hätte Jules den Fang lieber persönlich gemacht – zumal es bisher kein Motiv gab und Jules den Verdächtigen gern selbst verhört hätte.

»Dass er ihr Freier war, steht aber fest?«, erkundigte sich Joanna.

»Alles spricht dafür. Inzwischen wissen wir definitiv, dass das Opfer anschaffen gegangen ist. Kollegen von der Sitte haben das bestätigt. Im Gewerbe nannte sie sich übrigens Nicolette. Forster muss ihr letzter Kunde gewesen sein.«

Ein Kellner servierte den Aperitif: Zur Feier des Tages hatte Joanna *Crémant* bestellt. Der Schaumwein sprudelte golden in den hohen Kelchen.

»Wie ist denn der Capitaine so?«, wollte sie wissen. »Ich hatte mit Debré bisher nur am Rande zu tun. Soll ein ziemliches Raubein sein, hat seinen Laden aber offenbar gut im Griff.«

Raubein traf es recht gut, fand Jules. »Er hat eine sehr direkte Art. Aber das geht schon in Ordnung. Mit so jemandem kann ich besser umgehen als mit Leuten, die ständig um den heißen Brei herumreden.«

»Und die anderen Kollegen?«

»Eine gemischte Truppe. Ich hatte noch keine Gelegenheit, mich mit einem von ihnen zu unterhalten.«

»Gemischte Truppe heißt, dass Frauen dabei sind. Hübsche?«

Jules lachte. »Keine im ganzen Land ist so hübsch wie du. Sagt dir das nicht täglich dein Spiegel?«

»Charmeur!« Joanna versetzte ihm einen Knuff.

Der fiel allerdings so heftig aus, dass Jules ihn durchaus als Warnung verstand.

Nach dem Essen streichelte Jules Joannas Hand. »Ist es nicht schön, dass wir jetzt mehr Zeit miteinander verbringen können?«, fragte er und sah sie versonnen an. »Das ständige Pendeln zwischen Rebenheim und Colmar hat ein Ende.«

»Ja, das ist wunderbar«, stimmte Joanna zu, zog jedoch gleichzeitig ihre Hand zurück. »Trotzdem sollten wir nicht allzu lange warten und bald mit der Suche beginnen.«

»Mit der Suche?« Jules blickte sie verwundert an.

»Der Wohnungssuche«, präzisierte Joanna. »Vorerst kommst du natürlich bei mir unter, ist doch klar. Aber auf Dauer ...«

Jules schluckte. Das gute Essen, der Sekt und danach der Wein, dazu die Nähe zu Joanna – all das rückte mit einem Mal in den Hintergrund. »Ja, aber ich dachte ...«

Joanna sah ihn liebevoll an, machte jedoch deutlich, dass sie nicht so weit sei, ihre Eigenständigkeit vollständig aufzugeben. »Lass es uns langsam angehen«, sagte sie sanft. »Schritt für Schritt. Wir wollen unsere Liebe doch nicht durch zu viel Nähe ersticken.«

Jules hatte andere Vorstellungen von einer Beziehung und wenig Lust, noch länger als Junggeselle zu leben. Immerhin war er fünf Jahre älter als Joanna, und irgendwann musste man doch Nägel mit Köpfen machen.

Er kam nicht dazu, zu protestieren, denn er bemerkte, wie Joanna unterm Tisch einen ihrer Schuhe abstreifte.

Langsam glitt ihr nackter Fuß an Jules' Hosenbein empor. Ihr Blick dabei ließ keine Fragen offen.

Der Ärger war verflogen, und Jules winkte nach dem Kellner, um Joanna möglichst bald in ihr Appartement zu entführen. *»L'addition, s'il vous plaît!«*, rief er.

In diesem Moment vibrierte sein Handy. Sein erster Gedanke war, dass die Kollegen Nikolas Forster verhaftet hatten. Doch als er den Namen des Anrufers auf dem Display erkannte, wich die Hoffnung einer anderen, bösen Ahnung.

»Du wirst ja auf einmal ganz blass«, sagte Joanna besorgt. »Wer ist es denn? Und warum gehst du nicht dran?«

»Es ist Charles«, antwortete Jules, überhaupt nicht begeistert.

»Dein Vater?«

Er nickte. »Er ruft mich nie an. Höchstens mal zum Geburtstag und an Weihnachten.«

»Weil er dir nicht verziehen hat, dass du deiner Heimat Royan den Rücken gekehrt hast«, konstatierte Joanna.

»Ja, das trägt er mir bis heute nach.«

»Trotzdem musst du abnehmen«, drängte sie ihn. »Vielleicht ist ja etwas passiert.«

Genau das dachte Jules auch. »Entschuldige mich einen Moment. Wird nicht lange dauern.« Er schob den Stuhl zurück und stand auf. Mit dem Handy am Ohr verließ er den Gastraum.

Er trat aus dem Flammkuchendunst an die frische Luft und lehnte sich an die schmiedeeiserne Einfriedung, die die Restaurantterrasse vom Bachlauf der Lauch trennte.

»*Salut, mon père*«, sagte er und merkte selbst, wie unterkühlt er sich anhörte.

»*Salut*«, kam es nicht viel freundlicher zurück. »Hast mich lange warten lassen.«

»Ja, entschuldige, ich war gerade beschäftigt«, sagte Jules ausweichend. »Wie geht es dir? Alles gut so weit?« Sein Blick glitt über das Wasser. Zwischen den Wellen sah er die dunklen Schatten einiger Flussfische auftauchen und gleich darauf wieder verschwinden. Gedanklich hatte er den Atlantik vor Augen, an dessen wildromantischer Küste er groß geworden war.

»Mir geht's gut. Ich komme zurecht«, antwortete sein Vater im Brustton der Überzeugung. »Auch ohne deine Mutter, Gott habe sie selig – und ohne dich.«

Jules überging diese Spitze und fragte: »Was kann ich für dich tun? Sag bloß, du willst dich nach meinem ersten Arbeitstag in Colmar erkundigen?«

»Wäre das denn so abwegig?«

»Nun ja …«

»Hör mal, mein Junge: Auch wenn ich mich selten melde, heißt das nicht, dass ich kein Interesse daran habe, wie es dir geht und was du treibst. Ich mache mir sehr wohl ein Bild von deinem neuen Leben in der Fremde.«

»Fremde? Das hört sich an, als wäre ich ausgewandert.«

»Bist du ja. Frankreich und das Elsass sind zwei verschiedene Paar Schuhe.«

Charles hörte sich an, wie es Jules bisher ergangen war, dann berichtete er über alte Freunde und Verwandte. Wie zu erwarten stand, erwähnte er auch Jules' Exverlobte Lilou, die inzwischen Mutter eines kleinen

Jungen geworden und wieder glücklich liiert war. So stellte Charles es zumindest dar.

Je länger sein Vater erzählte, desto argwöhnischer wurde Jules. Charles war nie ein Mensch der großen Worte gewesen. Das passte nicht zu diesem sturen Küstenbewohner, der einer langen Ahnenreihe von Fischern entstammte. Deshalb war Jules sicher, dass sein alter Herr mit etwas hinterm Berg hielt.

Und tatsächlich kam Charles schließlich auf den Punkt: »Dieser Fall mit der toten Prostituierten, von dem du gerade erzählt hast: Nimmt er dich eigentlich sehr in Anspruch?«

»Nun, er scheint nicht sonderlich komplex zu sein. Weshalb fragst du?«

»Dann hättest du also noch genügend Zeit übrig, dich um einen alten Freund der Familie zu kümmern?«

Jules wusste jetzt, dass seine Skepsis berechtigt gewesen war. Sein Vater wollte ihn um einen Gefallen bitten, deshalb der ungewöhnliche Anruf. Da Jules keine Ahnung hatte, wer dieser »alte Freund der Familie« sein sollte, blieb er auf der Hut: »Offen gesagt sieht es derzeit schlecht aus. Ich habe hier ja noch nicht mal eine feste Bleibe. Wie soll ich da jemanden unterbringen? Und für Stadtbesichtigungen habe ich wirklich keine Zeit.«

»Keine Bange, du sollst nicht den Stadtführer geben, zumal du dich in Colmar wahrscheinlich ohnehin kaum auskennst. Der Gast braucht auch keine Unterkunft, denn er hat schon die beste: Er wird im *La Maison des Têtes* wohnen, ein Fünfsternehotel.«

Durch Jules' Kopf schwirrten die verschiedensten Namen. Welcher ihrer Bekannten konnte sich einen solchen Nobelschuppen leisten?

»Alles, worum ich dich bitte, ist ein gemeinsames Abendessen mit ihm«, sprach sein Vater weiter. »Diesen Wunsch kannst du mir nicht abschlagen.«

Bloß ein Abendessen? Jules suchte nach dem Haken. »Wer?«, fragte er. »Wer ist dieser geheimnisvolle Besucher?«

»Oh, geheimnisvoll trifft es sehr gut. Denn euer gemeinsamer Ausflug in die elsässische Gastronomie muss absolut vertraulich behandelt werden«, betonte Charles.

Jetzt war es raus! »Du meinst doch nicht etwa…«, setzte Jules an.

»Doch, doch. Eric Duval kommt ins Elsass«, bestätigte Charles die Ahnung seines Sohnes. »Du weißt, wie sehr Eric das enge Korsett seiner Sicherheitsauflagen hasst. Die ständige Begleitung durch Personenschützer schränkt ihn ein und nimmt ihm die Luft zum Atmen. Daher wünscht er sich nichts mehr als ein paar Stunden an deiner Seite, denn du bist selbst Polizist und bewaffnet. Mit diesem Argument könnte er seine Bodyguards zumindest vorübergehend loswerden.«

Jules musste tief durchatmen. »Du verlangst von mir, für einen ehemaligen Minister den Babysitter zu spielen?«

Das war starker Tobak, fand Jules, einer solchen Verantwortung fühlte er sich nicht gewachsen. Der Mann, um den es ging, war eine bekannte Größe im Land: Unter der Präsidentschaft Giscard d'Estaings war Duval in den späten 1970er-Jahren eine Zeit lang Innenminister gewesen, daher hatte er bis heute ständig eine ganze Entourage von Leibwächtern an seiner Seite. Jules' Vater und Eric waren zusammen zur Schule gegangen und seit dieser Zeit gute Freunde.

»Gib dir einen Ruck!«, appellierte Charles. »Nimm Eric für einen Abend unter deine Fittiche, und schenk ihm ein paar Stunden außerhalb des Protokolls. Mein alter Freund ist vor allem an der guten Küche interessiert. Du weißt ja, dass er ein ausgewiesener Gourmet ist.«

Eric Duval war für Jules wie ein Onkel, den er seit Kindesbeinen kannte. Seine Familie und die der Duvals waren sehr vertraut miteinander, und so konnte sich Jules ausmalen, worauf sein Vater hinauswollte: Jules hatte es bereits selbst erlebt, wie der zwar betagte, aber immer noch agile Ex-Politiker seinen Personenschützern auskniff, um sich heimlich mit Charles zum Boule-Spiel an der Strandpromenade von Royan zu treffen. Ähnliches hatte Duval nun wohl auch in Colmar vor. Doch wie dachten sich das die beiden alten Freunde bloß? Duval stand, soweit Jules wusste, unter dem Schutz der *Compagnies Républicaines de Sécurité*, kurz CRS, einer gedrillten Sicherheitstruppe der Police nationale, die in einer unausgesprochenen, aber spürbaren Rivalität zur Gendarmerie stand. Jules hatte große Vorbehalte, sich gegen die Kollegen zu stellen.

»Komm schon, Junge! Lass dich doch nicht so lange bitten«, forderte Charles ihn auf. »Du weißt, wie gern Eric inkognito unterwegs ist, und das geht nun mal nicht mit drei bulligen *flics* an seiner Seite, die mit ihren steifen Anzügen und dunklen Brillen aussehen, als wären sie gerade einem James-Bond-Film entsprungen.«

Jules rang mit sich. Seine Vernunft riet ihm, die Sache

abzulehnen, doch wollte er weder seinen Vater noch den alten Bekannten vor den Kopf stoßen. »Du sagst, es geht wirklich nur um einen einzigen Abend?«, vergewisserte er sich.

»Aber ja!«, versicherte Charles. »Führ Eric zum Essen aus, lass ihn seinen geliebten Wein trinken, und übergib ihn anschließend wieder an seine Aufpasser von der CRS. Du opferst ein paar wenige Stunden für einen guten Freund der Familie und machst deinen Vater sehr glücklich.«

VIER

Es war ein sanftes Erwachen. Jules spürte die Wärme ihrer weichen Haut dicht neben sich, als Joanna sich zu rekeln begann und herzhaft gähnte.

»*Fichu*!«, fluchte sie nach einem Blick auf die Uhr. »Verdammt, ich bin mal wieder viel zu spät dran.« Sie schlug das Laken zurück und stand auf.

Jules bewunderte ihre Figur, die sich wie ein Schattenriss gegen das Licht der Morgensonne abzeichnete. »Schade, ich lasse dich ungern gehen.«

»Mir geht's genauso«, rief Joanna ihm von der Kommode aus zu, aus der sie sich Unterwäsche nahm. »Am liebsten würde ich den ganzen Tag mit dir im Bett verbringen. Vielleicht …«

»Vielleicht?« Jules setzte sich erwartungsfroh auf.

»Meine Bitte um mehr Abstand war etwas dick aufgetragen. Es ist schön, dich um mich zu haben«, sagte sie, schlüpfte in Slip und BH und öffnete die Schranktür.

Jules warf ihr einen Luftkuss zu.

»Andererseits …« Sie hielt zwei Kleiderbügel mit Kostümen hoch und schien unschlüssig, für welches sie sich entscheiden sollte.

»Andererseits?«

»Ein Leben, wie es deine Verflossene Lilou führen wollte, kann ich dir nicht bieten. In nächster Zeit eine

Familie zu gründen kommt für mich nicht infrage. Ich habe so viel für meine Karriere getan, da möchte ich sie mir nicht durch ein Kind verbauen. Und bevor du auf die Idee kommst: Nein, ich würde es nicht übers Herz bringen, ein Baby mit wenigen Monaten in die *crêche* zu geben oder einer Au-pair anzuvertrauen. Bei mir heißt es: ganz oder gar nicht.«

Jules ließ sich wieder aufs Kopfkissen zurückfallen.

»*Qu'est-ce qui se passe?*«, fragte sie. »Wenn du ein braves Hausmütterchen suchst, kannst du dir das mit uns beiden aus dem Kopf schlagen!«

»Habe ich das etwa behauptet?«

»Ich wollte das nur klarstellen.« Joanna entschied sich für das mintgrüne Kostüm. »Wann musst du los?«

»In einer halben Stunde. Ich treffe mich mit Debré in der Gerichtsmedizin.«

»Die Anatomie des *Hôpital Pasteur* findest du allein?«

»Ich werde mich schon durchfragen.«

Joanna ging ins Badezimmer, ließ die Tür jedoch offen. »Diese Geschichte mit deinem Onkel …«

»Erinnere mich nicht daran.« Jules drehte sich zur Seite. »Außerdem ist er ja nicht wirklich mein Onkel.«

»Jedenfalls klingt das recht abenteuerlich. Ich wundere mich, dass du zugesagt hast«, kam es aus dem Bad.

»Was blieb mir anderes übrig? Bin eben doch ein guter Sohn.«

»Dein Chef weiß Bescheid?«

»Bisher nicht. Das Ganze ist ja *top secret*. Ich weiß noch nicht, wie ich das am besten regle.«

»Klingt verzwickt. Und das am zweiten Arbeitstag. Na ja, ich wünsch dir jedenfalls Glück!«

Als Joanna aus dem Bad kam, war sie ganz Dame von Welt. Das Kostüm saß perfekt, genau wie die Frisur und das Make-up. Eine schöne und stolze Frau, fand Jules. Dennoch störte er sich daran, dass sie ihn immer wieder auf Distanz zu halten versuchte.

Der Raum war bis zur Decke weiß gekachelt und hell erleuchtet, die Atmosphäre so kühl wie die Temperatur. Die Tote lag auf einem Seziertisch aus Edelstahl, das Leichentuch bis zur Hüfte zurückgeschlagen. Jules erkannte sofort die charakteristische Y-Naht aus rohen Stichen, die an beiden Schultern ansetzten, unterhalb des Brustbeins zusammenliefen und bis zur Scham hinabreichten. Spuren der Obduktion, die so brutal aussahen, als wäre sie von einem Metzger ausgeführt worden.

Dabei sah der ausführende Rechtsmediziner alles andere als grob aus. Noël Clément war schlank, besaß zarte Gliedmaßen und Finger wie ein Pianist. Über dem freundlichen Gesicht des Mittdreißigers wippte eine dunkle Haartolle, die Augen blitzten freundlich interessiert.

»Sie sind also der Neue?« Dr. Clément nickte Jules freundlich zu.

Dieser erwiderte die Begrüßung, bevor sein Blick unwillkürlich zurückwanderte zum grausigen Antlitz der Toten. »Ja. Kaum im Dienst und schon die erste Leiche«, bemerkte er flapsig und verdrängte einen Anflug von Übelkeit. Trotz seiner Berufserfahrung hatte er nach wie vor Probleme damit, solche Eindrücke zu verkraften.

»Was kannst du uns bieten, Noël?«, unterbrach

Debré das Begrüßungsgeplänkel. »Woran ist Natascha Smirnowa oder Nicolette, wie sie sich nannte, gestorben? Liegen wir richtig mit unserer Annahme: Tod durch Ersticken?«

»Die Frau war eigentlich kerngesund«, sagte Clément. »Daher lässt sich ihr Tod meiner Meinung nach nur auf eine Hypoxie, also die Mangelversorgung der inneren Organe und des Gehirns mit Sauerstoff zurückführen. Kein Sauerstoff bedeutet irreversible Zellschäden und schließlich Zusammenbruch der Körperfunktionen.«

»Woran machen Sie das fest?«, erkundigte sich Jules.

»Unter anderem an Merkmalen wie den Petechien. Punktförmige Blutungen. Sie treten zumeist in den Bindehäuten auf, sind in unserem Fall aber auch im Weiß des Augapfels nachzuweisen. Ich habe sogar minimale Blutungen an der Schläfenmuskulatur und in der Lunge festgestellt. Hinzu kommt eine Zyanose: die leichte Blaufärbung der Gesichtshaut.«

Debré schien zufrieden mit dieser Diagnose, bestätigte sie doch seine eigene Vermutung. »Wie sieht es mit der Tatwaffe aus? Das Kissen wurde ja inzwischen untersucht, es wurden Haare der Verstorbenen gefunden.«

»Wir haben es hier aller Wahrscheinlichkeit nach mit dem sogenannten äußeren Ersticken zu tun, sprich: eine mechanische Blockade der Atemwege durch Verhinderung der Atembewegung. Da keinerlei weitere Verletzungen festzustellen sind, wie sie etwa durch einen Knebel oder das Zudrücken von Mund und Nase oder dem Hals mit bloßen Händen entstehen könnten, halte ich das Kissen als Tatwaffe für plausibel.«

»Wie lange hat der Täter pressen müssen, bis sie tot

war?«, erkundigte sich Jules. Er fand, dass es ein großes Maß an Kaltblütigkeit brauchte, um jemanden auf diese Weise umzubringen.

»Das Gehirn ist das Organ, das am sensibelsten auf Mangel an Sauerstoff reagiert«, holte Clément aus. »Wenn die Sauerstoffzufuhr durch das Auflegen des Kissens vollständig unterbunden worden ist, könnte bereits nach etwa einer Minute Bewusstlosigkeit eingetreten sein. Nach acht oder neun Minuten hätte das Gehirn zwar noch wiederbelebt werden können, allerdings kommt es schon nach zwei Minuten zu irreversiblen Gehirnschäden. Ungefähr zehn Minuten dauert es, bis auch alle anderen Körperfunktionen erlöschen. Exitus.«

»Um ganz sicherzugehen, musste der Mörder also einiges an Geduld aufbringen«, folgerte Jules.

Doch Clément verneinte. »Die Atmung setzt ja bereits früher aus, eine Selbstrettung ist ab diesem Zeitpunkt nicht mehr möglich.«

»Trotzdem: Auch wenn es bloß um wenige Minuten geht, kostet es einiges an Überwindung und Entschlossenheit, jemandem ein Kissen so lange aufs Gesicht zu drücken.«

»Wenn Sie es so sehen, ja, für einen Laien können die Begleitumstände durchaus verstörend sein. Das Herz des Opfers schlägt kurzzeitig schneller, der ganze Körper verkrampft. Schnappatmung setzt ein, der Betroffene empfindet Todesangst. Der Mörder musste folglich einiges an Kraft aufwenden, um die Abwehrhandlungen des Opfers zu kompensieren.«

»Das bedeutet also, dass das Opfer den Angreifer verletzt haben könnte«, bemerkte Jules.

»Ich weiß, worauf Sie hinauswollen«, sagte Clément und griff nach einer Handkladde. Er schlug sie auf und suchte nach einem bestimmten Eintrag. »Unter ihren Fingernägeln habe ich Hautpartikel gefunden. Sie sind unterwegs nach Straßburg ins Labor. Mal sehen, was die Genanalyse ergibt.«

»Was soll sie schon bringen?«, fragte Debré und ließ wieder seine Zunge schnalzen. »Ich bin davon überzeugt, dass wir unseren Täter bereits haben: Er heißt Nikolas Forster, und es ist die Haut dieser perversen Drecksau, die Sie unter den Nägeln der armen Natascha hervorgekratzt haben, Noël. Jetzt brauchen wir ihn bloß noch aufzuspüren.«

Jules sah das ähnlich. Oft waren die ersten Annahmen auch die richtigen. Denn bei den meisten Mördern und Totschlägern handelte es sich nicht um ausgebuffte Profis, die ihre Taten wochenlang planten. Viele handelten aus einem Impuls heraus und achteten daher nicht auf Spuren oder sonstige Hinweise, die auf ihre Täterschaft schließen ließen. So könnte es auch diesmal sein.

Ja, dachte Jules, manchmal war es sehr einfach. Sein Bauchgefühl gab ihm allerdings zu verstehen, dass dieser Fall vielleicht doch anders liegen könnte.

FÜNF

Jules fühlte sich nicht willkommen. Als er ins Kommissariat zurückkam, begrüßten ihn die künftigen Kollegen nur beiläufig und verhalten. Während Jules an Debrés Seite durch das Großraumbüro ging, schaute kaum jemand zu ihm auf, die Atmosphäre wirkte uninteressiert bis abwehrend. Lediglich eine jüngere Frau schenkte Jules ein schüchternes Lächeln. Ein anderer, ungefähr in Jules' Alter, mit Bürstenhaarschnitt und bulliger Statur, unterbrach seine Arbeit am PC und sah ihn mit offener Feindseligkeit an.

Warum diese Antipathie?, fragte sich Jules. Was hatte er den Leuten denn getan?

So etwas wollte er lieber nicht auf die lange Bank schieben, sondern sofort klären. Er sagte Debré, er käme gleich zu ihm ins Büro, wolle sich aber noch kurz den Kollegen vorstellen. Sein Chef nickte und ging voraus.

Jules stellte sich neben den Schreibtisch des missgelaunten Gendarms und blickte ihm offen ins Gesicht. »Ich bin Jules Gabin, der Neue. Ich glaube, wir haben uns gestern noch nicht kennengelernt.«

Der andere taxierte ihn mit einem harten Gesicht, durchzogen von zynischen Fältchen. »Benoît«, sagte er schmallippig.

»Benoît«, wiederholte Jules freundlich und dachte: Und wie weiter?

»Benoît Hasselfeld ist der zweite Mann in der Dienststelle«, hörte er eine helle Stimme von hinten. Als er sich umsah, erkannte er die Frau, die ihn angelächelt hatte. Eine zierliche Erscheinung mit mittellangem nussbraunem Haar und ausdrucksstarken Augen, der die schmal geschnittene Uniform ausgezeichnet stand.

»Stellvertreter vom Capitaine«, präzisierte Benoît nun mit gewichtiger Stimme.

Nun ahnte Jules, woher der Wind wehte. Womöglich sah Benoît in ihm einen Konkurrenten und hatte daher seine Kollegen gegen Jules eingeschworen. Dass Debré den Neuling Jules und nicht seinen Stellvertreter Benoît in die aktuelle Mordermittlung eingespannt hatte, tat ein Übriges. Das war bedauerlich, doch nicht mehr zu ändern. Außerdem war Benoîts Argwohn durchaus begründet, denn Jules war in erster Linie der Karriere wegen nach Colmar gewechselt. Wenn sich ihm hier eine Gelegenheit zum Weiterkommen bieten sollte, würde er sie ergreifen. Notfalls auch auf Benoîts Kosten. Doch das konnte er dem Mann wohl kaum auf die Nase binden.

Am besten wäre es wohl, der Angelegenheit mit möglichst viel Gelassenheit zu begegnen. Also behielt er seinen freundlichen Gesichtsausdruck bei und sagte: »Der Capitaine hat mir zum Einstand gleich mal eine kalte Dusche verpasst: Vor dem Frühstück in die Rechtsmedizin – wer möchte das schon?«

Während Benoît keine Miene verzog, stieß die junge Polizistin ein amüsiertes Kichern aus. »Das stimmt, auf so was verzichten wir gern.« Sie streckte ihm eine schmale Hand entgegen. »Yvonne«, stellte sie sich vor.

»Sie scheinen ja einiges auf dem Kasten zu haben«, hielt Benoît griesgrämig fest.

Jules wusste nicht, worauf er anspielte. »Nur weil mich der Chef mit zum Tatort genommen hat, heißt das nicht, dass ich ein Superbulle bin«, scherzte Jules, der sich kaum vorstellen konnte, dass Benoît etwas von seinen Ermittlungserfolgen in Rebenheim gehört hatte.

»Pah!« Benoît winkte ab. »Der Mord an der Nutte wird schnell geklärt sein, keine große Kunst.«

»Ach ja? Was macht Sie da so sicher?«, fragte Jules.

Yvonne half ihm auf die Sprünge: »Der Kollege meint sicher das Kissen. Die perfekte Mordwaffe für den Freier. Liegt ja nahe, im wahrsten Sinne des Wortes.« Eilig fügte sie hinzu: »Im Büro vom Capitaine wartet übrigens jemand auf Sie.«

»Auf mich?«, wunderte sich Jules und dachte im ersten Moment an Joanna. Doch weshalb sollte sie kommen? Ihr Fall war es ja nicht.

»Ein hochrangiger Offizier der CRS«, zischte Benoît, und es klang neiderfüllt.

Jules wusste natürlich sofort, was es mit diesem illustren Besucher im Chefzimmer auf sich hatte. Während Benoît wahrscheinlich eine weitere Sonderbehandlung des Neuen unterstellte, kannte Jules die wahren Hintergründe. Und die gefielen ihm gar nicht.

»Nichts von Bedeutung«, wiegelte er ab. »Wahrscheinlich ein Höflichkeitsbesuch von einem früheren Kameraden an der Polizeischule.« Dann wandte er sich ab mit den Worten: »Was sollte es sonst für einen Grund geben, dass sich die CRS zu uns verirrt?« Als er ging, spürte er Benoîts bohrenden Blick in seinem Rücken.

An der Brust des Kommandeurs der Spezialkräfte prangten diverse Orden. Sein unbeweglicher Körper hatte die Kompaktheit eines Baumstamms, und er verzog keine Miene, als Jules ihn begrüßte. Der CRS-Offizier wirkte in dem Büro eines *Capitaine de Gendarmerie* geradezu deplatziert, und aus seiner starren Mimik ließ sich ablesen, dass der Besuch für ihn mehr Pflicht als Kür war. Zwar saß er auf einem Stuhl, wirkte aber so, als würde er lieber stehen. Oder besser noch gehen und den Raum verlassen.

»Brigadier-Major Kuefner hat mich bereits in Kenntnis gesetzt«, sagte Capitaine Debré und winkte Jules heran.

»Worüber denn?«, fragte Jules, der die Antwort bereits kannte. Im Geiste verfluchte er seinen Vater und Onkel Eric, weil sie sich auf diese Weise über ihn hinwegsetzten und für vollendete Tatsachen sorgten. Jules war damit die Gelegenheit genommen, seinen neuen Vorgesetzten selbst über den Geheimauftrag zu informieren.

»Eine solche Bitte können und wollen wir nicht abschlagen«, sagte Debré und wirkte ehrlich beeindruckt.

»Aber unser aktueller Fall…«, gab Jules zu bedenken, obwohl ihm Debrés Reaktion diese Sorge abnahm.

Der Capitaine wischte den Einwand beiseite. »Das kriegen wir schon hin. Es geht ja auch nur um ein paar Stunden, die ich Sie entbehren muss, Major.«

»Dann sind wir uns also einig«, stellte der Kommandeur mit sonorer Stimme fest und erhob sich mit einer schnellen Bewegung. »Die Einzelheiten zur Überstellung der Schutzperson werden Ihnen noch mitgeteilt.

Anvisierter Termin ist Mitte der kommenden Woche, was für die Vorbereitungen ausreichend Zeit lässt. Ich muss wohl nicht betonen, dass der Inhalt unseres Gesprächs im kleinsten Kreis bleiben muss.«

»Selbstverständlich«, versicherte Debré, konnte sich dann aber doch nicht verkneifen zu bemerken: »Auf die Gendarmerie ist Verlass.«

»Danke«, sagte Jules, kaum dass sie unter sich waren. »Sie können mir glauben, dass mir das alles gar nicht recht ist. Gleich zu Beginn im neuen Job – diesen Trubel hätte ich Ihnen gern erspart.«

»Schon gut«, meinte Debré. »Sie können ja nichts dafür, dass Sie einen so prominenten Bekanntenkreis haben. Ein früherer Innenminister – alle Achtung!« Er sah Jules mit einer gewissen Bewunderung an.

»Also nochmals: Danke.« Jules senkte den Blick. »Ich bin wirklich froh über Ihr Verständnis.«

»Ist doch klar.«

Jules wäre nun gern zur Tagesordnung übergegangen, doch der Capitaine war noch nicht fertig mit dem Thema.

»Klar ist auch, dass ich Sie mit einer solchen Verantwortung nicht allein lassen werde, Jules.«

»Wie bitte?«

»Sie brauchen natürlich Unterstützung, Verstärkung für den Fall des Falles.«

»Eric wünscht kein großes Aufgebot«, protestierte Jules. »Außerdem sollen so wenige wie möglich von seinem Aufenthalt hier wissen.«

Debré hob gebieterisch die Hand: »Keine Widerrede. Wir halten zusammen. Einer für alle, alle für einen.«

Etwas weniger pathetisch fügte er hinzu: »Außerdem, von einem großen Aufgebot ist gar nicht die Rede. Ich werde Ihnen lediglich einen Partner an die Hand geben, mehr nicht. Einen sehr charmanten noch dazu.«

Mit diesen Worten klopfte er Jules auf die Schulter und forderte ihn auf, mitzukommen. Sie durchquerten das angrenzende Großraumbüro, und Debré strebte zielgerichtet zum Arbeitsplatz der jungen Polizistin, die sich Jules als Yvonne vorgestellt hatte.

Debré stellte sich zu ihr und sagte in gedämpftem Ton: »Wir haben einen Spezialauftrag für Sie, Yvonne. Er wird Ihnen zusagen.«

Jules fühlte sich dabei nicht wohl in seiner Haut. Er hatte nicht den Eindruck, dass die Kollegin sonderlich erfahren war. Außerdem widerstrebte es ihm, eine Unbeteiligte in diese persönliche Angelegenheit hineinzuziehen.

Kollegin Yvonne konnte nicht ahnen, was auf sie zukam, und hob fragend die Brauen, woraufhin Debré sie leise darüber aufklärte, was er von ihr verlangte. Sie hörte zu und nickte verhalten.

Schließlich ließ Debré ihr keine Wahl: »Ein gutes Abendessen in illustrer Runde, das Sie noch dazu als Arbeitszeit geltend machen können. Was will man mehr?« An Jules gerichtet fuhr er fort: »Lassen Sie sich von Yvonnes anmutiger Erscheinung nicht täuschen. Wenn's drauf ankommt, steht sie ihren Mann. Sie leitet das Nahkampftraining unserer Polizeisportgruppe.«

»Wer soll kämpfen?«, mischte sich Kollege Benoît ein, der Jules vorhin schon unangenehm aufgefallen war. Debré hatte wohl nicht leise genug gesprochen und das Interesse seines Stellvertreters geweckt.

»Hoffentlich niemand«, wehrte Debré ab, ohne Benoît einzuweihen.

Dieser aber ließ nicht locker: »Wenn es sich um die Mordsache handelt, möchte ich nicht außen vor bleiben, *Monsieur le capitaine*. Ich gehöre zur Stammbesetzung und habe ein Recht darauf ...«

»Jetzt ist aber Schluss, Benoît!«, fuhr Debré ihn an. »Dies hier hat absolut nichts mit der Toten im Hotelzimmer zu tun. Sie werden schon nicht zu kurz kommen, Arbeit gibt es genug für alle.«

Beleidigt zog Benoît ab.

»*Quel idiot*!«, zischte Debré, kaum dass er außer Hörweite war.

Yvonne sah verlegen zu Boden, und auch Jules wusste nicht recht, wie er reagieren sollte. Er hatte das Gefühl, für die schlechte Stimmung verantwortlich zu sein. Zu seinem Glück löste der Capitaine die kleine Besprechungsrunde bald auf: Er entließ Jules mit den Worten, dass er sich als Nächstes den Bericht der Spurensicherung vornehmen solle.

»Erhärten Sie den Verdacht gegen den Deutschen«, forderte Debré ihn auf. »Je mehr Munition wir gegen ihn sammeln, desto überzeugender können wir später vor dem Untersuchungsrichter auftreten.«

Nachdem Debré sie allein gelassen hatte, standen Jules und Yvonne sich etwas ratlos gegenüber. Jules spürte die Verlegenheit der jungen Kollegin sehr wohl, daher sagte er: »Es ist mir selbst ziemlich unangenehm, Sie damit zu behelligen. Eigentlich handelt es sich ja eher um eine Privatangelegenheit. Wenn der Capitaine nicht darauf bestehen würde ...«

»Nein, nein«, sagte Yvonne mit ihrer hellen, aber durchaus selbstbewussten Stimme. »Wenn der Chef das anordnet, ist es schon okay. Außerdem hat Capitaine Debré recht: Der Auftrag hört sich interessant an. Einem so hohen Tier wie Ihrem Onkel bin ich bisher noch nie persönlich begegnet. Ich meine, der Mann saß immerhin im Kabinett von Giscard d'Estaing – solche Leute kenne ich aus dem Schulunterricht, aber nicht aus dem wahren Leben. Ich bin wirklich neugierig auf den Abend.«

Jules empfand die lebendige, positive Art der Kollegin als sehr erfrischend. Als sie sich trennten, konnte Jules nicht anders, als ihr nachzusehen. Hübsche Figur, dachte er und überlegte, dass es Joanna wahrscheinlich gar nicht recht war, wenn Yvonne ihn zum Abendessen mit Eric begleitete.

SECHS

In Rebenheim hatte Jules genau gewusst, wohin er gehen musste, sollte ihm mittags der Magen knurren. Wenn mehr Zeit war, setzte er sich meistens in das kleine Bistro am Marktplatz, wenn nicht, dann holte er sich ein leckeres Teilchen von seiner Lieblingsbäckerei. So hatte er Abwechslung bei einem überschaubaren Angebot. Anders in Colmar: Die Auswahl war enorm!

Jules entschied sich bewusst dagegen, die Kantine der Gendarmerie zu besuchen. Das hätte zwar das Kennenlernen der neuen Kollegen erleichtert, doch er hatte nun mal etwas gegen Einheitskost. Außerdem wollte er die neue Stadt erkunden und wusste auch schon, wo er beginnen würde.

Die zentral gelegene Markthalle, von der er schon viel Gutes gehört hatte, war aus rotem Ziegel- und goldgelbem Sandstein gebaut. Innen wurde das Dach von einem Stahlgerüst auf gusseisernen Säulen gestützt. Eine typische Bauweise aus dem Zweiten Kaiserreich unter Napoleon III., kam es ihm in den Sinn. Hier und da sah man an der Fassade verspielte Schnörkel, dazu kam der fürs Elsass so typische Blumenschmuck. Ein gefälliges Bauwerk und gut in Schuss. Im Inneren des Verkaufstempels erwarteten Jules einladend gestaltete Stände mit Obst und Gemüse, Fleisch- und Wurstwaren, Fisch und Feinkost, außerdem gab es einen Käsestand, eine Konditorei und noch viele weitere Geschäfte. Jules mischte sich unter die Besucher und war überrascht von dem Gedränge. Zwar war die Halle lang und breit genug, um zwanzig Verkaufstresen oder mehr aufzunehmen, die Gänge dazwischen waren jedoch gestopft voll mit Touristen.

Nun gut, dachte sich Jules, mitten in der Hauptsaison gehörte das wohl dazu. Den sommerlichen Andrang kannte er ja schon aus Rebenheim, hier in Colmar war das allerdings eine ganze andere Hausnummer. Daher musste er genau überlegen, an welcher der Schlangen er sich anstellen sollte, um in seiner knappen Mittagspause noch etwas Essbares zu ergattern.

Er schob sich auf einen Stand mit handlichen Quiches zu, denn er liebte die herzhaften Mürbeteigtörtchen mit würziger Füllung, die seines Wissens nach aus dem Lothringer Raum stammten. Doch die Vorfreude auf die Köstlichkeit wich der Irritation. Jules hatte mitten im Gewühl jemanden entdeckt, den er kannte, aber ganz bestimmt nicht hier erwartet hätte: Ein alter Mann mit gedrungener Figur, dessen großer, runder Kopf von kurz geschorenem grauem Haar bedeckt wurde, lehnte an einem Bistrotisch.

Jules sprach ihn an: »*Salut*, Lino.«

Es fiel Lino Pignieres sichtlich schwer, sich von dem Munsterkäse mit Baguette loszureißen, den er eben genüsslich verzehrte, und mehr noch, das Weinglas beiseitezustellen, um sich Jules zuzuwenden. »Ach, du bist es«, sagte er wenig begeistert.

»Ja, ich bin es. Schön, dich zu sehen!« Jules stellte sich neben den ehemaligen Gendarm, der vor ihm die Rebenheimer Dienststelle geleitet hatte und seitdem sein Rentnerdasein genoss, wahlweise auf dem Sattel seines Fahrrads oder auf dem Boule-Platz. Dass er sich aus dem Rebenheimer Dunstkreis herausbewegte, kam jedoch äußerst selten vor.

»Was treibst du hier?«, erkundigte sich Jules.

Der alte *flic* gab ein missmutiges Knurren von sich. »Bin beim Doktor gewesen. Ich sag nur Prostata, mehr willst du nicht wissen.«

»Und jetzt belohnst du dich für die Unannehmlichkeiten und die Strapazen?«, erkundigte sich Jules mit Blick auf den halb vertilgten Käse. Mit einem Fingerzeig auf das Glas fragte er: »Was trinkst du dazu?«

Lino machte große Augen. »Wie lange bist du jetzt bei uns im Elsass? Allmählich solltest du die richtige Zuordnung draufhaben!« Er hielt ihm das Weinglas hin.

Jules musterte die goldgelbe Flüssigkeit, schnupperte und tippte: »Pinot gris?«

Vehement schüttelte Lino den Kopf. »Ich bin enttäuscht, Jules. Das ist ein Gewürztraminer, der natürliche Begleiter unseres Munster. Süffig, mit geringer Säure und weit entfernt vom kernig-herben Grauburgunder.«

»Knapp daneben«, meinte Jules augenzwinkernd.

»Deinen Pinot gris kannst du zur Gänseleberpastete trinken«, belehrte Lino ihn. »Zum Sauerkraut passt dagegen Riesling, und zum Gugelhupf nimmst du einen Muscat.«

»Ich werde es mir merken.«

»Wer's glaubt! Jetzt, da du in der Großstadt lebst, wirst du das letzte bisschen Kultur verlieren, das wir dir eingetrichtert haben. Das weiß doch jeder: Großstädter sind oberflächlich, unzivilisiert und verkommen.«

Jules war sich nicht sicher, ob es sich um einen Scherz handelte. »Großstadt trifft es vielleicht nicht ganz«, merkte er an.

»Aber natürlich! Schau dich doch um! Hohe Häuser, so weit das Auge reicht. Alles zugebaut, kein Weinberg in Sicht.«

»Was auch seine Vorteile mit sich bringt: ein *boucher* oder *traiteur* an jeder Ecke. So viel Auswahl hast du in Rebenheim nicht.«

»Die vielen Metzgereien und Feinkostläden in Ehren: Trotzdem halte ich es nach wie vor für einen Fehler, dass du fortgezogen bist«, erwiderte Lino mit finsterem Gesicht. »Außerdem …«

»Außerdem?«

»Du fehlst.«

»Wem?«

»Unserer Boule-Runde zum Beispiel.«

»Das wird sich legen, ein anderer wird meinen Platz einnehmen.« Während Jules das sagte, kamen ihm Erinnerungen an laue Sommerabende mit seinen Freunden unter den Kastanienbäumen des Boule-Platzes. Nun musste er auch an die anderen denken, denen er den Rücken gekehrt hatte: seine mütterlich strenge Zimmerwirtin Clotilde, die divenhafte Tourismuschefin Isabelle Cantalloube, den gemütlichen Zweiradhändler Gilbert …

»Außerdem«, fing Lino von Neuem an, »hast du dich hier in sehr schlechte Gesellschaft begeben.«

Jules blickte sich demonstrativ um. »Touristen gibt es auch in Rebenheim«, merkte er an.

»Die meine ich nicht«, blaffte Lino. »Ich rede von den *flics*. Die ticken hier anders als bei uns. Du kannst mir ruhig glauben, ich weiß, wovon ich spreche.«

Jules konnte sich ein Schmunzeln nicht verkneifen. »Noch habe ich keinen Grund zur Klage«, entgegnete er. »Die Kollegen, die ich bisher kennengelernt habe, sind recht nett.« Er dachte dabei insbesondere an Yvonne.

Doch Lino blieb bei seinen Vorbehalten. »Sieh dich vor, mein Junge«, raunte er. »Die *flics* in der Großstadt tragen die Nasen hoch und halten sich für etwas Besseres, aber ihre Arbeit erledigen sie längst nicht so gewissenhaft wie wir auf dem Land. Streichen mehr Geld ein, sind aber faul wie die Nacht.«

»Woran machst du das fest?«, wollte Jules wissen.

»Das muss man nirgends dran festmachen«, lautete die patzige Antwort. »Das weiß man eben.«

»Soso ...«

Jules' Handy klingelte. Ein Anruf aus der Gendarmerie. Er trat ein Stück beiseite, damit Lino nichts mitbekam. Der Alte reckte neugierig den Hals.

Capitaine Debré war am Apparat. Er klang aufgekratzt, fast euphorisch: »Wir haben ihn!«, rief er in den Hörer. »Nikolas Forster ist gefasst.«

»Sehr gut«, sagte Jules. »Wo ist er verhaftet worden? In Deutschland?«

»Nein«, antwortete Debré gut gelaunt. »Viel besser! Nur einen Katzensprung entfernt: in Ribeauvillé. Dieser Idiot hat wohl geglaubt, er könnte uns austricksen, indem er im Nachbarort untertaucht, während wir die Grenzüberübergänge kontrollieren. Aber da hat er sich gewaltig getäuscht.«

»Ist er geständig?«, fragte Jules.

»Bisher nicht. Er hat sich der Verhaftung widersetzt und besteht auf einen Anwalt. Gerade bringen sie ihn zu uns. Sobald er eingetroffen ist, will ich ihn vernehmen. Vielleicht lässt er etwas raus, bevor sein Rechtsverdreher eintrifft. Das bedeutet, wir müssen uns beeilen. Sind Sie dabei?«

»Aber sicher! Bis gleich!«, rief Jules und steckte das Smartphone weg.

Lino sah ihn wissend an. »Habe ich es nicht gesagt? Diese Großstädter kennen einfach kein Benehmen. Stören sogar in der Mittagspause.«

Das stand im Widerspruch zu Linos vorheriger Behauptung, die Colmarer Polizisten seien faul. Doch Jules verzichtete darauf, dies seinem alten Freund unter die Nase zu reiben.

Denn er wollte jetzt so schnell wie möglich zurück in die Gendarmerie. Sein Appetit war verflogen.

SIEBEN

Jules hatte alles gegeben, um so bald wie möglich da zu sein. Offenbar war das aber nicht genug gewesen. Denn kaum hatte er die Gendarmerie erreicht, nahm Benoît ihn mit einem eiskalten Blick in Empfang. »Höchste Zeit«, zischte er und führte Jules durch einen tristen Gang ins Nebengebäude der Gendarmerie. Nicht ohne zu betonen: »Capitaine Debré wartet nicht gern.«

»Ich bin so schnell gekommen, wie es ging«, sagte Jules und ärgerte sich im gleichen Moment darüber, dass er sich dem ungeliebten Kollegen gegenüber rechtfertigte.

Benoît sah demonstrativ auf seine Armbanduhr. »Capitaine Debré sitzt bereits mit dem Verdächtigen zusammen und möchte endlich beginnen. Jetzt wartet er nur noch auf Sie.«

»Wenn der Capitaine es so eilig hat, wieso hat er nicht schon angefangen?«

»Gute Frage!« Benoît fegte um eine Ecke. Jules hatte Mühe, ihm zu folgen. »Normalerweise bin ich es, der an Befragungen teilnimmt. Capitaine Debré und ich sind ein eingespieltes Team.«

Daher wehte also der Wind. Jules konnte den Frust seines Begleiters nachempfinden. Doch was erwartete Benoît nun von ihm? Etwa, dass Jules ihm den Vortritt überließ? Das konnte er sich aus dem Kopf schlagen.

Freundlich, aber reserviert bedankte sich Jules, dass Benoît ihn zum Verhörraum geführt hatte. Dann klopfte er an und trat ein.

Zwar war das nahezu quadratische Zimmer keine Offenbarung, sondern nüchtern und funktional eingerichtet. Trotzdem hätte sich Jules in seiner Rebenheimer Zeit nach so einer Ausstattung sämtliche Finger geschleckt. Denn der Raum bot die Ruhe und Abgeschiedenheit, die man brauchte, um ungestört zu arbeiten und konzentriert Gespräche zu führen. Es gab Mikrofone und Kameras, und hinter der verspiegelten Wand zu seiner Linken vermutete Jules ein weiteres Zimmer für Beobachter. In Rebenheim dagegen hatte er mit seinem engen Büro vorliebnehmen oder ins Archiv auf dem Dachboden ausweichen müssen.

Nachdem ihn sein Vorgesetzter geschäftsmäßig knapp begrüßt hatte, richtete Jules seine Aufmerksamkeit auf Nikolas Forster, den mutmaßlichen Frauenmörder. Er saß auf einem Stuhl vor dem Tisch, hinter dem Debré auf Jules wartete. Der leicht übergewichtige blasse Mann mit zurückweichendem, dunkelblondem Haar, breiter Stirn und aufgeworfenen Lippen trug ein weißes Hemd und eine graue Anzughose, die an den Hüften spannte. Sein Jackett hing über der Stuhllehne. Die Hände steckten in Handschellen, an denen er sich augenscheinlich störte.

Kaum dass sich Jules ihm gegenüber niedergelassen hatte, begann der Mann lautstark zu reden. Zwar verstand Jules kein Wort von dem, was der Deutsche sagte oder eher schrie, doch es war klar, dass es sich dabei nicht um eine Lobeshymne über die französische Polizeiarbeit handelte.

Capitaine Debré ließ den Untersuchungshäftling

wüten und wartete eine Atempause ab, um sich Jules zuzuwenden: »Er hört nicht auf, nach seinem Anwalt zu verlangen.«

»Was sein gutes Recht ist.«

»Das habe ich ihm auch gesagt. Und dass ich bereit bin, ihm die Handschellen abzunehmen, wenn er sich beruhigt. Doch er will einfach nicht hören.«

»Sprechen Sie denn Deutsch?«, wollte Jules von seinem Chef wissen.

»Natürlich, meine Familie lebt seit Generationen in Colmar, und das Elsässische kommt dem Deutschen ja recht nahe«, antwortete Debré, bevor er sich wieder den Verdächtigen vorknöpfte. Zunächst in normalem Tonfall, doch als Forster weiter hektisch auf seinem Stuhl herumrutschte, wurde er lauter. Forster schrie zurück, woraufhin Debré ebenfalls ungehalten wurde. Ein Wort ergab das andere, bis Forster schließlich seine Hände auf den Tisch legte und stillhielt. Debré nickte zufrieden, nahm einen kleinen Schlüssel zur Hand und befreite den Deutschen von seinen Fesseln.

Anschließend wandte er sich an Jules: »Ich denke, wir können ihm jetzt einige Fragen stellen, ohne dass er gleich wieder explodiert. Was wollen Sie von ihm wissen? Fragen Sie, ich werde übersetzen.«

Jules freute sich über diesen Vertrauensvorschuss, denn noch konnte Debré ja nicht wissen, ob er ein Verhörexperte war oder seine Stärken woanders lagen. Doch vielleicht, so überlegte Jules, wollte sein neuer Chef genau das auf diese Weise herausfinden. »Fragen Sie ihn bitte, warum er es getan hat«, bat Jules und blickte seinen Vorgesetzten entschlossen an. »Steigen wir gleich richtig ein, dann muss er Farbe bekennen.«

Diese Vorgehensweise schien Debré zu gefallen, denn voller Elan machte er sich daran, die Frage ins Deutsche zu übertragen. Daraufhin wurde Forster noch blasser und hob die Arme, als wollte er sich ergeben. Ganz offensichtlich stritt er ab, die Tat begangen zu haben. Debré aber ließ nicht locker und wiederholte die Frage ein ums andere Mal. Forster bekräftigte seine Antworten und wirkte dabei zunehmend verzweifelt. Schweißflecken breiteten sich unter seinen Achseln aus.

»Er ist verunsichert«, raunte Debré Jules zu. »Redet sich um Kopf und Kragen. Wenn ich weiterbohre, macht er dicht und verweist wieder auf seinen Rechtsbeistand.«

»Verstehe. Schalten wir also einen Gang zurück. Fragen Sie ihn bitte nach den Gründen für seinen Aufenthalt im Elsass.«

Debré übersetzte, und der Befragte beruhigte sich ein wenig. Forster gab an, für einen deutschen Autoteilezulieferer im Außendienst zu arbeiten, der Kunden in der Region habe. Bei Geschäftsreisen ins Elsass übernachte er häufig, da die An- und Abreise weit seien.

»Wie oft fährt er ins Elsass?«

»Er sagt, es kommt auf die Auftragslage an. Ungefähr vier- bis fünfmal im Jahr. Jeweils für eine, höchstens zwei Nächte.«

»Hört sich plausibel an«, fand Jules. Er beobachtete Forster genau. Der Mann schien sich nun wieder mehr in Sicherheit zu wiegen. Daher beschloss Jules, die Daumenschrauben erneut anzuziehen. »Die nächste Frage könnte lauten, warum er nicht über die Grenze geflohen ist«, schlug er vor.

»Ja«, sagte Debré, »das würde mich auch interessieren.« Wieder gingen die Sätze hin und her, bis Forster plötzlich wild gestikulierend aufsprang. Offenbar hatten sie den Bogen überspannt.

Jules machte einen Satz nach vorn und drückte den bebenden Mann zurück auf den Stuhl. »Was hat er gesagt?«, fragte er, an Debré gerichtet.

»Immer das Gleiche: Er will es nicht gewesen sein. Dass er nicht geflohen, sondern im nächsten Ort geblieben ist, sei Beweis genug dafür.«

»Oder ein cleverer Schachzug.« Jules bemühte sich, in den Augen des Verdächtigen zu lesen. Was konnte er erkennen? Verschlagenheit und List? Nein, bloß Angst und Anspannung. Wenn es sich bei Forster wirklich um den Prostituiertenkiller handelte, verstand er es meisterhaft, sein wahres Ich hinter einer Maske der Unschuld zu verbergen.

»Kann er uns etwas über sein Verhältnis zu der Toten sagen?«, fragte Jules.

Abermals gab Debré den Übersetzer. Forster antwortete mit flatternden Augen.

»Was sagt er?«, wollte Jules von Debré wissen.

»Er behauptet, dass er sie vorher nicht gekannt habe, er wisse nicht einmal ihren Namen. Angeblich hat er sie erst in der Tatnacht in einer einschlägigen Kneipe aufgegabelt und mit aufs Zimmer genommen.«

»War das sein erster Kontakt zu einer Prostituierten?«

Debré stellte auch diese Frage. »Nein, käufliche Liebe gehört bei ihm schon seit Jahren dazu, wenn er auf Geschäftsreise ist. Aber das sei doch nicht verboten.«

»Wenn er regelmäßig als Freier unterwegs ist, liegt

darin vielleicht das Motiv«, meinte Jules. »Denn dann wird er wahrscheinlich jedes Mal um den Preis feilschen, weil er sich auskennt. Womöglich hielt er die Kosten diesmal für überzogen.«

»Könnte sein«, stimmte Debré ihm zu. »Und dass er ein aufbrausendes Temperament hat, wissen wir inzwischen ja auch.«

Es klopfte an der Tür. Kurz darauf erschien Yvonnes Kopf im Rahmen. »Der Anwalt ist da«, sagte sie. »Er will sofort zu seinem Mandanten durchgelassen werden.«

»Ein deutscher Anwalt?«, erkundigte sich Debré.

»Er hat einen deutschen Namen, spricht aber fließend Französisch«, antwortete Yvonne. »Der weiß, was er will.«

»Verstehe«, sagte Debré und erhob sich ebenso wie Jules.

Als sie im Flur standen, sagte Jules: »Es sieht ganz so aus, als wären wir auf der richtigen Fährte. Auch wenn er leugnet – dieser Forster verbirgt etwas.«

»Sie sagen es, Jules.« Debré begleite Jules zum Großraumbüro. »Genauso denke ich auch. Wir werden Herrn Forster erkennungstechnisch erfassen lassen. Daran kann auch sein Anwalt nichts ändern. Und als Nächstes setze ich Benoît auf Forster an. Sein Deutsch ist noch um einiges besser als meines.«

Das dürfte Benoît neuen Auftrieb geben, vermutete Jules und gönnte es dem widerborstigen Kollegen.

Nachdem Debré Benoît instruiert hatte, führte er Jules in einen kleinen Aufenthaltsraum, der von einem Getränkeautomaten dominiert wurde. »Der Kaffee ist nicht der beste«, sagte Debré entschuldigend, »aber er erfüllt seinen Zeck. Mögen Sie?«

Jules stimmte zu. Mit ihren dampfenden Bechern stellten sie sich an einen von drei Bistrotischen. Außer ihnen war niemand im Raum.

»Und?«, fragte Debré und sah Jules zufrieden an. »Wie fühlen Sie sich? Gefällt es Ihnen bei uns?«

»Über Langeweile kann ich jedenfalls nicht klagen«, scherzte Jules. »Ja, ich denke, dass ich gut klarkommen werde.«

»Das glaube ich auch. Der Einstieg ist gelungen, finde ich. Wozu sicherlich auch der aktuelle Fall beiträgt. Er ist erfreulich klar.«

Jules stimmte mit einem kleinen Vorbehalt zu: »Nach meiner Erfahrung ist die einfachste Lösung zwar tatsächlich meistens die richtige, aber es gibt Ausnahmen.«

Debré nahm das mit einem Zucken seiner Mundwinkel zur Kenntnis. Dann fragte er: »Wollen Sie meine Meinung hören? Die Unschuldsnummer kaufe ich Forster nicht ab. Ich spüre es, wenn mir ein Tätertyp gegenübersitzt.«

Jules hätte sich dieser Zuversicht gern angeschlossen, doch noch mangelte es an Beweisen.

Debré schien seine Gedanken lesen zu können, denn er sagte: »Ich werde mich bei den deutschen Kollegen nach eventuellen Vorstrafen erkundigen, um die Sache hieb- und stichfest zu machen.«

Jules fand dieses Vorgehen gut. Trotzdem meinte er, mehr tun zu müssen. »Haben Sie etwas dagegen, wenn ich mich noch einmal in dem Hotel umhöre?«, fragte er.

Debré überlegte kurz und stimmte zu. Er halte das zwar nicht für unbedingt nötig, da mittlerweile alle relevanten Zeugen befragt worden seien, doch er ließ Jules freie Bahn: »Wenn Sie sich etwas davon versprechen, geht das in Ordnung.«

ACHT

Ein zweites Mal suchte Jules das urige Hotel auf, das so vieles von dem verkörperte, was für ihn die typische Elsässer Gastlichkeit ausmachte: Tiefe Decken, dunkles Holz und diverser Zierrat sorgten für Heimeligkeit. Aus der gut gefüllten *Winstub* drangen das zufriedene Gemurmel der Gäste und das Klappern von Tellern bis ins Foyer. Auch ohne dass Jules in den Gastraum hineinsehen konnte, hatte er bildlich vor Augen, was sich die Kunden schmecken ließen: Schlachtplatte mit Kalbskopf und Sauerkraut oder das Elsässer Nationalgericht *Baeckeoffe*. Aus Jules' Sicht waren das exotische germanische Genüsse. Er hatte sich an die üppigen Schauerlichkeiten erst mühsam gewöhnen müssen, mittlerweile sagten sie ihm jedoch mehr und mehr zu.

Am Empfangstresen stand der Portier, der auch in der Mordnacht im Dienst gewesen war. Das passte Jules gut, und er sprach ihn an.

»*Bonjour*, Monsieur, Sie erinnern sich an mich?«

»Selbstverständlich, Major«, antwortete der Portier steif und griff zum Telefonhörer. »Sie möchten noch einmal mit unserem Geschäftsführer sprechen?«

»Nein«, sagte Jules und wartete, bis der Mann den Hörer wieder aufgelegt hatte. »Ich möchte Ihnen einige Fragen stellen.«

Der Portier fuhr zusammen. »Mir?« Reflexartig fasste er sich an den Kragen.

»Kein Grund zur Beunruhigung. Es geht mir lediglich darum, noch ein paar Informationen zu sammeln, um das Bild abzurunden.«

»Das Bild …« Er schluckte. »Was möchten Sie denn wissen? Ich habe nichts gesehen oder gehört, was ich nicht schon Ihren Kollegen gesagt hätte.«

»Beginnen wir mit der Ankunft von Herrn Forster und Madame Smirnowa: Haben Sie gesehen, wie die beiden gemeinsam aufs Zimmer gegangen sind?«

»Nein, ich habe nur Herrn Forster gesehen, als er sich den Schlüssel holte. Es war spät am Abend, und in unserem Foyer ist es ja schon tagsüber nicht besonders hell. Dass da jemand auf ihn wartete und ihn aufs Zimmer begleitete, habe ich höchstens geahnt.«

»Geahnt?«

»Nun, ich hatte den Eindruck, dass da noch irgendwer sein könnte, als er hinaufging. Aber von hier aus kann ich nur den unteren Absatz der Treppe sehen, außerdem ist unsere Beleuchtung ja eher dezent.«

»Das wissen wir bereits.«

»Was ich sagen will: Ich bin mir nicht sicher. Genauso gut hätte es auch bloß sein Schatten gewesen sein können.«

Jules quittierte das mit einem Nicken. »Soweit ich weiß, hatte Herr Forster ein Einzelzimmer gebucht. Hätte er seine Begleiterin nicht nachmelden müssen?«

Der Portier trat von einem Fuß auf den anderen. »Wir sind unseren Gästen gegenüber zu Diskretion verpflichtet, in gewisser Weise.«

»Das heißt, es kommt durchaus vor, dass bei Ihnen

jemand übernachtet, ohne den Meldebogen ausgefüllt zu haben?«

Wieder tastete der Portier nach seinem Kragen. »Nein, Monsieur, verzeihen Sie. Ich habe mich wohl missverständlich ausgedrückt. Ich bin davon überzeugt, dass Madame Smirnowa den Eintrag ins Gästebuch beim Verlassen des Hotels nachgeholt hätte.«

»Wenn ihr der Tod nicht dazwischengekommen wäre ...«, merkte Jules etwas sarkastisch an und brachte sein Gegenüber damit in noch größere Erklärungsnöte.

Aber dann fand der Mann doch eine Lösung, mit der er sich und sein Haus in ein besseres Licht rücken konnte: »Herr Forster hat allerdings für zwei Personen gezahlt, als er ausgecheckt hat«, beteuerte er. »Dafür gibt es einen Beleg!«

»Den würde ich gerne sehen«, sagte Jules und folgerte: »Spätestens bei seiner Abreise wussten Sie also mit Bestimmtheit, dass Herr Forster eine Begleitung bei sich gehabt hatte. Haben Sie sich nicht darüber gewundert, dass sie das Hotel nicht gemeinsam mit ihm verließ?«

»Offen gesagt, nein«, räumte der Portier etwas verschämt ein. »In einem solchen Fall ...«

»Sie meinen, wenn ein Gast eine Prostituierte mitbringt«, präzisierte Jules.

»Ja. In solchen Fällen ist es eher üblich, dass sich die Damen diskret zurückziehen. Meistens noch während der Nacht. Wir sind deswegen nicht davon ausgegangen, dass Madame Smirnowa sich noch in dem Zimmer aufhält. Entsprechend groß war der Schock für das Zimmermädchen.«

Jules schaute sich in dem engen Foyer um und fragte

sich, wie es jemand fertigbrachte, sich hier »diskret« aus dem Staub zu machen. »Gibt es einen Hinterausgang?«, fragte er.

»Ja«, bestätigte der Portier. »Er führt zu einem kleinen Kundenparkplatz auf dem Hof. Die Tür darf aus Feuerschutzgründen nicht verschlossen werden.«

»Ist die Tür beidseitig nutzbar? Ich meine, kommt man durch den Hinterausgang sowohl aus dem Hotel heraus und auch hinein?«

»Nur hinaus. Wenn Sie hineinmöchten, müssen Sie einen vierstelligen PIN-Code eingeben.«

»Wer kennt diesen Code?«

»Natürlich das Personal, einige unserer Lieferanten und die Gäste.«

»Also quasi jeder.«

Der Portier blies die Wangen auf.

»Schon gut«, sagte Jules. »Ich nehme an, die Hintertür ist nicht kameraüberwacht?«

»Nein. Unser Empfang ist rund um die Uhr besetzt, von daher gibt es keine Veranlassung dafür, eine Kamera zu installieren.«

»Verstehe«, sagte Jules. »Gehen wir gedanklich noch einmal zurück: Herr Forster und Madame Smirnowa trafen um wie viel Uhr im Hotel ein?«

»Das habe ich doch schon zu Protokoll gegeben.«

»Ich möchte es noch einmal hören.«

»Gegen halb eins. Genauer kann ich es leider nicht sagen.«

»Ist nach Herrn Forster noch jemand an Ihrer Loge vorbeigekommen? Ein später Gast vielleicht?«

»Nein, Herr Forster war der Letzte. Doch das ist normal. Nach Mitternacht werden in Colmar die Bürgersteige hochgeklappt, da ist nichts mehr los in der Stadt.«

»Aber Sie können nicht ausschließen, dass zu fortgeschrittener Stunde oder sehr früh am Morgen jemand die Hintertür benutzt hat.«

»Ähm … nein.«

»Wäre es theoretisch möglich, durch den Notausgang hereinzukommen und die oberen Etagen zu erreichen, ohne durch das Foyer zu gehen?«

»Ja, durch das hintere Treppenhaus. Es wird normalerweise aber nur vom Personal benutzt und zur Evakuierung im Katastrophenfall.«

»Verstehe«, sagte Jules. »Vielen Dank. Sie haben mir sehr geholfen.«

Der Portier atmete auf. »Gern geschehen«, behauptete er, wobei sein Gesichtsausdruck das genaue Gegenteil sagte.

»Nur eines noch«, setzte Jules erneut an.

»O je …«

»Was für einen Eindruck hat Herr Forster auf Sie gemacht, als er am Morgen das Hotel verließ? Hat er sich normal verhalten oder auffällig? Wirkte er nervös?«

»Nein«, sagte der Portier nach kurzem Überlegen. »Völlig normal. Er hatte es zwar eilig, weil er zu einem Termin musste, wie er sagte. Aber er wirkte nicht hektisch, und er hat mir ein anständiges Trinkgeld dagelassen.«

»Danke«, sagte Jules noch einmal und erkundigte sich, ob auch das Zimmermädchen, das die Tote entdeckt hatte, wieder im Dienst sei.

Ja, sie war im Dienst. Ohne zu wissen, dass sie es war, hatte Jules die Frau schon eine ganze Weile im Blick gehabt: Auffällig dünn und in schwarz-weißer Zimmermädchenuniform drückte sie sich seit einiger Zeit in der Nähe des Empfangs herum und schielte verdächtig oft zu ihnen herüber. Als Jules nun auf sie zutrat, schaute sie schnell weg und bearbeitete ein blechernes Dekorationsstück, eine Milchkanne, mit dem Staubwedel.

»*Bonjour*«, sprach Jules sie an. »Yamina, habe ich recht?«

Sie gab sich erschrocken und bestätigte hektisch nickend: »Ja, Monsieur. Ich bin Yamina. Wie kann ich helfen?«

Jules betrachtete ihr junges, von tiefschwarzen Haaren umrahmtes Gesicht und erkannte die Furcht in ihren Augen. »Keine Sorge, ich habe nur ein paar Fragen. Können wir uns hier irgendwo ungestört unterhalten?«

Wieder ein schnelles Nicken. Dann ging sie voraus und brachte Jules in einen schmalen Raum, in dem Regale voll mit gefalteten Bettlaken und Handtüchern standen.

»Was möchten Sie wissen?«, fragte sie unsicher.

Sie wirkte dermaßen nervös, dass Jules für einen kurzen Moment dachte, sie wäre eine Illegale. Doch in diesem Fall hätte sie nach dem Leichenfund längst das Weite gesucht. Also musste es einen anderen Grund für ihr auffälliges Verhalten geben. »Sie haben die Tote im Zimmer Nummer 303 gefunden?«

»Ja«, antwortete Yamina und schnappte nach Luft. »Schrecklich! Ich habe noch nie so etwas Furchtbares erlebt.«

Jules bemerkte ihren Akzent. Aus welchem Land mochte die junge Frau stammen? Algerien? Oder Tunesien? »Was haben Sie getan, nachdem Sie das Zimmer betraten? Wussten Sie sofort, dass Madame Smirnowa nicht mehr am Leben war, oder dachten Sie zunächst, dass sie schläft?«

»Mit offenen Augen?«, fragte Yamina entgeistert. »Nein, ich wusste gleich, dass sie tot ist.«

»Wie haben Sie reagiert?«

»Geschrien«, sagte sie. »Ich habe nach Hugo gerufen, dem Portier. Dann bin ich rausgerannt.«

»Sie haben sich demnach nur sehr kurz in dem Raum aufgehalten. Ist Ihnen dort noch etwas aufgefallen, abgesehen von der Toten?«

»Nein. Nichts.«

»Es hat sich niemand anderes mehr in dem Zimmer aufgehalten?«, vergewisserte sich Jules.

»Nein«, bestätigte Yamina sogleich. »Da war keiner. Auch der ganze Flur war leer. Niemand in der Nähe.«

»*D'accord*«, sagte Jules, unschlüssig, wie glaubhaft Yaminas Aussagen waren. Sie schien sich offensichtlich vor etwas zu fürchten, und er war sicher, dass sie ihm etwas verschwieg. »Haben Sie den Gast von 303 kennengelernt? Ich meine: Sind Sie Herrn Forster begegnet, haben vielleicht sogar ein paar Worte mit ihm gewechselt?«

»Nein«, kam es prompt. »Ich habe diesen Mann nicht zu Gesicht bekommen, und ich bin froh darüber.«

»Froh, weil Sie ihn für den Mörder halten?«

Sie machte große Augen: »Sie etwa nicht?« Ein feines Zittern erfasste ihren mageren Körper.

»Das prüfen wir noch«, sagte Jules und steckte Yamina seine Visitenkarte zu. »Rufen Sie mich an, wenn Ihnen noch etwas einfällt. Jederzeit. Haben Sie keine Scheu.«

Beim Verlassen der Wäschekammer hörte er einen Klingelton aus seiner Jackentasche. Eine ihm unbekannte Handynummer wurde angezeigt. Als Jules sich meldete, erkannte er die kernige, energische Stimme des CRS-Offiziers, der ihn im Büro von Capitaine Debré überrascht hatte.

»Major Gabin? Sind Sie aufnahmebereit?«

»Kommt ganz darauf an, für was«, sagte Jules, dem dieser Kontakt mit der CRS nicht behagte.

»Unsere Zielperson hat den Zeitplan geändert.«

Mit Zielperson war offensichtlich Eric Duval gemeint, reimte sich Jules zusammen. Jules kannte Erics Sprunghaftigkeit und seine Neigung, gegen das Protokoll zu verstoßen, also verwunderte ihn die Mitteilung des Personenschützers nicht. Er fragte sich allerdings, was für Konsequenzen ein veränderter Zeitplan nach sich ziehen würde.

Der Offizier wurde konkret. »Die Zielperson befindet sich bereits in Colmar.«

»Jetzt schon?« Nun war Jules doch überrascht.

»Die Überstellung an Sie soll heute Abend stattfinden. Bitte bestätigen Sie.«

Heute Abend! Jules fühlte sich überfahren. Was dachte sich Onkel Eric bloß? Er konnte doch nicht einfach über Jules' Zeit verfügen!

»Bestätigen Sie!«, wiederholte der Anrufer seine Aufforderung.

»Bestätigt«, sagte Jules zähneknirschend.

NEUN

Jules hasste es, schlecht vorbereitet zu sein. Denn das bedeutete, improvisieren zu müssen, was ihm ganz und gar nicht lag. Doch nachdem Eric seinen Besuch eigenmächtig vorgezogen hatte, blieb ihm nichts anderes übrig.

Vieles ging ihm auf dem Rückweg in die Gendarmerie durch den Kopf. Etwa wie er in den wenigen verbleibenden Stunden ein passendes Lokal finden sollte. Eines, das so übersichtlich war, dass Jules und seine Begleiterin es mühelos überblicken und mögliche Gefahren rechtzeitig erkennen konnten. Gleichzeitig sollte es Erics gehobenen Ansprüchen gerecht werden, denn nichts hasste der Ex-Minister und Freund seines Vaters mehr als eine mittelprächtige Küche.

Auch Joanna, mit der er heute Abend eigentlich zum Ausgehen verabredet war, würde er über die neuen Pläne informieren müssen. Er wusste nicht, wie sie darauf reagieren würde – vor allen Dingen, wie sie die Tatsache aufnahm, dass Jules seinen Onkel in Begleitung der charmanten Yvonne ausführen würde. Dieses pikante Detail hatte er ihr nämlich noch nicht gebeichtet. Er konnte nur hoffen, dass sie es sportlich nahm, denn es handelte sich ja um so etwas Ähnliches wie ein Arbeitsessen.

Jules beschloss, das Gespräch nicht aufzuschieben,

sondern gleich hinter sich zu bringen. Bei dieser Gelegenheit konnte er Joanna auch gleich nach einem Restaurant fragen, das sich für den Abend mit Eric eignete.

Also wählte er ihre Mobilfunknummer und hatte sie sofort am Apparat. Allerdings war Joanna nicht zum Plaudern aufgelegt.

»Es ist gerade ungünstig«, sagte sie und klang angespannt. »Bin im Meeting.«

»Wir können es kurz machen«, sagte Jules. »Ich brauche ein geeignetes Lokal für den Abend mit Eric.«

»Jetzt sofort? Unmöglich, so etwas sollte wohlüberlegt sein. Ich kann dafür nicht einfach einen Namen aus dem Ärmel schütteln.«

»So viele feine Adressen wird es in Colmar ja nicht geben. Nenne mir einfach ein oder zwei Empfehlungen.«

»Später«, vertröstete sie ihn. »Ich kann jetzt wirklich nicht sprechen. Wir reden nachher darüber, heute Abend fällt mir bestimmt etwas Passendes ein.«

»Aber Joanna …«

Das Gespräch war beendet, noch ehe Jules eine Chance hatte zu erklären, dass der Termin vorgezogen worden war und er sich schon heute Abend in Begleitung einer Kollegin mit Eric treffen würde.

»Möchten Sie es lesen?« Mit diesen Worten trat Capitaine Debré ihm im Großraumbüro entgegen und drückte ihm einen Stoß Computerausdrucke in die Hand. »Das Verhörprotokoll des Kollegen Benoît. Dieser Anwalt ist zwar wiederholt dazwischengegangen und hat versucht, Benoît einzubremsen, viel Erfolg hatte er damit aber nicht. Das, was Forster bislang ausgesagt hat, reicht nicht für ein Lebenslänglich, doch wir sind auf dem besten Weg dorthin. Das sollten Sie sich noch reinziehen, bevor Yvonne und Sie sich auf den Weg machen.«

»Sie wissen es also schon?«, schloss Jules aus den Worten seines Chefs.

»Ja, die Jungs der CRS haben mich informiert«, nahm es Debré gelassen. »Schauen Sie das Protokoll durch, dann können Sie gehen. Wie lief es eigentlich im Hotel?«

Jules zuckte die Achseln. »Im Wesentlichen hat sich das bestätigt, was wir schon wussten. Forster bleibt einziger Tatverdächtiger.«

Mit den Ausdrucken in den Händen zog er sich in die kleine Kaffeeküche zurück und breitete die Mitschrift von Benoîts Vernehmung auf einem der Stehtische aus. Aufmerksam begann er zu lesen.

Colmar, 4. Juni, 11:40 Uhr
Befragung von M. Nikolas Forster, Angestellter, in Anwesenheit von Rechtsanwalt Friedrich Wagener
Ausgeführt durch Benoît Hasselfeld

Frage: Warum sind Sie nach Colmar gekommen? Aus beruflichen Gründen?
Antwort: Ja, beruflich. Ich arbeite in der Kfz-Zulieferindustrie und besuche gelegentlich unsere Partnerfirmen im Elsass.
F: Sie bleiben dann immer über Nacht?
A: Ja, meistens.
F: Weil es für die Rückfahrt zu spät ist, oder weil Sie

Ihre Geschäftsreisen gern mit dem Vergnügen verbinden?
Hinweis von Rechtsanwalt Wagener: Darauf muss mein Mandant nicht antworten.
F: Sie hatten das Zimmer in Colmar nur für diese eine Nacht gebucht. Ist das richtig?
A: Ja.
F: Ihr Arrangement mit der verstorbenen Madame Smirnowa hatten Sie schon im Vorfeld getroffen?
A: Nein, das habe ich doch schon zig Mal gesagt: Ich habe sie erst an diesem Abend in einer Bar kennengelernt.
F: Dort sind Sie sich dann handelseinig geworden, woraufhin Madame Smirnowa Sie ins Hotel begleitete?
A: Wenn Sie das so ausdrücken wollen, ja. Sie hat dreihundert verlangt. Nicht gerade ein Schnäppchen.
F: Doch Ihre Not war so groß, dass Sie sich darauf eingelassen haben?
Hinweis Rechtsanwalt Wagener: Diese Formulierung können wir nicht akzeptieren.
F: Sie haben trotz des Ihrer Meinung nach zu hohen Preises zugesagt?
A: Ja, ich habe zwar später noch versucht, sie runterzuhandeln, aber die Dame hat ja nicht mit sich reden lassen.
F: Mit anderen Worten: Sie fühlten sich von ihr über den Tisch gezogen. Ist das der Grund dafür, dass Sie sie erstickt haben?
Hinweis Rechtsanwalt Wagener: Ich protestiere aufs Schärfste gegen diese Vorverurteilung meines Mandanten.

A: Ja, genau! Sie wollen mir etwas anhängen.
F: Sie haben gerade zu Protokoll gegeben, dass Sie sich von Madame Smirnowa übervorteilt fühlten. Vielleicht waren Sie auch mit der gebotenen Leistung nicht zufrieden und sahen nicht ein, überhaupt etwas zahlen zu müssen. Das hat Sie wütend gemacht, und Sie sind durchgedreht. War es so?
A: Unsinn! Das ist alles nicht wahr! Sie drehen mir das Wort im Mund um.
Hinweis Rechtsanwalt Wagener: Ich stimme mit meinem Mandanten überein. Mit Ihren Suggestivfragen gehen Sie zu weit.
F: Ach ja? Alles spricht gegen Herrn Forster. Ein guter Anwalt würde zu einem Geständnis raten.
A: Ich schwör's! Als ich ging, war das Mädchen noch am Leben. Außerdem habe ich den vollen Preis gezahlt. Das Geld müssen Sie in dem Zimmer doch gefunden haben!
F: Ich werde das überprüfen, Herr Forster. Wenn es zutrifft, steht es ja im Bericht der Spurensicherung. Doch zunächst: Warum haben Sie das Hotel überhaupt vor der Prostituierten verlassen? Wäre es nicht plausibler, wenn sie als Erste gegangen wäre? Ihr Job war ja erledigt.
A: Ich musste früh los, denn ich wollte gleich am Morgen einen Termin in Ribeauvillé wahrnehmen.
F: Das beantwortet nicht meine Frage, weshalb das Opfer im Zimmer zurückgeblieben ist.
A: Das Mädchen war etwas hinüber wegen der Joints, die sie geraucht hat. Sie wollte sich erst frisch machen. Ich bin aber davon ausgegangen, dass sie das Zimmer kurz nach mir verlassen würde.

F: Hat sie aber nicht. Weil sie nicht mehr in der Lage dazu war, wie Sie sehr wohl wissen.
Hinweis Rechtsanwalt Wagener: Einspruch! Wieder eine durch nichts belegte Unterstellung.
A: Wie gesagt: Als ich ging, hat sie noch geatmet.
F: Woher nehmen Sie diese Gewissheit? Haben Sie das überprüft, womöglich ihren Puls gemessen?
A: Das war gar nicht nötig. Sie war ja wach. Hat das Geld gezählt, bevor ich ging.
F: Erst behaupten Sie, das Mädchen hätte unter Drogen gestanden und wäre stoned gewesen, und mit einem Mal sitzt sie putzmunter auf der Bettkante und prüft ihre Einnahmen. Was denn nun?
A: Beides! Sie war müde und nicht ganz da, aber ans Geld konnte sie schon wieder denken.
F: Womit wir wieder bei Ihrem Motiv wären: An Ihrem Ring erkenne ich, dass Sie verheiratet sind, Herr Forster. Kann es sein, dass Madame Smirnowa versucht hat, Sie mit Ihrer heimlichen Liebesnacht zu erpressen?
A: Unsinn! Es war ihr Job, mit Freiern ins Bett zu steigen. Die hätte sich doch nicht die eigene Geschäftsgrundlage kaputt gemacht!
F: Dann nennen Sie mir einen anderen plausiblen Grund für Ihre Tat! Dafür, dass Sie das Kissen genommen und ihr aufs Gesicht gepresst haben! So lange, bis sie sich nicht mehr rührte!
Hinweis Rechtsanwalt Wagener: Jetzt reicht es. Unterlassen Sie diese Einschüchterungsversuche, oder wir beenden diese Befragung auf der Stelle.
A: Zum Teufel, ich bin es nicht gewesen! Begreifen Sie doch endlich: Sie haben den Falschen geschnappt!

Nachdenklich ließ Jules das Protokoll sinken. Der Gesprächsverlauf hinterließ bei ihm einen schalen Beigeschmack. Dass sich der Verdächtige mit Händen und Füßen gegen die Vorwürfe wehrte, wunderte Jules nicht, ein solches Verhalten hatte er schon öfter erlebt.

Das Problem bestand vielmehr darin, dass Jules in Forsters Aussagen keine Widersprüche entdecken konnte. Das, was der Mann behauptete, klang plausibel und ließ sich nachvollziehen. Gut für Forster, aber schlecht für die Ermittler. Es bot sich keine Schwachstelle, an der man nachbohren konnte. Wenn sie diesem Mann beikommen wollten, mussten sie sich etwas anderes einfallen lassen, so viel stand für Jules nun fest.

Er rollte die Papiere zusammen und verließ die Kaffeeküche, um noch einmal mit Capitaine Debré zu sprechen. Er wollte ihn überzeugen, sich ab jetzt noch stärker auf Indizien und Spuren vom Tatort zu konzentrieren. Denn dass Forster doch noch umfallen und gestehen würde, hielt er inzwischen für sehr unwahrscheinlich.

Wie sich herausstellte, war Debré nicht mehr im Haus. Dafür lief Jules Benoît über den Weg. Als sich ihre Blicke trafen, empfand Jules einen Stich. Ihre gegenseitige Antipathie ließ sich nicht leugnen.

»Was haben Sie denn da?«, fragte Benoît, der die Papierrolle natürlich sofort erkannt hatte.

»Ich habe mir Ihre Arbeit angesehen«, sagte Jules so neutral wie möglich.

»Und?« Benoît musterte ihn von oben bis unten. »Zu welchem Urteil sind Sie gekommen? Es kommt einem Schuldeingeständnis gleich, nicht wahr?«

»Das sehe ich nicht so«, sagte Jules. »Ich war gerade

auf dem Weg zum Chef, um mit ihm darüber zu sprechen.«

»Oh, das tut mir aber leid«, heuchelte Benoît. »Den haben Sie knapp verpasst.«

Jules kniff die Augen zusammen. »Was macht Sie eigentlich so sicher, dass Forster es getan hat?«, fragte er jetzt ganz offen.

»Ich bitte Sie, Kollege: Forster ist unser Mann, alles spricht dafür. Oder können Sie etwa einen anderen potenziellen Täter aus dem Hut zaubern, der Gelegenheit, Motiv und den Willen hatte, das Opfer zu töten? Überraschen Sie mich!«

Jules merkte, dass es wenig Zweck hatte, dieses Flurgespräch fortzusetzen. Hier ging es nicht darum, gemeinsam an der Aufklärung eines Kriminalfalls zu arbeiten, sondern einzig und allein um einen Machtkampf. Benoît sah in Jules denjenigen, der ihm seine Position als Stellvertreter des Chefs streitig machen konnte. Dass unter einem solchen Hahnenkampf die Arbeitsqualität litt, schien ihm dabei vollkommen gleichgültig zu sein.

»Ich möchte Sie nicht überraschen, sondern unterstützen. Wir ziehen doch an einem Strang, oder?«, fragte Jules und warf einen Blick auf seine Armbanduhr. »Entschuldigen Sie mich jetzt bitte. Ich habe noch einen Termin.«

Als er weiterging und auf den Schreibtisch von Yvonne zusteuerte, war er sich sicher, dass Benoît ihm nachsah. Doch das musste ihm egal sein.

Yvonne erwartete Jules bereits. Sie saß sprungbereit vor ihrem PC und stand sofort auf, als sie Jules kommen sah. Ihr offenes Lächeln besserte seine trübe Laune augenblicklich.

»Ich muss zugeben, dass ich ein bisschen nervös bin«, vertraute sie ihm an und kam ihm dabei so nah, dass er ihr sommerlich frisches Parfüm riechen konnte. »Aber ich freue mich auch auf den Abend.«

»Nervös bin ich ebenfalls«, gestand Jules. »Denn mit Eric erlebt man immer wieder die tollsten Überraschungen.«

»Jedenfalls ist es klasse, dass ich dabei sein darf«, meinte Yvonne. »Ich bin so gespannt darauf, was Ihr Onkel zu erzählen hat. Wie es war, im Élysée-Palast ein und aus zu gehen und den ganz Großen seiner Zeit so nahe zu kommen.«

»Versprechen Sie sich bitte nicht zu viel«, wiegelte Jules ab. »Eric war Spitzenpolitiker, hat aber nichts von der Arroganz und den Allüren, die man vielen anderen Ministern nachsagt. Großartige Enthüllungen und Klatschgeschichten aus dem Élysée dürfen Sie von ihm nicht erwarten. Eric ist immer bodenständig geblieben, daran haben auch ein Dutzend livrierte Dienstboten und riesige silberne Kerzenhalter nichts geändert. Einzig beim Essen kehrt er das Mitglied der französischen Oberschicht heraus und lässt sich gern den Gaumen verwöhnen.«

Ein besorgter Zug legte sich über das ebenmäßige Gesicht der jungen Polizistin. »Ob sich Ihr Onkel dann mit unserem *choucroute garnie* zufriedengibt? Sauerkraut mit Würsten und Fleisch dürften ihm ebenso wenig zusagen wie Kasseler im Brotteig. Wissen Sie denn schon, wohin Sie Monsieur Duval ausführen möchten?«

Jules neigte den Kopf. Joanna war ihm ja leider eine Restaurantempfehlung schuldig geblieben. Ob die Kollegin vielleicht Rat wusste? »Bei dieser Entscheidung habe ich auf Sie gehofft, Yvonne«, sagte er. »Haben Sie einen Tipp?«

Yvonne schnappte nach Luft. »Das kommt jetzt wie ein Überfall.«

»Tut mir leid, überfallen möchte ich Sie nicht. Dann frage ich jemand anderen…«

»Doch, doch, ich werde Ihnen helfen. Sie kennen sich ja noch nicht aus bei uns.« Sie nagte kurz auf ihrer Unterlippe. Dann hellten sich ihre Züge auf: »Das *Côté Cour* könnte ihm gefallen. Ziemlich modern und ohne viel Firlefanz. Die Küche ist leicht und frisch, und gleich nebenan ist ein Bistro, wo es Lachstarte und Flammkuchen gibt.«

»Ein wenig gediegener darf es schon sein. Eric ist ja nicht mehr der Jüngste.«

»Gediegener…« Sie kräuselte die Stirn. »Die *Winstub Brenner* ist ein echter Klassiker. Winzig klein und mit einer netten Terrasse.«

»Terrasse ist schlecht«, merkte Jules an. »Freies Schussfeld.«

»Verstehe. Das Restaurant *Caveau Saint-Pierre* ist übersichtlich und serviert deftigen Ochsenschwanz oder Entenbrust nach Art des Chefs, sehr zu empfehlen.«

Jules hörte sich weitere Vorschläge an wie etwa die *Winstub Flory* mit wechselnder Tageskarte und sehenswerten Wandmalereien oder die *Brasserie Schwendi* mit ihren deftigen Rösti.

»Eine Brasserie kommt nicht infrage«, beschied Jules. »Zu viele ein und aus gehende Gäste.«

Schließlich brachte Yvonne ein mit Michelin-Stern ausgezeichnetes Gourmetlokal ins Spiel: Das Restaurant *JY's* am Fischerstaden hebe sich mit seiner prachtvollen Renaissancefassade schon vom Äußeren von den anderen Fachwerkhäusern ab. Der Küchenchef habe jahrelange Erfahrungen im Ausland gesammelt und auch schon in Feinschmeckerlokalen in New York gearbeitet. »Das dürfte dem Niveau Ihres Onkels entsprechen.«

»Hört sich gut an«, fand Jules. »Was steht auf der Karte?«

»Ich war erst einmal dort, denn das ist nicht ganz meine Preisklasse«, antwortete Yvonne und fügte etwas verschämt hinzu: »Ein Bekannter hat mich dorthin eingeladen.« Sie tippte sich an die Schläfe. »Lassen Sie mich überlegen, was es gab. Entenleberterrine, durchzogen von Artischockencreme, die war lecker. Dann ein prächtiges Stück Seehecht an hauchdünnen Ravioli. Und Rotbarbe mit einem herrlichen Zitrusaroma. Natürlich gab es auch Fleisch, etwa einen perfekt gewürzten Streifen Pastrami.«

»Klingt sehr überzeugend!«

»Warten Sie das Dessert ab: *Torche aux marrons*, eine Art Maronencreme, dazu eine exzellente Schokoladenmousse. Mein Bekannter schwärmte von seinem Sorbet von *fromage blanc* mit Erdbeeren.«

»Perfekt!«, freute sich Jules. »Wir haben unser Lokal gefunden! Meinen Sie, wir haben eine Chance, so kurzfristig zu reservieren?«

»Überlassen Sie das mir«, sagte Yvonne augenzwinkernd. »Ich nutze meine Kontakte.«

»Prima! Dann sehen wir uns heute Abend. Sobald

Sie mir die Reservierung bestätigen, informiere ich die CRS und stimme die Modalitäten für die Übergabe ab.«

»Echt jetzt?« Wenn Blicke töten könnten, hätte Joanna Jules soeben auf diese Weise umgebracht.

Er war nur kurz zum Duschen und Umziehen in ihrer Wohnung vorbeigekommen und hatte ihr von dem neuen Zeitplan und dem Lokal erzählt, in das er Eric ausführen wollte. Aber das war nicht gut angekommen.

»Du hättest das rechtzeitig mit mir abstimmen können«, beschwerte sich Joanna. »Das Restaurant ist nett, aber es gibt bessere in Colmar!«

»Ich habe dich um Vorschläge gebeten, doch du hattest keine Zeit dafür, schon vergessen?«

»Ach was, ich war mitten in einem Meeting, als du angerufen hast! Schon mal was von Geduld gehört? Ich kann doch nicht einfach alles stehen und liegen lassen, wenn du dich meldest. Mir wäre bestimmt noch eine andere Adresse eingefallen, wo sich dein Onkel wohlgefühlt hätte.«

»Der Zeitplan hatte sich aber nun mal geändert«, beharrte Jules. »Alles musste ganz schnell gehen, und ich stecke mitten in einer Mordermittlung.« Er stellte die Brause ab und griff zum Handtuch, während er ihr wie beiläufig mitteilte, dass eine Kollegin zu seiner Unterstützung eingeteilt worden sei.

»Was soll das nun wieder heißen?« Joanna war jetzt richtig sauer. »Wäre es nicht angebrachter, wenn ich dich begleiten würde? Immerhin bin ich deine Partnerin und hätte deinen Onkel gern kennengelernt. Und wir wollten heute Abend ausgehen!«

»Du weißt doch, wie das läuft«, sagte Jules und rubbelte sich die nassen Haare ab. »Die CRS und Capitaine Debré bestimmen die Regeln. Sie wollen, dass zwei Polizisten in Erics Nähe sind. Nichts gegen deine Qualifikationen als Richterin – aber für den Personenschutz bist du wohl kaum die Richtige.«

»Das verstehe ich nicht. Die Leibwächter sind ja nicht aus der Welt. Wenn Gefahr droht, könnten sie ruckzuck zur Stelle sein und dich unterstützen.«

»Es tut mir wirklich leid«, sagte Jules in versöhnlichem Tonfall. »Aber dienstliche Belange gehen vor. Unseren Abend zu zweit verschieben wir auf morgen, ja? Ich lade dich ein.«

»Mich stört es trotzdem, dass du mit einer anderen Frau essen gehst«, beharrte Joanna.

»Eric wird zwischen uns sitzen. Da kommt bestimmt keine Romantik auf, falls es das ist, was dich stört.«

Aber Joanna ließ sich nicht überzeugen. »Genauso gut hätte Debré dir einen männlichen Gendarm zuweisen können.«

»Joanna!«, schalt Jules sie. »Ich habe mich um diesen Job wahrlich nicht gerissen.«

»Für einen reinen Pflichttermin sprühst du dich gerade mit reichlich viel *Eau de Toilette* ein …«

Jules war froh, dass er die Wohnung mit heiler Haut verlassen konnte. Joannas Temperament empfand er sonst zwar als überaus anregend und charmant, auf Szenen wie diese konnte er allerdings gut verzichten.

ZEHN

Yvonne hatte nicht zu viel versprochen: Das schöne Anwesen aus dem 17. Jahrhundert lag im Herzen des malerischen Viertels Klein-Venedig und gefiel Jules sehr. Wenn die Küche nur halb so gut war wie der äußere Eindruck, stand einem gelungenen Abend nichts im Wege.

Inzwischen freute er sich sogar auf das unerwartet frühe Wiedersehen mit dem alten Freund der Familie. Wie oft war Jules als kleiner Junge auf Erics Schoß geklettert, um dem Onkel die Brille von der Nase zu stibitzen! Ja, dachte Jules in fröhlicher Erwartung, auf gewisse Weise war es für ihn so, als wäre Eric Duval tatsächlich ein enger Verwandter. Zumindest fühlte er sich ihm ebenso verbunden.

Die Bodyguards aus den Reihen der CRS entdeckte er, noch bevor er den Eingang des Nobelrestaurants erreicht hatte: Ein kräftiger Mann im schwarzen Anzug stand breitbeinig vor den Stufen und musterte misstrauisch jeden Passanten, während ein weiterer an der Hauswand lehnte und ebenso argwöhnisch die Straße im Blick behielt. Auch einen dritten Aufpasser hatte Jules schnell ausgemacht: eine Frau in einem dunklen Kostüm, die hinter der Glastür zum Foyer wartete. Alle drei waren dem Anlass entsprechend in Zivil gekleidet, doch auch ohne Uniform sah man ihnen ihren Job an, zumal sie sich durch die grimmigen Mienen verrieten. Kein Wunder, dass Eric sich danach sehnte, ein paar entspannte Momente ohne seine Aufpasser verbringen zu können.

»*Bonsoir*, Jules.«

Plötzlich stand Yvonne neben ihm und stupste ihn an. Sie hatte sich für den Abend zurechtgemacht – und wie! Jules musste aufpassen, dass ihm seine Bewunderung nicht allzu sehr anzumerken war. Ihr elegantes, sehr figurbetontes Kleid beeindruckte ihn ebenso wie das gekonnte Make-up, das den sinnlichen Mund betonte und die Augen leuchten ließ. Eine Schönheit, dachte er, und noch dazu eine so sympathische.

»Haben Sie sie auch gesehen?«, fragte sie mit Blick auf die Aufpasser vor dem Restaurant.

»Wie könnte man sie übersehen?«, stellte Jules die Gegenfrage. »Die Kollegen haben das Gebäude wahrscheinlich schon auf Herz und Nieren geprüft.«

In diesem Moment fuhr ein großer Citroën vor und kam dicht vor dem Eingang zum Stehen. Sofort eilte einer der Sicherheitsleute zu dem Wagen und postierte sich neben der Hintertür.

»Unser Einsatz«, sagte Jules launig. »Der alte Herr ist angekommen. Ich hoffe sehr, dass Eric Sie mit den Anekdoten aus seinem Politikerleben nicht allzu sehr langweilt. Denn wie gesagt, nennenswerten Gesellschaftsklatsch hat er nicht auf Lager.«

»Langweilen? Bestimmt nicht! Ich brenne darauf, so viel wie möglich darüber zu erfahren, auch wenn es wirklich nur um die Politik geht.«

Jules, der passend zu seiner Begleiterin einen gut geschnittenen Anzug trug, hielt dem Muskelmann an der Limousine seinen Dienstausweis hin, Yvonne tat es ihm gleich. Der Bodyguard sah genau hin, nickte und trat einen Schritt beiseite, sodass Jules die Wagentür öffnen konnte.

Zum Vorschein kam das faltige, vergnügt lächelnde Gesicht von Eric Duval. Jules reichte ihm seinen Arm und half dem Senior beim Aussteigen.

»Früher hätte ich das ohne fremde Hilfe geschafft«, sagte Eric mit einem Augenzwinkern und drückte Jules an sich. »Schön, dich wiederzusehen.« Als er Yvonne erblickte, ließ er von Jules ab und wandte sich ihr zu, um sie mit formvollendetem Handkuss zu begrüßen. »*Enchanté.*«

Trotz des Dämmerlichts entging Jules nicht, wie Yvonne errötete.

Plötzlich stand auch die Offizierin bei ihnen, die Jules zuvor im Foyer des Restaurants ausgemacht hatte. Wie sich herausstellte, besaß sie den höchsten Rang. Während Eric noch mit Yvonne turtelte, traf sie mit Jules die notwendigen Absprachen: »Sie haben drei Stunden, Major. Anschließend werden wir *monsieur le ministre* an dieser Stelle wieder in Empfang nehmen. Verstanden?«

Beinahe hätte Jules angesichts des militärischen Tonfalls der Kollegin salutiert. »Verstanden. In drei Stunden am Ausgang des Lokals.«

»Wir bleiben in der Nähe«, sagte die Frau mit starrer Miene und ohne jeden Humor. »Sollte etwas vorfallen und Sie unsere Unterstützung benötigen …«

»Das wird nicht notwendig sein«, mischte sich Eric ein, der Yvonne untergehakt hatte. »Alles ist bestens und mein Appetit groß. Lassen Sie uns hineingehen!«

Mit schnellen Schritten marschierte der schmächtige, kleine Mann an den Personenschützern vorbei und eilte durch das Foyer. Erst im blickgeschützten hinteren Teil des eleganten Empfangsbereichs blieb der alte Herr stehen. »Eine Plage«, sagte er, und es war klar, wen er damit meinte.

»Es ist nun mal ihr Job«, verteidigte Jules die Kollegen.

»Pah!«, machte Eric und wies die Hilfsangebote zweier emsiger Kellner zurück, die ihn von seiner Garderobe befreien wollten. »Unter Privatsphäre stelle ich mir etwas anderes vor. Wenn ich den Sohn meines besten Freundes treffe, möchte ich mich in Ruhe mit ihm unterhalten, ohne dabei auf Schritt und Tritt verfolgt zu werden. Schon gar nicht, wenn du deine entzückende Freundin dabeihast, Jules.«

Jules räusperte sich. »Yvonne ist nicht meine Freundin, sondern eine Abgesandte meiner Dienststelle.«

»Nicht?« Eric wirkte enttäuscht, fügte dann jedoch salopp hinzu: »Na ja, was nicht ist, kann ja noch werden.«

Ehe Jules darauf eingehen konnte, rettete Yvonne die Situation, indem sie sagte: »Unser Tisch ist gleich dort vorn.« Sie zeigte auf eine einladende Sitzecke. Mondän und geschmackvoll.

»Das glaube ich nicht«, antwortete Eric, woraufhin ihn Jules und Yvonne verwundert ansahen. »Unser Tisch ist in einer stinknormalen Elsässer *Winstub*, das wisst ihr beiden bloß noch nicht.«

Jules tauschte einen schnellen Blick mit Yvonne. »Was hast du vor, Eric?«, fragte er den eigensinnigen Ex-Politiker. »Willst du etwa türmen?«

Eric, der die Last des Berühmtseins offenbar dringend abstreifen wollte, machte keinen Hehl aus seinem Plan: »Wir nehmen den Hinterausgang und verschwinden. Dann verbringen wir eine schöne Zeit zusammen, und in drei Stunden liefert ihr mich hier wieder ab, wie es ausgemacht ist. *Compris*?«

Jules hätte wissen müssen, dass Eric sich nicht an das festgelegte Verfahren halten würde. Das roch nach Ärger. Aber konnte er es dem alten Mann verdenken, wenn er sich für eine kurze Zeit vom Sicherheitskorsett befreien wollte?

»Wo willst du denn hin?«, fragte Jules und fasste unbewusst nach dem Holster seiner Dienstwaffe, die unter seinem Jackett verborgen war. Die Verantwortung lastete jetzt allein auf seinen und Yvonnes Schultern.

»Immer der Nase nach«, scherzte Eric. »Ich habe genug von der Pariser *Haute Cuisine* und möchte Flammkuchen essen.«

»Flammkuchen? Du bist immer wieder für Überraschungen gut«, sagte Jules und fügte sich in sein Schicksal.

Fündig wurden sie nach kurzem Fußmarsch in der *Winstub La Krutenau*, einem einfachen Lokal direkt am Flusslauf der Lauch.

Jules sondierte den Gastraum, der verwinkelt und nicht gerade übersichtlich war. Statt wie üblich auf die Zuweisung eines Tischs durch die Bedienung zu warten, suchte er selbst einen geeigneten Platz aus. Seine Wahl fiel auf einen Ecktisch, von dem aus er sowohl den Eingangsbereich wie auch die Tür zu den Toiletten im Blick hatte. Das war zwar nicht die perfekte Lösung, aber besser als nichts.

Die Kellnerin, die ihnen gleich darauf die Speisekarten vorlegte, störte sich nicht an dieser Eigenmächtigkeit. Wahrscheinlich war sie ein solches Verhalten von den vielen deutschen Gästen gewohnt, die Platzanweiser nicht so kannten. Wie Jules erleichtert feststellte, behandelte sie die drei genau wie alle anderen Kunden, woraus er schloss, dass sie in Eric nicht den ehemals prominenten Innenminister erkannt hatte.

Eric fühlte sich in der freundlichen Gaststube sofort wohl und verblüffte Jules ein weiteres Mal, als er anstelle eines teuren Rotweins Bier vom Fass bestellte. Weil Eric Jules' Erstaunen bemerkte, sagte er: »Ich will Frankreich in seiner ganzen Vielfalt erleben. Und dazu gehört nun einmal mehr als *coq au vin, crème brûlée* und Champagner. Das hier ist authentisch und echt, genau so habe ich mir es vorgestellt.«

Während er die übersichtliche Karte studierte, rief Eric begeistert: »Wunderbar! Lasst uns mit dem Klassiker starten, *tarte flambée* mit Speck und Sauerrahm.«

Weil die Stimmung in dem Gasthaus urgemütlich war und er keinerlei Gefahr erkennen konnte, entspannte sich nun auch Jules. Hinzu kam, dass der alte Herr sich prächtig mit Yvonne verstand und Jules sich zunächst zurücknehmen und zuhören konnte.

»Sie stammen also aus Royan und sind mit dem Vater von Major Gabin zur Schule gegangen?«, fragte sie. Ihre anfängliche Aufregung schien verflogen zu sein.

»Nicht nur zur Schule«, entgegnete Eric prächtig gelaunt. »Charles und ich gehen seit unserer Kindheit durch dick und dünn. Das heißt nicht, dass wir uns immer verstanden haben, mitunter setzte es auch Hiebe. Etwa dann, wenn Charles mal wieder hinter dem gleichen Mädchen her war wie ich.« Er lachte ausgelassen. »Jules' Mutter war so ein Fall. Ich hatte sie zuerst entdeckt, aber Charles hat sie mir ausgespannt.«

Facettenreich umriss Eric seinen weiteren Werdegang vom Studentenleben an der Sorbonne in Paris über die ersten Gehversuche in der Politik bis zu seinem rasanten Aufstieg in der Ära d'Estaing.

Kaum hatte er den Namen des berühmten früheren Staatspräsidenten genannt, leuchteten Yvonnes Augen. Jules stellte schmunzelnd fest, dass ihm die Kollegin nichts vorgemacht hatte, sondern sich wirklich brennend für Erics Geschichten interessierte. Ob es an der Politik lag oder doch eher am Glamour, der solche Menschen umgab, blieb offen.

»Wie war er denn so?«, fragte Yvonne mit rosigen Wangen. »Hatten Sie oft persönlich mit ihm zu tun, damals in den Siebzigern?«

Wieder musste Eric lachen. »Nicht nur in den Siebzigern. Giscard und ich sind auch später noch in Kontakt geblieben. Ich habe ihn oft in seinem Pariser Stadthaus besucht.« Er musterte die wissbegierige Polizistin wohlwollend. »Sie möchten hören, wie es dort so zugeht? Nun, schon die Eingangshalle ist majestätisch, ein Hauch von Élysée liegt über den Räumen. Schwere Vorhänge, Lüster, Stuck, Orientteppiche und antike Möbel. Und erst die Bibliothek! Die Bücherregale reichen bis unter die Decke. Durch eine große Fensterfront blickt man auf einen schmucken Garten, der von einer efeuberankten Mauer umgeben ist. Mitten in der Bibliothek steht ein Kartentisch mit grüner Filzdecke, an dem wir oft zusammensaßen. Das heißt aber nicht, dass er in der Vergangenheit hängen geblieben ist. Das Arbeitszimmer ist hochmodern eingerichtet, mit allem Pipapo.«

»Der Präsident arbeitet noch immer?«

»Menschen seines Schlages arbeiten ein Leben lang. Memoiren, Vorträge, Gastkommentare. Und hin und wieder ist auch sein guter Rat gefragt.«

»Sein Rat?«

»Ja, zum Beispiel hatte ihn nach den furchtbaren Terroranschlägen von Paris der damalige Präsident François Hollande angerufen, um seine Meinung einzuholen.«

»Das ist alles so interessant«, schwärmte Yvonne. Ihr war anzumerken, dass sie sich gar nicht satthören konnte.

Doch dann rückte erst einmal das Kulinarische in den Vordergrund: Ein Blech mit Flammkuchen wurde serviert, knusprig kross und bereits in handliche Stücke zerteilt. Eric griff als Erster zu.

»Vorzüglich!«, lobte er kauend.

Im Nu war die Platte wie leer gefegt, zurück blieben bloß ein paar Krumen. Jules winkte der Kellnerin, um die nächste Lage zu bestellen, während Eric sich wieder Yvonne zuwandte.

»Da wir uns gerade so nahe an der deutschen Grenze aufhalten: Wussten Sie, dass es Giscard immer ein großes Vergnügen bereitet hat, mit seinen Amtskollegen von der anderen Seite des Rheins Deutsch zu sprechen?«, fragte er. »Goethes ›Erlkönig‹ kann er frei rezitieren, was wohl in seiner Herkunft begründet ist: Giscard ist 1926 in der deutschen Stadt Koblenz zur

Welt gekommen. Sein Vater gehörte den französischen Truppen an, die nach dem Ersten Weltkrieg dort stationiert worden waren. Über diese frühen Jahre hat er oft mit mir geplaudert. Er erinnerte sich sogar noch an sein Kindermädchen: Mathilde hieß sie. Später hat er sie einmal in den Élysée-Palast eingeladen.«

»Ich kann es gar nicht glauben, was Sie alles erlebt haben.« Yvonne hing an seinen Lippen.

»Das ist bei Weitem nicht alles«, meinte Eric amüsiert. »Aber über die wirklich interessanten Dinge darf ich nicht mit Ihnen sprechen, mein Kind.«

»Weil sie selbst nach so vielen Jahren noch der Geheimhaltung unterliegen?«, reimte sich Yvonne zusammen.

Eric nickte mit vielsagendem Blick.

»Jetzt versucht er sich wieder wichtiger zu machen, als er ist«, kommentierte Jules. Er wusste, dass Eric ihm eine solche Bemerkung nicht übel nehmen würde.

Doch der alte Herr verstand es zu kontern: »Hätte ich denn rund um die Uhr Personenschutz, wenn ich nicht mehr wichtig wäre?«

»*Chapeau*!«, rief Jules. »Der Punkt geht an dich.«

Sie stießen an. Eric mit seinem Bierglas, Yvonne und Jules mit Wasser, denn trotz der entspannten Atmosphäre waren sie ja im Dienst.

Nach der zweiten Portion *tarte flambée* – diesmal verfeinert mit hauchdünnen Lauchringen – bat Yvonne, sie kurz zu entschuldigen. Sie suchte den Waschraum auf.

Kaum unter sich, sprach Eric Jules auf die attraktive Begleiterin an: »Mal ehrlich: Läuft da nicht doch etwas zwischen euch beiden?«

»Nein!«, antwortete Jules im Brustton der Überzeugung. »Wie kommst du bloß darauf?«

»Schade«, bedauerte Eric und zwinkerte ihm verschwörerisch zu.

Jules ging nicht weiter darauf ein, sondern nutzte die Gelegenheit, um den alten Freund nach seinem Befinden zu fragen: »Wie geht es dir denn, Eric? Du siehst noch immer aus wie das blühende Leben.«

»Danke, Jules, ich kann nicht klagen. Andere in meinem Alter müssen sich mit weitaus mehr Zipperlein herumschlagen. Vielleicht liegt's am Umgang mit Giscard: Wer mit über neunzig noch so fit ist, den nehme ich mir gern zum Vorbild.«

»Bis zum Neunzigsten ist es bei dir ja noch eine Weile hin«, merkte Jules an, glaubte aber trotzdem zu spüren, dass Eric ihm etwas verschwieg. Ob es ihm doch nicht ganz so gut ging, wie er vorgab? Jules hatte den Eindruck, dass ihn bei aller Heiterkeit etwas belastete. »Und sonst so?«, hakte Jules nach, wobei er seine Frage bewusst offen ließ.

Wie sich herausstellte, hatte sich Jules nicht getäuscht. »Meine Reise ins Elsass …«, sagte Eric nun deutlich ernsthafter. »Weißt du, ich bin nicht nur wegen der schönen Häuser und dem deftigen Essen gekommen.«

»Sondern?«, erkundigte sich Jules und überlegte, ob es sich vielleicht um einen Verwandtenbesuch handelte. Allerdings hatte Eric nie eine Tante oder einen Cousin aus dem *Département Haut-Rhin* erwähnt. Und allein, um Jules wiederzusehen, hätte der alte Mann die Fahrt wohl nicht auf sich genommen.

»Wenn man so will, handelt es sich um eine dienstliche Angelegenheit. Mich hat ein Hilfsgesuch erreicht.«

Jules konnte sich ein Grinsen nicht verkneifen. »Eric, du bist seit 1981 nicht mehr Minister.«

»Das mag sein, aber bis ins Rentenalter hatte ich einen Beratervertrag, bin also noch lange am Ball geblieben.«

»Bis ins Rentenalter«, griff Jules seine Worte auf. »Das hast du aber längst erreicht. Du bist nicht mehr im Dienst.«

»Jules, mein Junge, was für Giscard gilt, gilt bis zu einem gewissen Grad auch für mich: Unsereins kann sich nicht einfach so aus der Verantwortung stehlen. Nicht, solange wir am Leben sind.«

Jules musste einräumen, dass der alte Freund in einer anderen Liga spielte als er selbst und alle, die er kannte. Außerdem gab es jenseits seines Horizonts wohl vieles, was er nicht im Entferntesten erahnen konnte. Er fragte: »Kannst du darüber reden? Was ist das für eine Sache, wegen der du nach Colmar gekommen bist?«

»Wie schon gesagt: eine Art Hilferuf, verbunden mit einem Hinweis, den ich sehr ernst nehme.« Eric zog die Stirn in Falten. »Noch habe ich nicht genug in der Hand, um das Ganze offiziell zu machen. Ich bin aber zuversichtlich, dass ich bald finden werde, wonach ich suche.«

»Du machst es sehr spannend«, fand Jules. »Geht es auch etwas konkreter?«

Eric beugte sich vor: »Zunächst nur so viel: Du solltest wissen, dass ...«

Weiter kam er nicht, denn genau in diesem Moment war Yvonne wieder da und rückte auf die Sitzbank neben Jules. »Habe ich etwas verpasst?«, fragte sie fröhlich.

Eric schaltete sofort um, sein besorgter Ausdruck wich einem unbekümmert heiteren Mienenspiel. »Nein, nein, verehrte Mademoiselle Yvonne. Bloß Familienkram.« Er hob die Hand, um die Kellnerin herbeizuwinken. »Wir nehmen noch einen, ja?«, fragte er in die Runde. »Wie wäre es diesmal mit Munsterkäse als Belag? Den darf man sich nicht entgehen lassen, habe ich mir sagen lassen.«

Die Zeit verflog, wie Jules durch gelegentliche Blicke auf seine Uhr bemerkte. Nach seinem Empfinden viel zu früh näherte sich der Zeitpunkt, den er mit der CRS-Offizierin ausgemacht hatte, um Eric wieder in ihre Obhut zu übergeben. Da sie ja auch noch den Weg zum *JY's* zurücklegen mussten, drückte Jules aufs Tempo: »Es tut mir ja echt leid, wenn ich den Partykiller geben muss, aber wir sollten jetzt gehen.«

Erwartungsgemäß reagierte Eric wenig einsichtig. »Keine Eile, die CRS wird mich früh genug wieder in den Krallen haben. Lasst uns wenigstens noch einen *digestif* zu uns nehmen.«

»Yvonne und ich dürfen sowieso nichts trinken«, gab Jules zu bedenken. »Komm schon, Eric, lass uns aufbrechen. Wenn wir nicht pünktlich erscheinen, bedeutet das für mich und Yvonne nur Ärger und Scherereien.«

Eric winkte ab. »Ihr bekommt keinen Krach, dafür werde ich schon sorgen. Außerdem werden die CRS-Jungs uns bestimmt finden, wenn wir nicht auftauchen. Wahrscheinlich durchkämmen sie ohnehin längst Lokal für Lokal. Die kennen das Spielchen schon, denn auch in Paris reiße ich gern mal aus«, erklärte er mit diebischer Freude.

Wie aufs Kommando erschienen zwei Neuankömmlinge am Eingang, eine Frau und ein Mann. So, wie sie sich verhielten, war Jules sofort klar, dass es sich nicht um gewöhnliche Gäste handelte, denn im Gegensatz zu den entspannten und unbedarften Touristen rings um sie herum trat das Paar sehr zielgerichtet auf. Sie teilten sich auf und suchten den verwinkelten Gastraum Tisch für Tisch ab.

Jules verspürte ein nervöses Kribbeln und fasste instinktiv nach seiner Pistole. Doch noch bevor das Paar sie entdeckt hatte, vermutete er, es mit Kollegen zu tun zu haben.

Daher nahm er die Hand wieder vom Holster, als die beiden vor ihrem Tisch stehen blieben, höflich einen guten Abend wünschten und mit dezenter Geste ihre Ausweise vorzeigten.

Police nationale, las Jules. Ganz wie von Eric vorausgesehen.

Der alte Herr seufzte deutlich vernehmbar. »Euch wird man schwerer los als die Pest«, sagte er, wobei Jules nur hoffen konnte, dass er es nicht so meinte. Denn die Kollegen versahen ja auch nur ihren Dienst. Eric legte die Serviette auf den Tisch und erhob sich schwerfällig. Die drei Gläser Bier, die er sich gegönnt hatte, forderten ihren Tribut.

»Warum sind Raphaël, Thomas und Clara nicht selbst gekommen?«, fragte er seine neuen Aufpasser, als er sich aufgerichtet hatte. »Für einen Schichtwechsel ist es doch noch zu früh.«

»Pardon, *monsieur le ministre*. Die Kollegen sind am vereinbarten Treffpunkt geblieben. Für den Fall, dass Sie sich dort eingefunden hätten«, erwiderte die Polizistin, eine Frau mit schmalem Gesicht und dunklen, fast schwarzen Haaren. »Wir sind die Verstärkung.«

»Pffff!«, machte Eric. »Dieser Aufwand ist wirklich völlig übertrieben.«

»Mit Verlaub, Monsieur, aber wir suchen Sie seit über einer Stunde«, schaltete sich nun auch der Begleiter ein, den Jules auf allerhöchstens dreißig schätzte. Ganz schön forsch, einem ehemaligen Minister derartige Vorhaltungen zu machen, dachte sich Jules, und auch die Kollegin schalt ihren Begleiter mit einem bösen Blick.

Doch Eric nahm den Affront mit Humor. »Seit einer Stunde? Dann ist es Ihnen aber erst spät aufgefallen, dass wir gar nicht im *JY's* geblieben sind.«

Der Zivilpolizist setzte zu einer Entgegnung an, doch die Frau an seiner Seite kam ihm zuvor, sichtlich bemüht, das Prozedere abzukürzen: »Würden Sie uns nun bitte begleiten, *monsieur le ministre?*«

Eric fügte sich und verabschiedete sich von Jules. »Wenn's am schönsten wird, soll man den Abend beenden«, sagte er mit bierseligem Blick und drückte Jules ein Bündel gefalteter Geldscheine in die Hand. »Das dürfte reichen. Und lass für die nette Kellnerin ein anständiges Trinkgeld liegen.«

Bevor er sich seinen beiden Aufpassern anvertraute, wandte er sich noch einmal Yvonne zu. Er flüsterte ihr etwas ins Ohr, worauf sie errötete und Jules verlegen ansah. Dann schloss er sich lachend seinen Abholern an und verließ das Lokal.

»Ein verrückter Kerl«, kommentierte Jules Erics Abgang.

»Aber sehr liebenswürdig«, meinte Yvonne und sah

dem alten Minister nach. »Ich hatte mir einen wie ihn völlig anders vorgestellt.«

»Wie denn?«

»Na ja, elitär und snobistisch. So, wie man eben normalerweise ist, wenn man im Élysée-Palast ein und aus geht.«

»Nein, das kann man von Eric wirklich nicht behaupten. Er ist selbst auf dem Höhepunkt seiner Karriere immer ein Mann aus dem Volk geblieben.« Jules schaute seine Tischnachbarin an, und es gefiel ihm sehr, was er sah. »Was machen wir denn mit dem Rest dieses Abends? Streng genommen haben wir jetzt Feierabend. Genehmigen wir uns zum Abschluss noch ein Glas Wein?«

Yvonnes Lächeln ließ Unschlüssigkeit erkennen. Doch dann siegten Neugierde und Lust über die Zweifel, und sie stimmte zu.

»Ich werde mir einen Bordeaux bestellen, wenn sie hier einen haben«, sagte Jules. »Sie als Elsässerin trinken wahrscheinlich einen Weißen. Gewürztraminer?«, tippte er.

Yvonnes Antwort ging in den Worten eines Mannes unter, der plötzlich neben ihrem Tisch auftauchte. Jules erkannte ihn erst auf den zweiten Blick: Es handelte sich um den Bodyguard, der vor dem *JY's* auf die Ankunft von Erics Limousine gewartet hatte. Und nun erschien auch die CRS-Offizierin, mit der Jules die Konditionen von Erics Übernahme abgestimmt hatte.

Jules sah sie verdutzt an. Was wollten die beiden hier? Hatten sich die Teams verpasst oder falsch abgesprochen?

»Die verabredete Zeit ist um«, sagte die Offizierin, bei der nur der Knopf im Ohr Hinweise auf ihre Funktion gab. »Es war nicht ganz einfach, Sie wiederzufinden, aber jetzt sind wir da.«

»Das sehe ich«, sagte Jules noch immer verwundert.

»Wir möchten Monsieur Duval abholen. Wo ist er?« Sie nickte zur Tür zu den Waschräumen hinüber. »Es wäre angebracht gewesen, wenn Sie ihn beim Austreten begleitet hätten.«

Jules blickte sie fassungslos an.

ELF

Eine schlaflose Nacht lag hinter Jules, als er sich in den frühen Morgenstunden nach Hause schleppte. Nach Hause, das hieß in diesem Fall Joannas Wohnung. Sie war schon auf und wirkte, wie Jules fand, auch nicht gerade ausgeruht. Dafür sprachen die dunklen Schatten unter ihren Augen ebenso wie ihr Gesichtsausdruck.

»Du hast es sicher schon gehört«, leitete Jules ein, kaum dass er die Wohnungstür hinter sich geschlossen hatte.

»Nichts habe ich gehört!«, fuhr Joanna ihn an. »Gar nichts!«

Jules, überrascht von der Attacke, hob beschwichtigend die Hand. »Dann lass es mich dir erklären«, setzte er an.

Doch Joanna dachte gar nicht daran, ihn ausreden zu lassen. »Was willst du mir denn erklären?«, fragte sie sichtlich empört. »Dass du gestern Abend mit einer anderen Frau essen gegangen und dann die ganze Nacht fortgeblieben bist? Da bin ich aber gespannt!«

»Halt, halt!« Jules war bemüht, ihre Wut zu bremsen. »Du weißt doch, weshalb Yvonne mich begleitet hat.«

»Wenn ich dieses kleine Luder erwische...«

»Du tust ihr unrecht! Sie hat bloß ihren Job gemacht.«

Joannas Augen verengten sich. »Ich möchte nicht wissen, von was für einem Job hier gerade die Rede ist.«

Jetzt wurde es Jules zu bunt. Er fasste Joanna an den Schultern, sodass sie ihm nicht ausweichen konnte, dann sagte er ihr ins Gesicht: »Eric ist verschwunden! Wahrscheinlich entführt.«

»Dein Onkel?« Joannas Zorn wich dem Erschrecken. »Was ist passiert?«

Jules schilderte die Ereignisse der letzten Nacht, angefangen bei dem Treffen mit Eric vor dem Nobellokal über die gemeinsame Flucht vor den Leibwächtern in die Flammkuchenküche bis hin zum Auftauchen von Erics angeblichen Abholern.

»Und dann?«, fragte Joanna. »Was ist danach geschehen?«

»Nichts«, sagte Jules desillusioniert. »Nachdem das echte Team aufgekreuzt war, um Eric zu übernehmen, herrschte erst einmal Chaos. Es wurde hin und her telefoniert, der Vorgesetzte aus dem Bett geklingelt. Aber ziemlich bald war uns allen klar, dass das Paar, das sich Eric geschnappt hat, von niemandem dafür beauftragt worden war. Zumindest nicht von der zuständigen CRS-Einheit.«

»Aber du hast doch gesagt, dass sich die beiden ausgewiesen haben.«

»Ja, sie trugen ID-Cards der Police nationale bei sich. Sahen verdammt echt aus.«

»Waren es aber nicht«, folgerte Joanna nachdenklich.

»Offensichtlich nicht«, sagte Jules und ließ sich erschöpft auf einen Stuhl fallen. »Ich bin völlig fertig. Bin die ganze Nacht über nach allen Regeln der Kunst verhört worden. Yvonne ist es nicht besser ergangen.«

»Haben sie euch etwa nicht geglaubt und halten euch jetzt für verdächtig?«

»Verdächtig? Nein. Eher für stümperhaft und dumm. Für die Leute der Police nationale hat sich damit wieder einmal bestätigt, dass man der Gendarmerie nichts überlassen kann.«

Joanna hatte ihren Groll überwunden und fuhr Jules mit der Hand über das zerzauste Haar. »Konntet ihr die falschen Polizisten beschreiben?«

»Nicht besonders gut, fürchte ich. Das Ganze ging ja recht schnell, außerdem war die Beleuchtung im Gastraum miserabel. Yvonne und ich haben das Aussehen der beiden so genau wie möglich wiedergegeben, aber unsere Erinnerungen gehen ziemlich weit auseinander.«

»Anders gefragt: Würdest du die zwei bei einer Gegenüberstellung wiedererkennen?«

Jules zuckte die Schultern. »Die Frau vielleicht, den Mann eher nicht.«

»Keine besonderen Kennzeichen oder Auffälligkeiten?«

»Nein, nichts. Sie verhielten sich genau so, wie ich es von Polizisten erwartet habe. Absolute Profis. Die waren gut vorbereitet.«

Joanna suchte nach einem anderen Ansatz: »Ihre Stimmen... Waren die ungewöhnlich? Hast du vielleicht einen Akzent herausgehört?«

»Nein, kein Akzent. Nichts dergleichen.«

»Das ist wenig«, bilanzierte Joanna. »Du Armer, ich möchte nicht in deiner Haut steckten.« Sie zog sich einen Stuhl heran und setzte sich Jules gegenüber. »Was nun? Wenn die CRS-Leute von einer Entführung ausgehen, ist das eine ganz große Sache. Bald werden wir die Medien des ganzen Landes in der Stadt haben.«

»Das sollte unsere geringste Sorge sein«, meinte Jules niedergeschlagen. »Außerdem gilt eine Nachrichtensperre. Nur ein kleiner Kreis wird eingeweiht. Yvonne und ich sind zum Stillschweigen verdonnert worden. Denn noch ist gar nichts sicher. Es gibt weder ein Bekennerschreiben, noch liegt eine Lösegeldforderung vor.«

»Das heißt, du hättest mir das alles gar nicht erzählen dürfen?«

Jules sah sie liebevoll an. »Wenn ich jemandem vertrauen kann, dann doch wohl dir. Aber ich fürchte, dass ich Charles nichts darüber sagen darf.«

»Ist wohl auch besser so, denn dein Vater würde es dir nie verzeihen, dass du die Entführung seines besten Freundes zugelassen hast.«

»Sehr aufbauend, danke«, sagte Jules schneidender als beabsichtigt. »Die Vorwürfe, die ich mir selbst mache, reichen mir vollkommen.«

Wieder strich Joanna ihm durchs Haar. »Du darfst jetzt nicht den Kopf hängen lassen, sondern musst nach vorne schauen.«

»Leichter gesagt als getan.«

»Werden sie dich denn darüber informieren, wenn sich etwas tut?«

»Ja, ich bleibe eingebunden. Die wissen genau, wie nahe ich Eric stehe, und setzen wohl darauf, dass ich am Ende doch noch nützlich sein kann.«

»Immerhin«, meinte Joanna und wirkte etwas zuversichtlicher.

Jules blickte sie Rat suchend an. »Und jetzt? Wie soll es nun weitergehen?«

»Als Erstes springst du unter die Dusche, das wird dich wieder munter machen.«

»Na schön. Und dann?«

»Danach gehst du zur Arbeit und wartest ab, was passiert. Mehr kannst du vorerst nicht tun.«

Das stimmte. Mehr konnte er tatsächlich nicht tun. Jules war dankbar für diesen Rat und empfand Joannas Einfühlungsvermögen als sehr wohltuend. Sie war ihm eine echte Stütze. Wieder einmal wurde ihm bewusst, was er an ihr hatte und welche Bereicherung sie für sein Leben darstellte. Er nahm sich vor, sich bei passender Gelegenheit für ihre Hilfe zu revanchieren – und ihre Gunst nicht leichtfertig zu verspielen.

ZWÖLF

Jules, der seine Müdigkeit mit einem starken Kaffee vertrieben hatte, trat seinen Dienst mit äußerst gemischten Gefühlen an. Er ging davon aus, dass zumindest Capitaine Debré ebenfalls eingeweiht worden war. Es musste den CRS-Verantwortlichen klar sein, dass er Yvonne und Jules fragen würde, wie der Abend verlaufen war. Jules rechnete mit einer Standpauke, denn schließlich hatte er den Einsatz verpatzt, was sein neuer Chef auf jeden Fall missbilligen musste.

Umso mehr erstaunte ihn, mit welcher Ruhe und Gelassenheit Debré ihn willkommen hieß und in sein Büro bat.

»Schlimme Sache«, sagte der Capitaine einfühlsam und bot Jules einen Stuhl an. Er selbst knöpfte seine Uniformjacke auf und setzte sich ihm gegenüber. »Das, was Ihrem Onkel widerfahren ist, muss sehr belastend für Sie sein. Ich hätte vollstes Verständnis für Sie, wenn Sie sich heute freinehmen möchten. Dasselbe habe ich Yvonne vorgeschlagen. Denn auch für sie war es ein harter Schlag.«

Kein Vorwurf, kein Wort der Kritik. Das rechnete Jules seinem Vorgesetzten hoch an. Dennoch wollte er das großzügige Angebot nicht wahrnehmen, denn – Schlafmangel hin oder her – in Joannas Wohnung würde ihm doch nur die Decke auf den Kopf fallen.

»Danke für Ihr Verständnis, aber ich bleibe lieber im Dienst«, sagte er. »Von wem wurden Sie informiert? CRS?«

Debré bestätigte das. »Details sind mir nicht bekannt, aber das geht in Ordnung. Die Angelegenheit ist nicht unser Ding, und ich muss auch Sie bitten, sich nicht aktiv an der Suche nach dem Vermissten zu beteiligen. Sonst kommt es unweigerlich zu Kompetenzgerangel.«

»Ich verstehe, ja«, sagte Jules. »Ich wüsste auch gar nicht, wo ich ansetzen sollte.«

»Danke für Ihr Einsehen. Bei politisch motivierten Taten – und mit einer solchen haben wir es unzweifelhaft zu tun – ist einzig die Police nationale zuständig. Das müssen wir respektieren«, bekräftigte Debré noch einmal. »Deswegen kann es nicht schaden, wenn Sie sich mit etwas anderem ablenken.«

Jules sah ihn interessiert an. »Gibt es vielleicht etwas Neues über den Hotelmord?«

»Ja, allerdings nichts Gutes.« Debré blickte ihn kummervoll an, während er weitersprach. »Forsters Anwalt hat ihn rausgehauen.«

Das musste ja so kommen, dachte Jules. Jeder Laie hätte sehen können, dass der Verdacht auf tönernen Füßen stand.

»Ärgerlich«, sagte er und behielt seine Gedanken für sich.

»Ich muss zugeben, dass ich den Mann unterschätzt habe. Ein cleverer, äußerst findiger Jurist, zweisprachig und aalglatt. Ihm ist es gelungen, seinen Mandaten gegen eine Kaution auf freien Fuß zu setzen.«

»Wie steht es um die Flucht- und Verdunkelungsgefahr? Hat der zuständige Untersuchungsrichter das denn nicht berücksichtigt?«, wunderte sich Jules. »Unsere Indizien und die Zeugenaussagen …«

»… reichen nicht aus, um Forster länger festzuhalten«, beendete Debré den Satz. »Wir haben einfach zu wenig gegen ihn in der Hand. Dafür mache ich in erster Linie die Spurensicherer und Gerichtsmedizin verantwortlich, die nichts Belastendes geliefert haben. Aber wir müssen uns auch an die eigenen Nasen fassen: Wir sind uns unserer Sache einfach zu sicher gewesen und haben uns nicht intensiv genug um handfeste Beweise gekümmert.«

»Ein Kopfkissen als vermeintliches Mordwerkzeug ist nun mal ein schlechter Träger von Fingerabdrücken«, merkte Jules nachdenklich an, dann fiel ihm ein: »Was ist denn aus den Hautpartikeln unter den Fingernägeln der Toten geworden? Liegt das Ergebnis aus dem Labor mittlerweile vor?«

»Ja, aber auch das hilft uns nur bedingt. Die Proben konnten nicht eindeutig zugeordnet werden, zumindest wollte sich das Labor nach der ersten Untersuchung nicht festlegen. Und selbst wenn: Forsters Anwalt würde behaupten, dass ein Kratzer beim Liebesspiel vorkommen kann, jedoch nichts mit dem Tötungsdelikt zu tun haben muss.« Debré nickte grimmig. »Wenn es dumm läuft, kommt der Kerl ungeschoren davon.«

Debré schickte ihn fort mit dem Auftrag, sich noch einmal die Verhörprotokolle vorzunehmen, um nach alternativen Ansätzen zu suchen. Jules nickte bestätigend und ging hinüber ins Großraumbüro, um nach Yvonne zu sehen. Er wollte sich erkundigen, wie sie die Aufregung und Strapazen der vergangenen Nacht überstanden hatte. Doch er fand ihren Platz verwaist vor. Offensichtlich hatte sie Debrés Angebot wahrgenommen und blieb heute zu Hause.

»Suchen Sie etwas?« Benoît, dessen Schreibtisch ganz in der Nähe stand, reckte den Hals.

»Nicht was, sondern wen«, sagte Jules. »Haben Sie Yvonne heute schon gesehen?«

»Nein«, antwortete Benoît mit anzüglichem Lächeln. »Sie muss sich erholen. Hat wohl eine stürmische Nacht hinter sich.«

Zwar hatte sich Jules vorgenommen, sich von dem Kollegen nicht provozieren zu lassen, doch das ging zu weit. Er fasste Benoît ins Auge und wollte ihm seine Meinung sagen. Doch sein Handy hinderte ihn daran.

Jules schaute aufs Display: Eine Nummer, die er nicht kannte, wurde angezeigt. Er meldete sich, woraufhin er zunächst nur ein schnelles Atmen hörte.

»Hallo?«, fragte er. »Mit wem spreche ich?«

»Yamina«, sagte eine zarte Frauenstimme.

Yamina? Jules musste kurz nachdenken, dann wusste er es: das Zimmermädchen!

»Schön, dass Sie sich melden«, sagte er. »Wie kann ich Ihnen helfen?«

»Ja, also ...« Wieder atmete die Anruferin hektisch.

Jules bemühte sich, ihr den Einstieg zu erleichtern. »Meine Nummer haben Sie wohl von der Karte, die ich Ihnen überlassen habe. Also ist Ihnen noch etwas eingefallen, das Sie mir mitteilen möchten?«

»Ja, das ist richtig. Ich will reden.«

»Sehr gut«, bestärkte Jules sie. »Ich höre Ihnen zu.«

»Das ist für mich nicht einfach. Ich habe lange mit

mir gerungen, ob ich es wirklich tun soll. Aber ich glaube, ich kann Ihnen vertrauen.«

»Das können Sie, Yamina. Erleichtern Sie sich und sagen Sie mir, was Sie loswerden möchten.«

»Ich kann mich also auf Sie verlassen?«

Jules spürte die Vorbehalte der jungen Frau. »Sie haben nichts zu befürchten, Yamina. Wenn Sie eine belastende Aussage machen möchten und Angst vor den Konsequenzen haben, werden wir Sie schützen. Vertrauen Sie auf die Polizei.«

»Das ist es ja gerade«, sagte Yamina und klang unglücklich. »Natascha Smirnowa war nicht zum ersten Mal in unserem Hotel. Ich kannte sie. Wir haben ab und zu eine Zigarette zusammen geraucht, draußen auf dem Hinterhof. In letzter Zeit war sie nicht gut drauf. Sie sagte, dass sie eine Riesenwut hat.«

»Wut auf wen?«

»Auf die *flics*! Natascha hat geschimpft und gesagt, sie würden ihr das Leben schwer machen.«

»Ist Madame Smirnowa mit den Kollegen von der Sitte aneinandergeraten?«, wollte es Jules genauer wissen.

»Das weiß ich nicht. Aber sie hatte echt Angst, dass bald etwas passiert.«

»Sie meinen, dass man sie verhaften würde?«

»Nein, schlimmer. Dass ihr etwas zustößt.«

»Heißt das, dass sie unter Druck gesetzt oder sogar bedroht wurde?«

»Ja.«

Jules konnte sich auf das alles keinen rechten Reim machen. »Hat sie Ihnen gegenüber etwas Konkreteres angedeutet, vielleicht sogar Namen genannt?«

»Nein«, kam es wie aus der Pistole geschossen.

»Sind Sie ganz sicher?«

»Ich habe Ihnen alles gesagt, was ich weiß, und muss jetzt zurück an die Arbeit.«

»Sie brauchen wirklich keine Angst zu haben«, redete Jules ihr zu. »Aber um etwas unternehmen zu können, brauche ich genauere Informationen.«

»Mehr weiß ich aber nicht.«

»Ganz ehrlich?«

»Ja. Das war's. Ich muss jetzt wirklich los.«

»Danke trotzdem, Yamina«, sagte Jules. »Ich werde Ihre Information vertraulich behandeln.«

Den letzten Satz hatte das Zimmermädchen wahrscheinlich nicht mehr gehört, denn die Verbindung war bereits unterbrochen.

Kaum hatte Jules sein Smartphone eingesteckt, meldete sich Benoît zu Wort, der offenbar jedes von Jules' Worten mitgehört hatte.

»Das übliche Spiel?«, fragte er. »Gibt es mal wieder Klagen über die Rüpel von der Gendarmerie?«

»Nicht direkt. Es war lediglich von *flics* die Rede«, sagte Jules ausweichend.

Benoît machte eine wegwerfende Handbewegung. »Kein Wunder, wenn sich eine Professionelle wie die Smirnowa über die Polizei geärgert hat. Wir nehmen das Rotlichtvölkchen aufs Korn, weil wir diese Leute in Colmar nicht haben wollen. Wer für Geld vögeln möchte, soll das meinetwegen in Straßburg tun oder besser noch weit weg in Paris, aber nicht bei uns.«

Er wetterte weiter über das horizontale Gewerbe und die »ganze verkommene Branche«, bis Capitaine Debré in der Tür seines Büros erschien und ihn zur

Räson rief: »Benoît! Hören Sie auf damit, den Kollegen mit Ihren persönlichen Aversionen zu behelligen. In unserer Abteilung sind wir aufgeschlossen und tolerant.« Streng fügte er hinzu: »Kommen Sie bitte zu mir, ich habe einige Aufgaben für Sie.«

DREIZEHN

Für die Schönheit seines neuen Wohnorts hatte Jules kaum mehr ein Auge, als er gegen Mittag die Gendarmerie verließ. Er brauchte dringend frische Luft, um bei wachem Verstand zu bleiben. Beim Studieren der Vernehmungsprotokolle waren ihm zuletzt immer wieder die Augen zugefallen.

Bei einer *boulangerie* holte er sich ein Stück Lauchtarte und setzte sich auf eine Bank in der Sonne. Während er den würzig belegten Mürbteig genoss, wanderten seine Gedanken vom Prostituiertenmord schnell wieder zu Eric, und er fragte sich, wer wohl ein Interesse daran haben könnte, einen alten Herrn wie ihn zu kidnappen.

Ging es ums Geld? Eric Duval war beileibe kein armer Mensch. Er stammte aus einer wohlhabenden Familie, bezog die sicherlich recht hohe Rente eines ehemaligen Ministers und verdiente nach eigenem Bekunden mit Berateraufträgen dazu. Das ergab insgesamt sicherlich ein mittelgroßes Vermögen, überschlug Jules. Andererseits gab es etliche Industrielle, Stars und Spitzensportler, die deutlich mehr Geld einstrichen und weniger gut bewacht wurden als Eric. Weshalb also das Wagnis und Risiko eingehen, sich ausgerechnet an einem ehemaligen Staatsmann unter dem Schutz des CRS zu vergreifen?

Handelte es sich also doch um ein politisches Motiv, wie es offenbar Capitaine Debré vermutete?

Jules beobachtete eine Gruppe Spatzen, die sich zu seinen Füßen niedergelassen hatten und darauf hofften, ein paar Brösel seiner *tarte* zu ergattern, und grübelte währenddessen über Erics Rolle als Innenminister nach. Gab es da etwas, was einen Grund für seine Entführung lieferte? Hatte er sich in Ausübung seines Amtes bei einer Person oder einer Organisation unbeliebt gemacht? Und zwar so sehr, dass sie es ihm nun heimzahlten?

Nein, dachte Jules, nicht dass er wüsste. Wenn sie nicht in Frankreich, sondern in Irland leben würden, sähe die Sache ganz anders aus. Dort wäre ein Racheakt selbst nach so vielen Jahren noch denkbar. Hier gab es keine vergleichbaren inneren Konflikte. Die Zerreißprobe infolge des Algerienkonflikts lag schon viel zu lange zurück, und dass sie es mit gewaltbereiten Separatisten wie etwa Korsen oder Basken zu tun hatten, mochte er auch nicht glauben. Zumindest war ihm nicht bekannt, dass Eric in seiner aktiven Zeit massiv gegen diese Volksgruppen vorgegangen wäre. Und sonst? Gab es etwas, auf das Jules nicht kam oder das ihm nicht bekannt war?

Wenn jemand diese Frage beantworten konnte, dann wohl Erics bester Freund. Jules seufzte beim Gedanken an seinen Vater. Trotz aller Geheimhaltung würde er nicht darum herumkommen, Charles doch noch über die Geschehnisse zu informieren. Es hatte keinen Zweck, ihm etwas vorzumachen, denn ohne seinen Rat kam er nicht weiter. Außerdem würde ihn sein alter Herr beim nächsten Telefonat ohnehin sofort durchschauen und feststellen, dass da etwas nicht stimmte.

Also warf Jules seine Bedenken über Bord und setzte sich über die Anweisung von Capitaine Debré hinweg, in Sachen Eric keine eigenen Nachforschungen anzustellen.

Er faltete das Kartonpapier zusammen, auf dem der Lauchkuchen gelegen hatte, und warf es in einen Abfalleimer neben der Bank. Dann nahm er sein Smartphone zur Hand und tippte die vertraute Nummer.

Charles meldete sich mit einem grummelnd vorgebrachten Vorwurf: »Ich habe mein Essen auf dem Herd!«

»*Pardon*«, entschuldigte sich Jules, der genau wusste, wie sehr es sein Vater hasste, beim Kochen gestört zu werden. »Auch wenn es gerade unpassend ist: Ich muss dir etwas Wichtiges sagen.«

»So wichtig kann es gar nicht sein, um mein Omelette zu verderben«, blieb Charles störrisch.

Bei der Erwähnung von Charles' Lieblingsgericht kamen bei Jules Kindheitserinnerungen auf. Niemand verstand es besser als sein Vater, ein Omelette luftig und leicht zuzubereiten. Die Vorstellung, wie sein alter Herr Trüffelspäne über die goldgelbe Eierspeise rieb, ließ ihm das Wasser im Mund zusammenlaufen.

»Es geht um Eric«, betonte Jules eindringlich, aber auch die Erwähnung dieses Namens änderte nichts daran, dass Charles gerade mit etwas anderem beschäftigt war.

»*Merde*!«, hörte Jules seinen Vater fluchen. »Jetzt ist es angebrannt.«

Es kostete Jules einiges an Überzeugungsarbeit, um Charles von der Wichtigkeit seines Anrufs zu überzeugen. Nach viel gutem Zureden gelang es, ihn dazu zu bewegen, sich später an einem zweiten Omelette zu versuchen und die Küchenarbeit bis dahin ruhen zu lassen. Endlich hörte Charles ihm zu, und behutsam schilderte Jules, was sich ereignet hatte. Er berichtete von dem gemeinsamen Abendessen mit Eric, dem Katz- und Mausspiel mit den Aufpassern und dem unrühmlichen Ausgang des so unbeschwert begonnenen Abends. Jules ließ nicht unerwähnt, dass es bislang keinerlei Botschaft von den Entführern gab, zumindest, soweit er wusste.

Statt Jules mit Vorwürfen zu überschütten, reagierte Charles – ähnlich wie zuvor schon Capitaine Debré – sehr gelassen. »Seid ihr sicher, dass es sich um eine Entführung handelt?«, fragte er in einem Ton, als redeten sie über das Wetter von morgen.

»Alles spricht dafür, ja«, bekräftigte Jules.

»Genauso gut könnte es sich um einen von Erics Tricks handeln.«

»Wie meinst du das?«

»Nun ja, eine abgekartete Sache, von ihm selbst eingefädelt, um sich für ein paar Tage absetzen zu können. Inkognito unter die Leute zu gehen, davon träumt er ständig.«

»Ein Trick? Du hältst es allen Ernstes für möglich, dass er selbst die falschen Polizisten engagiert hat?«

»Zuzutrauen wäre es ihm.«

»Und wenn nicht?«

»Dann besteht ebenfalls kein Grund zur Panik. Eric weiß sich zu helfen. Er ist darauf trainiert, mit derartigen Situationen umzugehen. Er hat Schulungen absolviert, um Krisen durchzustehen, spezielle Psychotrainings …«

»Wann war das? In den Achtzigern?«

»Nun ja, der letzte Auffrischungskurs dürfte schon eine Weile zurückliegen.«

»Eben! Selbst wenn Eric vor Urzeiten mal einen Lehrgang besucht haben sollte, um sich in den Kopf eines Terroristen hineindenken zu können, ohne den eigenen zu verlieren, ist dieses Wissen längst überholt und größtenteils vergessen. Machen wir uns nichts vor, der gute alte Eric ist eingerostet.«

»Ist er nicht!«, protestierte Charles. »Er hält sich fit. Geistig wie körperlich.«

Jules sah den gemütlichen Politrentner vor sich, wie er seinen Flammkuchen aß und dazu Bier trank. Ein Genussmensch, der seinen Ruhestand auskostete und es sich gut gehen ließ, das Gegenteil eines auf Selbstverteidigung gedrillten Asketen. Charles machte sich etwas vor, wenn er glaubte, sein Freund könne auf sich selbst aufpassen.

Auf der anderen Seite hatte es auch sein Gutes, wenn sein Vater sich keine allzu großen Sorgen um den Freund machte. Zu viel Aufregung tat ab einem bestimmten Alter nicht mehr gut, überlegte Jules.

»Mach dir keine Vorwürfe«, sagte Charles versöhnlich. »Du hast sicher dein Bestes gegeben und konntest nicht voraussehen, dass der Abend so verlaufen würde. Am schlauesten ist es, wenn du alles Weitere den Leuten überlässt, die dafür zuständig sind. Die Jungs von dieser Spezialeinheit werden das Ding schon schaukeln. Und nimm dich in Acht vor den Aasgeiern von der Presse. Wenn die herausfinden, wie du zu Eric stehst, werden sie dich durch den Wolf drehen. Am besten kümmerst du dich um andere Dinge, deinen Fall zum Beispiel. Geht es damit voran?«

Jules lieferte seinem Vater eine kurze Zusammenfassung, woraufhin Charles fragte: »Ihr seid also sicher, dass es der Deutsche getan hat? Jemanden mit einem Kissen zu ersticken ist nicht viel anders, als mit bloßen Händen zu töten. Man muss ziemlich abgebrüht sein, um so etwas zu tun.«

»Das ist richtig«, sagte Jules. »Wir werden sehen, wie sich die Beweislage entwickelt.« Er hielt kurz inne, bevor er fragte: »Um noch einmal auf Eric zu sprechen zu kommen: Sollte es sich tatsächlich um eine Entführung handeln, eine politisch motivierte, würde dir ein Grund dafür einfallen?«

Charles ließ sich mit der Antwort Zeit. »Keiner, der auf der Hand liegt«, sagte er schließlich. »Politiker, auch diejenigen außer Dienst, stehen ja immer irgendwie im Kreuzfeuer der Kritik. Aber Eric ist schon so lange aus den Schlagzeilen heraus, dass mir dazu nichts in den Sinn kommt. Nichts, worüber sich heute noch jemand aufregen könnte. Klar hatte er Neider, Gegner und auch Feinde. Aber wie gesagt, das alles liegt viele Jahre zurück. Nein, Jules, ich weiß wirklich nicht, wer heute noch einen Groll gegen Eric hegen könnte.«

»Du kannst ja noch mal in Ruhe darüber nachdenken«, schlug Jules vor in der Hoffnung, Charles könnte die Namen einiger besonders hartnäckiger Widersacher aus alten Zeiten nennen.

»Kann ich machen. Aber mach dir keine allzu großen Hoffnungen.«

»Jeder noch so kleine Hinweis kann hilfreich sein. Aber du darfst mit niemandem darüber reden. Deine Boule-Runde soll ebenso wenig darüber erfahren wie deine Anglerfreunde.«

»Ist doch selbstverständlich«, sagte Charles. Dann wechselte er das Thema und sprach ein neues an, auf das Jules gern verzichtet hätte. »Heute Morgen habe ich übrigens Lilou wiedergetroffen. Ich muss sagen: Deine Ehemalige sieht gut aus. Glücklich und zufrieden. Und ihr kleiner Sohn Philipe ist ein ganz Aufgeweckter. Wenn ich es nicht besser wüsste, würde ich meinen, dass er eine erstaunliche Ähnlichkeit mit dir hat.«

VIERZEHN

»Gut, dass Sie kommen«, begrüßte Yvonne ihn im Eingangsbereich der Gendarmerie.

Dafür, dass sie genauso müde sein musste wie Jules, hielt sie sich gut. Aber in ihrem Alter steckte man eine durchgemachte Nacht noch besser weg, dachte er sich. Obwohl ja gar nicht so viele Jahre zwischen ihnen lagen …

»Ich dachte, Sie hätten sich heute freigenommen«, sagte er.

»Nein, nur ein paar Stunden später angefangen. Ich brauchte eine kleine Auszeit.«

»Kann ich gut verstehen. Was gibt's denn Neues?«

»Der Capitaine hat der Kriminaltechnik in den Hintern getreten – und das hat tatsächlich geholfen«, wusste sie zu berichten. »Die haben den Handycode der Toten geknackt. Unter ihren Kontakten sind die Namen einiger Frauen, ganz offensichtlich Pseudonyme: Lola, Bibi und so weiter. Wir gehen davon aus, dass das Kolleginnen sind. Möglich, dass uns Gespräche mit ihnen weiterbringen. Vielleicht hat ja auch eine der anderen schon schlechte Erfahrungen mit Forster gemacht.«

»Könnte sein«, meinte Jules. Endlich kam neuer Schwung in die Sache! »Wie finden wir diese Damen?«

Yvonne war sich nicht sicher. »Es gibt in Colmar

kein richtiges Rotlichtviertel, wie man es aus manchen großen Städten kennt. Aber einige Bars sind dafür bekannt, dass man dort anbandeln kann.«

»Ein Laden wie der, in dem Forster die Smirnowa kennengelernt hat?«

»So ist es. Dort sollten wir als Erstes unser Glück versuchen.« Süffisant fügte sie hinzu: »Das Etablissement nennt sich *Petit Moulin.*«

Jules schaute auf die Uhr. »Stehen wir da jetzt nicht vor verschlossenen Türen?«

»Wenn wir bis heute Abend warten, laufen wir Gefahr, vorher einzuschlafen.« Sie stupste ihn an. »Probieren wir's einfach. Wenn niemand da ist, soll es Benoît später noch mal probieren. Der schiebt gern Überstunden, wenn er sich dadurch profilieren kann.«

»Sie lästern über Kollegen?«, erkundigte sich Jules in gespielter Empörung.

»Nur über *einen*«, antwortete Yvonne und zwinkerte.

Das *Petit Moulin* lag in einem wenig schönen Viertel unmittelbar neben einer Spielhalle. Bei Tageslicht betrachtet wirkte beides schäbig und abgestoßen, doch Jules wusste, dass in den Abendstunden die Leuchtreklamen und Neonbuchstaben den armseligen Eindruck überspielen würden. Der Straßenzug hatte wirklich gar nichts mit der Fachwerkidylle der Altstadt gemein, lag jedoch nur wenige Gehminuten davon entfernt. Dicht genug, dass sich der ein oder andere interessierte Gast hierher verlaufen konnte.

Sie waren nicht umsonst gekommen, die Tür der Bar stand offen. Drinnen brummte ein Staubsauger.

Jules und Yvonne betraten einen düsteren Raum, in dem eine undefinierbare Geruchsmischung hing. Die Einrichtung bestand aus ein paar kleinen Tischen, plüschigen Bänken und einer verspiegelten Theke, hinter der sich Dutzende Flaschen in einem Regal reihten. Der Staubsauger wurde von einer molligen Frau bedient, die sie bis jetzt nicht bemerkt hatte.

Jules sprach sie an, woraufhin die Frau herumfuhr. Als sie die Uniformen sah, ließ sie vor Schreck das Saugrohr fallen. »*Ya 'iilhi*!«, rief sie aus und schlug die Hände vor den Mund. »O mein Gott!«

Jules und Yvonne wechselten einen wissenden Blick. Wenn sie die Papiere der Frau überprüften, würden sie bestenfalls eine Schwarzarbeiterin erwischen, aber noch wahrscheinlicher handelte es sich um eine Immigrantin ohne gültiges Bleiberecht. Doch sie kamen nicht von der Ausländerbehörde, sondern wollten einen Mordfall aufklären. Also sagte Jules sehr ruhig und besonnen: »Sie dürfen gleich weitermachen. Wir möchten mit Ihrem Chef sprechen.«

»Kein Chef«, sagte die Frau und sah abwechselnd Jules und Yvonne aus ängstlichen Augen an. »Nicht hier. Erst spät.«

Yvonne ging mit einem Lächeln auf sie zu. »Wie steht es mit Lola oder Bibi? Sagen Ihnen diese Namen etwas?«

Die Putzfrau schüttelte heftig den Kopf. »Keine Lola. Keine Bibi.«

»Können Sie mit dem Namen Natascha Smirnowa etwas anfangen?«, fragte Jules und meinte zu erkennen, wie die Frau zusammenzuckte. »Ihr Künstlername lautet Nicolette.«

»Nicolette nicht mehr da«, sagte die Frau und wedelte abwehrend mit den Händen. »Nur Michelle.«

Jules blickte sich um, doch da war niemand außer ihnen. »Wer ist diese Michelle?«

»Bardame.«

»Wo können wir Michelle finden?«, wollte Yvonne wissen.

Die Putzfrau zeigte nach oben. »Schläft.«

»Das würde ich jetzt auch gern«, raunte Jules Yvonne zu und sagte dann lauter: »Wir müssen sie wecken.«

Sofort nahm die Frau ihre Arbeit wieder auf, sichtlich darum bemüht, auf diese Weise um weitere Fragen herumzukommen.

Durch ein stickiges, enges Treppenhaus gelangten sie ins obere Stockwerk und einen Flur, von dem drei Türen abgingen. Sie versuchten es an der ersten, doch auf ihr Klopfen reagierte niemand. Auch hinter der zweiten Tür blieb es zunächst still. Dann hörten sie ein gequält wirkendes Stöhnen. Eine heisere Frauenstimme fragte: »Was soll das? Welcher Idiot stört mich?«

»Die Gendarmerie«, antwortete Jules, woraufhin ein weiteres Stöhnen und dann Schritte erklangen.

Als die Tür geöffnet wurde, standen sie einer zierlichen Frau mit pechschwarzem, zerwühltem Haar gegenüber. Das Nachthemd, das sie trug, war dünn wie Papier. Jules schätzte sie auf Mitte zwanzig.

»Michelle?«, fragte Yvonne.

»Ja, verdammt. Was wollen Sie von mir?« Dutzende Überlegungen schienen ihr gleichzeitig durch den Kopf zu jagen.

»Kein Grund zur Sorge«, sagte Jules so ruhig wie möglich, während sich Yvonne in dem kleinen überheizten Zimmer umsah. »Wir sind nicht daran interessiert, was Sie tun, und wollen auch keine Papiere kontrollieren.«

Michelle legte ihr Misstrauen trotzdem nicht ab. Mit schnellen Schritten ging sie zu einem Schränkchen neben ihrem Bett und ließ einen gefüllten Aschenbecher in der Schublade verschwinden.

»Auch was Sie rauchen, ist uns egal«, betonte Jules. »Wir drücken alle Augen zu, erwarten dafür aber einige Informationen von Ihnen.«

»Wusste ich's doch«, gab Michelle giftig von sich. »Die *flics* kommen nie ohne Grund.«

Daraufhin übernahm wieder Yvonne: »Kennen Sie Natascha Smirnowa? In der Szene tritt sie auch unter dem Namen Nicolette auf.«

»Ich hab gelesen, was mit ihr passiert ist.«

»In der Zeitung?«, fragte Jules.

Michelle schüttelte den Kopf und zeigte auf ein Handy, das auf dem Bett lag. »Das geht längst rum, jeder weiß darüber Bescheid.«

»Was aber nicht meine Frage beantwortet, ob Sie die Verstorbene kannten«, hakte Jules nach.

Die dünn bekleidete Frau zuckte die Achseln. »Was heißt schon kennen?«

Yvonne stellte sich dicht neben sie: »Nun mal Klartext: Waren Sie mit ihr persönlich bekannt? Haben Sie mit ihr ab und zu gesprochen?«

Michelle mied ihren Blick. »Die Szene ist klein. Natürlich haben wir manchmal gequatscht, wenn wir uns sahen. Unten in der Bar zum Beispiel, um die Zeit totzuschlagen, bis die Männer kamen. Manchmal haben wir auch gespielt.«

»Gespielt?«, fragte Jules.

»Ja, Karten und so. Irgendwas muss man ja tun, wenn's nicht völlig langweilig werden soll.«

»Worüber haben Sie mit ihr gesprochen?«, erkundigte sich Yvonne.

»Dies und das. Alles Mögliche.«

»Geht's auch genauer?«

»Na ja, über die Kunden eben. Über Geld. Über die Zeit danach.«

»Wonach?«, fragte Jules.

»Nach dem Ganzen hier. Irgendwann ist das vorbei, das ist uns natürlich klar. Man wird nicht jünger. Dann müssen wir sehen, wie es weitergeht.«

»Gab es weitere Themen?«, fasste Yvonne nach. »Hat Natascha Smirnowa darüber gesprochen, dass sie sich vor etwas oder jemandem fürchtete?«

»Sie meinem vor dem Typ, der sie gekillt hat?« Michelle sah sie nachdenklich an. »Der war schon öfters in der Gegend. Wirkte harmlos, da gibt es ganz andere. Wenn er das echt gewesen ist, hat man ihm das nicht ansehen können.«

»Sie kennen Herrn Forster also persönlich?«, fragte Jules.

»Was heißt persönlich? Er hat mir an der Bar mal einen Sekt ausgegeben. Wir haben ein paar Worte gewechselt. Schien ganz okay zu sein, der Typ.«

»Mit anderen Worten: Sie hätten ihn auch mit aufs Zimmer genommen.«

Michelle sprach die Antwort nicht aus, deutete aber ein Nicken an. »Man kann in die Leute eben nicht reingucken«, sagte sie noch. »Berufsrisiko.«

»Ist Ihnen am Verhalten Ihrer Bekannten in den

Tagen oder Wochen vor ihrem Tod etwas aufgefallen?«, wollte Yvonne wissen. »Hat sie sich anders benommen oder Andeutungen gemacht, die auf eine Bedrohung schließen lassen?«

Wieder dachte Michelle einige Momente nach. »Nein«, sagte sie dann. »Außer vielleicht…« Sie unterbrach sich selbst.

»Sagen Sie es bitte«, forderte Jules sie auf. »Jeder Hinweis kann wichtig sein.«

»Nein, vergessen Sie's.« Michelle wollte sich abwenden.

»Ich bestehe darauf«, sagte Jules nun sehr energisch. »Was ist Ihnen aufgefallen?«

»Nichts Wichtiges«, versuchte Michelle die Sache abzutun. Offenbar ärgerte sie sich sehr darüber, dass sie überhaupt damit angefangen hatte. »Nur dass Nicolette noch mehr über sie geschimpft hat als sonst.«

»Über *sie*?« Jules blickte sie fragend an.

»Über euch«, sagte Michelle und fügte abfällig hinzu: »Die *flics*.«

Erneut ein Hinweis auf die Polizei, stellte Jules fest und nahm sich vor, dranzubleiben. »Was hatte Madame Smirnowa uns denn vorzuwerfen? Dass wir bei einem Gewerbe wie dem Ihren genauer hinsehen, liegt in der Natur der Dinge. Dass sie sich hin und wieder darüber geärgert haben wird, kann ich nachvollziehen, doch das wird wohl nicht alles sein, oder?«

»Nein«, bestätigte Michelle. »Es geht um das böse Spiel, das ihr mit uns treibt.«

Jules sah Rat suchend zu Yvonne hinüber, doch auch sie hob staunend die Brauen. »Sie müssen schon etwas präziser werden«, forderte er Michelle auf.

»Ihr seid korrupt, durch und durch«, zischte sie. »Das hat Natascha aufgeregt, und dagegen wollte sie sich wehren.«

Nun wird es interessant, fand Jules und spürte gleichzeitig ein mulmiges Gefühl in sich aufsteigen. Wenn an Michelles Worten etwas Wahres dran war, musste Jules womöglich Nachforschungen in den eigenen Reihen anstellen. Er als Neuling hätte dabei einen schweren Stand.

Während Jules darüber nachdachte, sprang Yvonne ein: »Wie wollte Natascha denn dagegen vorgehen? Hatte sie vor, sich in der Gendarmerie zu beschweren?«

Michelle stieß ein raues Lachen aus. Ihre Augen verrieten, was sie von dieser Idee hielt. »Nie im Leben. Das wäre ja glatter Selbstmord gewesen.«

»Jetzt übertreiben Sie aber«, sagte Yvonne, doch Jules signalisierte ihr, sich zurückzuhalten.

»Eine Krähe hackt der anderen kein Auge aus. So sagt man doch, oder?«, fragte Michelle provokativ. Jules antwortete nicht, sondern ließ sie weitersprechen: »Natascha meinte, dass man das einem hohen Tier stecken sollte. Jemandem aus der Politik, der sich darum kümmern kann.«

»Dem Bürgermeister?«, riet Jules. »Oder dem Präfekten?«

Michelle winkte ab. »Ein richtig hohes Tier sollte es sein. Niemand aus der Gegend, denn da kann man ja keinem vertrauen. Unsere Politiker hier in Colmar sind doch genauso korrupt. Das hätte nichts gebracht.«

Wieder wechselte Jules einen Blick mit Yvonne, die jedoch genauso wenig zu ahnen schien, worauf dieses

Gespräch noch hinauslaufen würde. »Von wem sprechen wir?«, fragte Jules.

»Das kann ich Ihnen leider nicht sagen«, entgegnete Michelle beinahe trotzig.

»Können oder wollen?«

Michelle verschränkte die Arme vor der Brust. »Natascha hat den Namen für sich behalten. Ich weiß nur, dass sie sich mit ihm treffen wollte. Hier in Colmar.«

FÜNFZEHN

»*Putain*!«, fluchte Jules vor sich hin, als er einem telefonischen Tipp von Joanna folgte und auf seinem Smartphone die Online-Ausgabe der Tageszeitung las. Dort war nicht nur ein Bild von Eric Duval abgedruckt, sondern auch ein detaillierter Bericht über dessen Verschwinden. Das Wort »Entführung« war zwar mit einem Fragezeichen versehen, doch Jules konnte sich ausmalen, dass der Rummel jetzt so richtig losgehen würde. Er fragte sich, wo die undichte Stelle war. Irgendjemand musste der Presse einen Wink gegeben haben.

Joanna war heute unterwegs, denn sie wollte sich am Abend mit einer Freundin in Straßburg treffen. Eigentlich wäre das eine gute Gelegenheit für ihn gewesen, sich früh hinzulegen und den versäumten Schlaf der letzten Nacht nachzuholen. Doch ihm war nicht danach. Die Aufregung um Eric und die laufenden Ermittlungen im aktuellen Mordfall hielten ihn wach und in ständiger Unruhe. Daher entschloss er sich spontan zu einem kurzen Ausflug: Ein abendlicher Abstecher nach Rebenheim würde ihm guttun und ihn auf andere Gedanken bringen.

Die zwölf Kilometer bis zu seiner früheren Wirkungsstätte schaffte er mit dem Wagen in nicht einmal zwanzig Minuten. Der Abend war mild und Rebenheim so friedlich und verträumt, wie er es in Erinnerung hatte. Nachdem er sein Auto am zentral gelegenen Place Turenne abgestellt hatte, nahm er den direkten Weg zur *Brasserie Georges*, seinem alten Stammlokal. Dort würde er um diese Zeit viele seiner Freunde antreffen, die auf dem von Kastanien beschirmten Boule-Platz vor dem Lokal ihre Kugeln warfen.

Alle waren sie da: der pensionierte Lehrer Pierre Poirier, der stets blasse Versicherungsmakler Jean-Paul Gardier, der Apotheker Jean Marie Bovier und sogar *pasteur* Virgile Bernard, der Pfarrer. Und natürlich auch seine ehemaligen Mitarbeiter: der schlaksige Alain Lautner, bis vor Kurzem Jules' Adjutant und jetzt der neue Dienststellenleiter, sowie Gendarm François Kieffer, sein wohlbeleibtes Gegenstück. Und natürlich der Pensionist Lino Pignieres, dem er gestern erst begegnet war.

Nach Umarmungen und herzlichen Begrüßungsfloskeln reihte sich Jules in die Männerrunde ein. Da er kein eigenes Set mitgenommen hatte, durfte er sich die Kugeln von Wirt Gilbert ausleihen und beweisen, dass er seinen einstigen Lieblingssport noch nicht verlernt hatte.

Boule war im Elsass lange Zeit nicht sehr verbreitet gewesen, und im Gegensatz zum Rest des Landes musste man hier länger nach geeigneten Plätzen suchen. Inzwischen hatte sich in dieser Hinsicht zwar einiges getan, letztes Jahr war in Straßburg sogar ein nationales Turnier abgehalten worden. Doch in Colmar hatte Jules bisher keine passende Boule-Runde gefunden. Umso mehr schätzte er die gelegentlichen Zusammenkünfte mit den anderen passionierten Spielern in Rebenheim.

Jules lag schon bald weit vorn, dicht gefolgt nur von

Apotheker Bovier, der offenbar jede freie Minute damit verbrachte, seine Technik zu verfeinern, um die Würfe noch näher an der kleinen Zielkugel zu platzieren. Mit einem Glas Kronenbourg-Bier in der Hand lehnte Jules sich anschließend an einen Kastanienstamm und genoss die entspannte Atmosphäre. Doch er blieb nicht lange allein, Lino gesellte sich zu ihm.

»Und?«, fragte der betagte Gendarm. »Da bist du ja in einen ganz schönen Schlamassel geraten, was?«

Jules hob die Schultern. »Die Ermittlungen laufen noch. Offenbar lässt sich der Fall doch nicht so einfach lösen, wie erwartet«, antwortete er.

»Ach was, das meine ich nicht.« Lino stellte sich auf die Zehenspitzen, um Jules ins Ohr zu flüstern: »Diese üble Geschichte mit deinem Onkel. Was ist denn da bloß passiert?«

Jules war wenig glücklich, auf Eric angesprochen zu werden. Gerade erst war es ihm gelungen, ein wenig Abstand zu seinen eigenen negativen Gedanken zu gewinnen.

Doch Lino ließ nicht locker. »Die Leute reden von einer Entführung. Ist da was dran?« Er bohrte weiter: »Ist denn so etwas wie eine Lösegeldforderung eingegangen?«

»Dazu kann ich dir wenig sagen«, entgegnete Jules. »Von einer solchen Forderung weiß ich nichts, aber das muss nichts heißen.«

Lino fuhr sich mit der Hand über die grauen Haarstoppeln. »Verstehe. Höchste Geheimhaltungsstufe, richtig?« Noch einmal strich er sich über den Kopf. »Aber ums Geld wird es wohl ohnehin nicht gehen. Nein, nein, die verfolgen andere Absichten.«

»Die?«

»Die Kidnapper. Bei jemandem wie deinem Onkel, einem Staatsmann, liegt es auf der Hand, dass es politische Motive sind.«

Jules sah ihn prüfend an. »Was sollten das denn für Motive sein?«, fragte er. »Eric hat sich schon vor Jahrzehnten aus der aktiven Politik verabschiedet und sich danach bloß noch als Honorardozent und Berater betätigt. Ich erkenne jedenfalls keinen Grund dafür, warum man ihn entführen sollte.«

»Was sind schon Jahrzehnte in der Geschichte Frankreichs?«, hielt Lino dagegen. »Manche Dinge sind heute genauso brisant wie früher. Vieles holt einen irgendwann wieder ein.«

»Noch einmal: Was für Dinge sollen das denn sein?«, fragte Jules, dem aus Erics Vergangenheit keine großartigen Skandale in Erinnerung geblieben waren. »Wenn du mehr weißt als ich, sag es mir. Nur zu! Ich bin dankbar für jeden Tipp.«

»Ist ja klar, dass ein Jungspund wie du keine Ahnung mehr davon hat!« Lino plusterte sich auf. »Aber ich! Die Siebziger- und Achtzigerjahre waren meine aktivste politische Zeit. Wenn in Paris demonstriert wurde, war ich in vorderster Reihe mit dabei und habe mich den Kollegen in Uniform entgegengestellt. Wir haben es mindestens genauso krachen lassen wie heutzutage diese Gelbwesten. Natürlich nur in der Freizeit.«

»Du warst also ein ganz Harter.« Jules musste über Linos Geschichtsverklärung lächeln. »Gegen was seid ihr denn auf die Barrikaden gegangen?«

»Gründe gab es genug in der Ära von Giscard

d'Estaing und seiner liberalen UDF. Von 1974 bis 1981, solange er Präsident war, ist ihm dein Onkel zur Seite gestanden.«

»Eigentlich ist Eric ja gar nicht mein Onkel«, merkte Jules nicht zum ersten Mal an.

Lino ging darüber hinweg. »Als Innenminister hat Duval in dieser Zeit im Einvernehmen mit dem Präsidenten einige Sakrilege begangen: Er hat zum Beispiel die offiziellen Feiern zum 8. Mai, dem Jahrestag der Kapitulation der deutschen Wehrmacht, abgeschafft und stattdessen einen Europatag eingeführt. Deinem Onkel schien es wohl nicht mehr zeitgemäß, Stimmung gegen ein Nachbarland zu machen, mit dem Frankreich mittlerweile gut befreundet war.«

Stimmt, dachte sich Jules. An kontroverse Diskussionen zu diesem Thema in seinem Elternhaus konnte er sich erinnern. Immerhin war seine Heimatstadt Royan im Zweiten Weltkrieg schwer zerstört worden. Die Vorbehalte gegenüber den Deutschen als Verursacher all dieses Übels hatten entsprechend lange bestanden.

Laut Lino hatte es gegen diese Reform breiten Widerstand gegeben, ehemalige Résistance-Kämpfer und Holocaust-Überlebende hatten Seite an Seite mit den Gaullisten, den Kommunisten sowie Giscards späterem Nachfolger François Mitterrand von den Sozialisten scharf dagegen protestiert.

In Duvals Amtszeit seien laut Lino auch umstrittene gesellschaftspolitische Reformprojekte gefallen: »Allem voran die Gesetzgebung zur Abtreibung! Damit hat dein Onkel den Zorn aller Konservativen auf sich gezogen.«

Und noch einen Punkt hielt Lino für bedeutend:

»Der Präsident bezeichnete sich selbst zwar als Gegner der Todesstrafe, blieb aber nicht konsequent: Drei Verurteilte wurden unter d'Estaing hingerichtet, weil er ihnen die Begnadigung verweigerte. Böse Zungen behaupteten damals, das sei auf Duvals Drängen hin geschehen.«

Daraus schloss Lino, dass es sich bei den Entführern entweder um Gegner der Todesstrafe, um Abtreibungsgegner oder um ewig Gestrige, die Eric Duval bis heute die Abschaffung des »Tag des Sieges« übel nahmen, handeln musste.

»Für politische Hitzköpfe sind das wirklich gute Gründe«, fand Jules.

»Sag ich ja.« Lino winkte Gilbert heran. »Wir nehmen noch zwei frisch Gezapfte.«

»Man muss sich allerdings fragen, was diese Leute mit der Entführung bewirken wollen«, überlegte Jules. »Sie werden kaum erwarten können, dass der ›Tag des Sieges‹ wieder eingeführt wird. Und Todesurteile, die längst vollstreckt worden sind, kann man auch nicht wieder rückgängig machen.«

»Das nicht, aber …«

»Aber was?«, fragte Jules und blickte Lino offen an. »Was wollen diese Menschen erreichen?«

»Wenn du das herausfinden willst, musst du dich in die Lage der Kidnapper versetzen. Das sind Fanatiker. Um sie zu verstehen, musst du versuchen, ebenfalls fanatisch zu denken.«

Jules nahm das neue Bier entgegen und trank einen Schluck. Genau wie Lino erkannte er in all den genannten Themen durchaus das Potenzial für eine politisch motivierte Tat, und dass Fanatiker ihre ganz eigene

Denkweise hatten, stimmte sicher auch. Nur hatte die Sache einen Haken: Die Entführung als Reaktion auf Duvals Entscheidungen als Innenminister käme um Jahrzehnte verspätet. Jules mochte einfach nicht glauben, dass Erics Gegner so lange mit ihrer Revanche gewartet hätten.

SECHZEHN

Jules' Frühstück fiel ebenso karg wie einsam aus: Joanna war gestern nicht mehr nach Hause gekommen, sie hatte ihm bloß ein paar Herzsymbole auf WhatsApp geschickt und geschrieben, dass sie bei ihrer Freundin übernachte. So saß er nun allein in ihrer Wohnung, in der er sich wie ein Fremdkörper fühlte. Die sorgfältig dekorierten Räume mit den gepflegten Pflanzen und dem Duft nach einem Parfüm mit Fliedernote entsprachen ganz und gar Joannas Geschmack.

Hinzu kamen seine wenig erfreulichen Gedanken. Es machte Jules ganz verrückt, dass er nichts für Eric tun konnte und die CRS-Leute sich entgegen ersten Behauptungen nicht in die Karten schauen ließen. Versucht hatte er es ja. Gerade erst wieder, gleich nach dem Aufstehen. Doch er wurde gar nicht erst zum verantwortlichen Kommandeur durchgestellt. Und das Googeln nach neuen Nachrichten hatte auch nichts gebracht, denn die Journalisten tappten genauso im Dunkeln wie er. Von offizieller Seite war noch nicht einmal bestätigt worden, ob es sich überhaupt um eine Entführung handelte, sodass im Netz die Spekulationen ins Kraut schossen. Einige argwöhnten, der greise Altpolitiker habe sich möglicherweise im Zustand geistiger Umnachtung aus dem Staub gemacht und irre nun ziellos durch die Gegend.

Er hatte gerade in ein trockenes Baguettestück vom Vortrag gebissen, da klingelte das Telefon: Joanna.

»Dich gibt's auch noch?«, fragte Jules mürrisch.

»Na klar, *mon chéri*!«, klang es froh und munter aus dem Hörer. »Annette und ich hatten einen netten Mädelsabend. Erst Kino, dann zwei oder drei Cocktails.«

»Schön für euch«, erwiderte er.

»Ich bin dann gleich in Straßburg geblieben, weil ich heute in der Stadt zu tun habe. Beruflich.«

»Wie praktisch.«

»Jetzt hör schon auf, die beleidigte Leberwurst zu spielen! Wenn eine einen Grund dafür hätte, dann wäre ich das.«

»Ja, ja, schon gut.«

»Wie sieht es aus? Hast du Lust, mich zu begleiten?«

»Ins Gericht? Wozu soll das gut sein?«, fragte Jules und warf das angebissene Baguettestück zurück auf den Teller.

»Ich könnte dich dort mit jemandem zusammenbringen«, erklärte Joanna. »Ein hochstehender Jurist, der mir einen Gefallen schuldet. Er ist *procureur général*, und es gibt wenig, was er nicht weiß. Kann durchaus sein, dass er Informationen hat, die dir weiterhelfen können.«

Jules' Aufmerksamkeit war geweckt. »Helfen in Bezug auf Eric? Meinst du wirklich, dieser Staatsanwalt weiß etwas?«

»Gut möglich. Victor – so heißt er – hat seine Ohren so ziemlich überall. Wenn im Elsass etwas außer der Reihe passiert, dann kennt er die Hintergründe. Er hat einen guten Draht zur Police nationale.«

»Hört sich wirklich interessant an«, murmelte Jules und überlegte, sich den Vormittag freizunehmen. Überstunden hatte er in den wenigen Tagen im neuen Job ja schon zur Genüge angesammelt.

»Du kommst also? Fein!«, nahm Joanna Jules' Antwort vorweg. »Und praktisch ist es auch. Du weißt ja, dass mich Annette zu Hause abgeholt und in ihrem Wagen mitgenommen hat. Ich brauche also eine Mitfahrgelegenheit für den Rückweg.«

»Das ist also der wahre Grund ...«

»Schaffst du es bis um zehn?«

Kurz entschlossen sagte Jules zu.

Die Elsässer Metropole war belebt wie immer. Jules musste sich mit seinem Renault Mégane auf der Stadtautobahn hinter einer Kolonne Wohnwagengespanne einordnen, bevor er endlich in Richtung Zentrum abbiegen konnte. Das Fahren auf mehrspurigen Straßen hatte er während seiner Zeit im dörflichen Rebenheim beinahe verlernt, und auf Straßenbahnen zu achten, wie es in Straßburg nötig war, erst recht.

Trotzdem schaffte er es pünktlich, fand auf Anhieb einen Parkplatz und eilte die Stufen des Justizpalastes hinauf, wo Joanna schon auf ihn wartete.

»Gut siehst du aus«, sagte er und küsste sie auf die Wangen.

»Danke, du Schmeichler.« Sie nahm seine Hand. »Lass uns gleich zu Victor gehen. Er ist ein viel beschäftigter Mann und hat um halb elf seinen nächsten Termin.«

Jules folgte seiner Freundin durch die hallenden Flure des Gerichtsgebäudes. Vor einer Tür aus dunklem Massivholz blieben sie stehen. Jules bestaunte den marmornen Sturz und die große, blank geputzte Messingklinke. Alles Zeichen für Prestige und Geltungsdrang.

Der Mann, dem er kurz darauf gegenüberstand, vermittelte jedoch einen ganz anderen Eindruck. Zwar trug Victor eine Robe und gab eine stattliche Erscheinung ab, doch sein Gesicht strahlte unbekümmerte Lässigkeit aus, was durch sein zerzaustes Haar bekräftigt wurde.

»Immer herein!« Victor begrüßte Jules mit festem Händedruck. Joanna bedachte er mit einer *bise*: Küsschen links, Küsschen rechts.

Jules und Joanna durften auf einem ausladenden Ledersofa Platz nehmen, Victor setzte sich in einen mächtigen Sessel ihnen gegenüber. »Alles noch von meinem Vorgänger«, sagte er wie zur Entschuldigung. »Nicht mein Geschmack, weil zu protzig, aber total bequem. Der Justizpalast stammt übrigens aus deutscher Zeit und ist erst vor Kurzem renoviert worden – für eine zeitgemäße Büroausstattung war dann allerdings nicht mehr viel Geld übrig.«

Jules fand Joannas Bekannten auf Anhieb sympathisch, und so zögerte er nicht, alles zu erzählen, was er über Erics Entführung wusste. Victor hörte aufmerksam zu, während Jules sprach.

»Die beiden Abholer, die Frau und der Mann, wirkten so überzeugend auf Sie, dass Sie keinerlei Verdacht schöpften?«, erkundigte sich Victor mit gekräuselter Stirn.

»Ich hatte nicht den geringsten Zweifel an ihrer Identität«, antwortete Jules. »Sie traten professionell auf, konnten sich ausweisen, und auch Eric folgte ihnen bedenkenlos.«

»Haben Sie sich die Ausweise genau angesehen?«, wollte Victor wissen. »Erinnern Sie sich an die Namen der falschen Polizisten?«

Jules schüttelte den Kopf. Etwas beschämt musste er zugeben, dass er nur einen oberflächlichen Blick auf die Dokumente geworfen hatte. »Es ging alles recht schnell, und ich wollte die Kollegen nicht länger als nötig aufhalten, nachdem sie wegen uns ja ohnehin schon gestresst waren.«

»Genau darauf haben die Entführer wohl spekuliert«, reimte sich Victor zusammen. »Sehr geschickt eingefädelt und konsequent durchgezogen. Klingt nach der Arbeit von Profis.«

Dem musste Jules zustimmen. Dann erkundigte er sich: »Joanna meinte, Sie könnten uns eventuell helfen? Da uns Police nationale und CRS ihre Ermittlungsergebnisse vorenthalten, bekomme ich leider nicht mehr sehr viel von dem mit, was läuft.«

Victor senkte den Ton, als er sagte: »Auch ich erfahre nur das, was meine Quellen herauslassen. Immerhin zählte Ihr Onkel Eric zu den Geheimnisträgern unseres Landes, entsprechend vertraulich laufen die Ermittlungen. Doch nach dem, was man so hört, gehen die Fahnder von einer politisch motivierten Tat aus.«

Jules dachte wieder an sein Gespräch mit Lino und an die strittigen Entscheidungen, die Eric während seiner Amtszeit gefällt hatte. »Aber liegt das nicht alles viel zu lange zurück?«, fragte er. »Die Auswirkungen von Erics Politik spielen doch heute keine Rolle mehr.«

»Möglicherweise besteht aber ein Zusammenhang

mit seiner Beratertätigkeit«, deutete Victor an. »Er war bis vor Kurzem für mehrere große Konzerne tätig und kam dadurch mit einflussreichen Wirtschaftslenkern zusammen.«

»Sie meinen, er könnte im Rahmen dieser Beratungsgespräche auf etwas gestoßen sein, was nicht legal war?«, spekulierte Jules. »Stand er vielleicht davor, einen Skandal aufzudecken, der das betreffende Unternehmen teuer zu stehen gekommen wäre? So wie die Dieselaffäre der deutschen Autobauer?«

»Wäre möglich.« Victor blieb vage. »Genauso gut könnten die Ermittler mit diesem Ansatz aber auch danebenliegen. Denn alle Erkundigungen in dieser Richtung sind bisher im Sande verlaufen.«

»Sie persönlich glauben also nicht an einen Zusammenhang mit Erics politischer Tätigkeit? Weder mit der früheren noch seiner aktuellen?«, fragte Jules nun sehr direkt.

Daraufhin schüttelte Victor den Kopf. »Mir kommt das alles zu schwammig vor. Wenn Ihr Onkel tatsächlich noch eine große Nummer in der politischen Landschaft wäre, dann vielleicht. Aber wenn ich es richtig sehe, hat er sich in den letzten Jahren bloß noch mit Belanglosigkeiten befasst und sich mehr den angenehmen Dingen des Lebens gewidmet. Ein tragfähiges politisches Motiv kann ich nicht erkennen und bei näherer Betrachtung auch kein wirtschaftliches, denn soweit ich das überblicke, handelt es sich bei den Beraterausträgen auch bloß um kleinere Projekte. Seine Tätigkeit für die verschiedenen Firmen hat aus meiner Sicht nicht die notwendige Sprengkraft, um als Motiv zu taugen.«

Jules sah ihn forschend an. »Sondern?«

»Wie wäre es ganz profan mit Kriminalität? Es geht um Lösegeld. Oder um Kunst. Soweit ich weiß, gibt es im Besitz Ihres Onkels einige Werke renommierter Künstler, die man ihm möglicherweise abpressen will.«

Jules fand das einleuchtend, doch hatte die Sache einen Haken: »Weshalb geht dann keine Lösegeldforderung ein?«

»Das wissen wir ja nicht mit Bestimmtheit«, hielt Victor dagegen. »Wenn die Erpresser ihre Forderung direkt an den Élysée-Palast gerichtet haben, wird unsereins das kaum je erfahren.«

»Oder erst recht«, entgegnete Jules. »Denn wo der Präsident sitzt, ist die Presse nicht weit.«

»Der Punkt geht an Sie«, sagte Victor, lehnte sich zurück und schlug die Beine übereinander. »Also lassen Sie uns die Sache doch einmal von hinten aufrollen: Was war eigentlich der Grund für den Besuch Ihres Onkels im Elsass? Die Flammkuchen allein werden es kaum gewesen sein, oder?«

»Nein, obwohl man ihn als einen Gourmet durch und durch bezeichnen kann, waren wohl andere Gründe ausschlaggebend für seinen Besuch.«

»Gründe, die Ihnen jedoch nicht bekannt sind«, sagte Victor. »Oder?«

Jules biss sich auf die Lippen. Er dachte an den kurzen Moment zurück, als Yvonne ihn und Eric allein gelassen hatte. Eric war dabei gewesen, ihm etwas anzuvertrauen: sehr wahrscheinlich den eigentlichen Auslöser für seine Reise ins Elsass.

»Wir kennen den Grund nicht«, sprang Joanna ihm bei. »Deshalb hatten wir gehofft, dass du etwas in Erfahrung bringen konntest, Victor.«

»Es tut mir leid, wenn ich eure Erwartungen enttäuschen muss«, bedauerte Victor. »Ich fürchte, ihr habt euch umsonst hierher bemüht.«

»Einen Augenblick«, meldete sich Jules wieder zu Wort. »Einen kleinen Hinweis gibt es. Immerhin.«

»Und dieser wäre?« Victor beugte sich interessiert vor.

»Eric sagte zu mir etwas von einem Hilferuf, dem er gefolgt sei«, berichtete Jules. »Und dass er ihn sehr ernst nehme.«

»Ein Hilferuf«, wiederholte Victor nachdenklich. »Von wem und weshalb hat er nicht gesagt?«

»Leider nicht, dafür blieb keine Zeit. Da Eric aber außer mir keine Bekannten in der Stadt hat, muss es von einem Fremden ausgegangen sein.«

»Oder einer Fremden«, griff Joanna Jules' Überlegungen auf.

»Du meinst …« Jules machte große Augen, als er begriff, worauf sie anspielte.

»Warum nicht?«, fragte Joanna forsch. »Wäre das denn so abwegig?«

Victor hob die Hand. »Klärt mich bitte mal jemand auf, um wen oder was es hier gerade geht?«

Jules berichtete von seinem aktuellen Fall und darüber, was eine Bekannte der Toten ihm anvertraut hatte: »Natascha Smirnowa hatte offenbar Probleme mit der Polizei und fühlte sich bedroht. In ihrer Not soll sie sich angeblich an einen hochstehenden Politiker gewandt haben.«

»Was, wenn es sich bei diesem Politiker um Eric Duval handelte?«, ergänzte Joanna.

»Duval ist kein Politiker mehr«, erinnerte Victor sie.

»Einmal Politiker, immer Politiker«, widersprach Joanna. »Außerdem hat er nach wie vor gute Kontakte, die er nutzen könnte. Schließlich war sein Ressort das Innenministerium, er weiß also, wie man korrupten Polizisten das Handwerk legt.«

Victor verzog den Mund. »Eine sehr gewagte Idee. Es gibt keinerlei Beleg für einen Zusammenhang zwischen den beiden Fällen, oder?«

»Gegenfrage«, konterte Joanna. »Ist dir etwas über schwarze Schafe bei Police nationale oder Gendarmerie im Raum Colmar zu Ohren gekommen, *monsieur le procureur*?«

Victor holte tief Luft. Er zögerte. »Ich denke, wir sollten unsere Unterhaltung an dieser Stelle beenden«, sagte er freundlich, aber bestimmt. »Das wird mir jetzt zu heiß.«

Joanna und Jules sahen sich an. Dann platzte es beinahe gleichzeitig aus ihnen heraus: »Es laufen interne Ermittlungen gegen die Polizei in Colmar?«

Victor erhob sich. »Leute, jetzt ist Schluss. Hätte ich gewusst, worauf unser Gespräch hinausläuft, wäre ich gar nicht erst darauf eingegangen«, sagte er nun sehr streng. »Der Zusammenhang, den ihr gerade herzustellen versucht, ist nicht zu belegen. Jedenfalls ist dies kein Thema, mit dem ihr euch länger beschäftigen solltet.«

»O doch«, stelle Jules klar. »Denn für den Mord im Hotel bin ich zuständig.«

»Mag ja sein. Aber was die Dienstaufsicht anbelangt, haben Sie keine Karten im Spiel, Major.«

Bingo!, dachte Jules und zog sogleich weitere Schlussfolgerungen: Wie es aussah, hatte Eric in ein Wespennest gestochen. Und das konnte nur bedeuten: Die falschen Polizisten waren womöglich gar nicht falsch gewesen!

Jetzt musste Jules allerdings sehr aufpassen, nicht selbst gestochen zu werden.

SIEBZEHN

Jules verließ das Gerichtsgebäude mit gemischten Gefühlen. Zwar hatte ihm die Begegnung mit Victor zu der Erkenntnis verholfen, dass der Prostituiertenmord und Erics Verschwinden möglicherweise in einem Zusammenhang standen. Auch die diversen Hinweise auf die Drangsalierungen durch *flics* ergaben nun einen Sinn. Doch wie er nun weitermachen sollte, wusste er trotz dieser neuen Anhaltspunkte nicht.

Außerdem bestand natürlich die Gefahr, dass er sich verrannte, wenn er anfing, unter seinesgleichen nach dem Täter oder den Tätern zu suchen. Falls diese Spur nämlich in einer Sackgasse endete, wäre am Schluss nichts gewonnen – und er hätte es sich mit denjenigen verscherzt, mit denen er die nächsten Jahre in gutem Einvernehmen zusammenarbeiten wollte.

Weil Joanna noch im Gericht zu tun hatte, bat sie ihn, sich so lange die Beine zu vertreten. Gegen Mittag könnten sie dann zusammen nach Colmar zurückfahren.

»Mach dir ein, zwei schöne Stunden«, schlug sie vor. »Genieß das Wetter und das schöne Straßburg!«

Das kam Jules gelegen, denn bei einem kleinen Stadtbummel konnte er die neuesten Erkenntnisse sacken lassen.

Die Unterschiede zwischen der Elsässer Metropole und Colmar waren erstaunlich groß, von denen zum winzigen Rebenheim ganz zu schweigen. Das lag gar nicht mal so sehr an der Architektur, auch in Straßburg gab es viel Fachwerk, farbenfrohe Fassaden und jede Menge Blumenschmuck. Auch hing ein feines Aroma von *choucroute* in der Luft, dem allgegenwärtigen Sauerkraut. Und hier wie dort mischten sich bei den Gesprächen der Leute immer wieder elsässische Sätze unter das Französische. Mit Wörtern und Ausdrücken, die Jules nicht verstand, da er die alemannischen Dialekte nach wie vor nicht beherrschte.

Der große Unterschied lag in der Weitläufigkeit und der spürbaren Weltoffenheit der Stadt. Straßburg wirkte auf Jules geradezu kosmopolitisch, was sich nicht nur an den unterschiedlichen Kulturkreisen ablesen ließ, aus denen die Passanten stammten. Als Universitätsstadt und wohl mehr noch als Sitz des Europaparlaments war die Stadt trotz ihrer jahrhundertealten Geschichte jung und lebendig geblieben. Das spiegelte sich auch in den Angeboten der Geschäfte wider, die sich nicht nur nach den Bedürfnissen der Touristen richteten, sondern auch nach der Nachfrage eines internationalen Publikums.

Jules nutzte die knappe Zeit für eine Stadterkundung im Schnelldurchgang. Ein unbedingtes Muss waren zunächst das berühmte Münster mit den umliegenden Gassen und das wunderschöne, fast ein wenig kitschige *Petite France* im Gerberviertel. Gestärkt mit einem *pain au chocolat* machte er noch einen Schlenker zur *Neustadt*, von der Joanna oft schwärmte. Dieser Stadtteil war entstanden, als Straßburg zwischen 1871 und

1914 unter deutscher Herrschaft stand, er beherbergte viele schöne Jugendstilbauten. Wie Jules ebenfalls von Joanna erfahren hatte, hatte das Viertel noch bis vor gar nicht langer Zeit als tabu gegolten und war bei Stadtführungen kaum erwähnt worden. Dort stand auch die schmucke St.-Pauls-Kirche, die etliche Touristen laut Joanna für das berühmte Münster hielten. Dabei war sie lediglich eine deutsche Garnisonskirche. Das Verhältnis der Elsässer zu ihrer wechselvollen Vergangenheit entspannte sich aber mehr und mehr, was Jules bei seinem Bummel durch die malerischen Straßen deutlich zu spüren glaubte.

Diese Stadt war wirklich eine Reise wert, fand er und nahm sich vor, mit Joanna demnächst mal ein ganzes Wochenende in Straßburg zu verbringen. Doch jetzt wurde es höchste Zeit, sich auf den Rückweg zum Justizpalast zu machen. Es war fast eins, und Joanna wartete vielleicht schon auf ihn.

Jules musste sich sputen. Als er in der Eile bei Rot über eine Kreuzung lief, hupte ihn ein ärgerlicher Autofahrer an, was die Aufmerksamkeit anderer Fußgänger weckte. Im Vorbeirennen nahm Jules die ihm zugewandten Gesichter wahr – und war plötzlich wie elektrisiert!

Täuschte er sich, oder sah eine der Passantinnen so aus wie die falsche Polizistin aus der Flammkuchenstube?

Jules blieb stehen, drehte sich um und suchte den Strom der Passanten nach ihr ab. Schnell fand er sie wieder. Sie trug einen sommerlichen Trenchcoat über dem Kleid, eine große Sonnenbrille und Ballerinas. Trotz der dunklen Brille und der Entfernung zwischen ihnen war

Jules sicher, dass sie der Gesuchten zum Verwechseln ähnlich sah. Größe, Figur, Haltung – alles passte!

Er wechselte die Richtung und folgte der Frau vorsichtig. Sie hatte ihn offensichtlich nicht bemerkt, denn sie legte keinerlei Eile an den Tag, bummelte gemütlich bis zu einem Schaufenster, nahm die Brille ab und betrachtete die ausgestellte Modekollektion.

Jules war froh, dass er heute keine Uniform trug. In seiner legeren Freizeitkleidung war er bloß einer von vielen. Er näherte sich der Frau langsam, fing ihr Spiegelbild in der Schaufensterscheibe auf und sah sich in seiner Vermutung bestätigt. Ja, dachte er, das war sie. Die falsche Polizistin. Zweifel ausgeschlossen.

Langsam ging er weiter und blieb vor einem benachbarten Geschäft stehen. Ein Feinkostladen. Jules tat, als mustere er die köstlich angerichteten Spezialitäten, dachte aber in Wahrheit fieberhaft darüber nach, was er nun tun konnte.

Die Frau ansprechen? Nein, viel zu unsicher. Falls es wirklich die angebliche Polizistin aus dem Lokal war, musste er mit allem rechnen. Sie könnte bewaffnet sein – im Gegensatz zu Jules, der seine Dienstwaffe zu Hause gelassen hatte.

Welche Optionen hatte er noch? Sie beschatten und feststellen, wo sie wohnte oder wen sie traf. Doch das würde ihm kaum allein gelingen, denn sie würde bald merken, wenn ihr immer derselbe Mann folgte und sie beobachtete.

Was also sonst? Denk nach!, stachelte sich Jules an. Dabei wagte er einen vorsichtigen Blick zur Seite. Die Frau stand noch immer vor dem Schaufenster und wirkte arglos.

Ganz sachte zog Jules sein Handy aus der Tasche. Er tat so, als würde er eine Nummer heraussuchen oder auf eine WhatsApp-Nachricht antworten. In Wahrheit aktivierte er den Fotomodus. Behutsam hob er das Smartphone, sodass die Kamera in Richtung der Frau zeigte. Dann löste er aus. Mehrmals hintereinander.

Und jetzt? Was könnte er als Nächstes tun? Unterstützung anfordern, überlegte Jules. Zwar nicht die der Gendarmerie, denn hier in Straßburg kannte man ihn nicht, und für lange Erklärungen blieb keine Zeit. Aber er könnte Joanna verständigen. Sie wiederum müsste Hilfe organisieren, während Jules versuchte, die Frau so lange im Auge zu behalten.

Noch einmal sah er sich nach ihr um. Immer noch betrachtete sie versonnen die Auslagen. Also gut, dachte sich Jules, und nahm wieder sein Smartphone zur Hand.

In diesem Moment öffnete sich die Tür des Delikatessenladens. Ein Mann im weißen Kittel trat heraus, mit freundlichen Augen und roter Nase. »Kommen Sie doch herein, Monsieur«, bat er höflich.

»Oh, nein, nein«, wehrte Jules ab. »Ich wollte nur …«

»Ich weiß, was Sie wollen«, nahm der Feinkosthändler ihm die Antwort ab. »Sie möchten unsere Elsässer Gänseleberpastete probieren.«

»Das ist sehr nett, aber ich …«

Wohlwollend fasste der Verkäufer ihn am Unterarm. »Sie schmeckt etwas rustikaler als *foie gras* aus dem Périgord, doch wir sind sehr stolz auf unsere Stopfleber.«

»Das glaube ich Ihnen ja, guter Mann. Bloß habe ich

gerade keine Zeit zum Kosten«, versuchte Jules dem anderen klarzumachen.

Der aber ließ sich nicht beirren. »Das Besondere ist eine streng geheim gehaltene Mischung aus einem Dutzend Gewürzen in dem Sud, in dem die Leber gegart wird. Das Ergebnis wird Sie überzeugen. Lassen Sie sich diese Köstlichkeit nicht entgehen!«

»Zum Teufel mit Ihrer Stopfleber!« Jules riss sich von dem Mann los und sah sich um.

Zu spät. Vor dem Schaufenster des Modehauses stand jetzt ein junges Pärchen. Von der falschen Polizistin war weit und breit nichts mehr zu sehen.

»*Putain*!«, schimpfte Jules und zog sich damit irritierte Blicke des Pärchens zu.

Auch der Feinkosthändler schien verwundert zu sein. »Ist etwas nicht in Ordnung, Monsieur?«, erkundigte er sich und trat gleichzeitig zwei Schritte zurück. »Sind Sie etwa allergisch gegen Pastete?«

Jules beachtete ihn nicht, sondern blickte sich fieberhaft um. Abermals fluchte er vor sich hin, er machte sich Vorwürfe, dass er sich hatte ablenken lassen. Was für ein blöder Anfängerfehler!

Doch er hatte Glück. An einer Straßenecke, vielleicht dreißig Meter von ihm entfernt, entdeckte er die Frau wieder. Sie ging schnell, hatte es jetzt offenbar eilig. Ob sie ihn doch bemerkt und erkannt hatte?, fragte sich Jules und nahm erneut die Verfolgung auf. Dabei achtete er darauf, sich weiterhin unauffällig zu verhalten, er wollte vermeiden, Aufsehen zu erregen. Zielstrebig, doch ohne zu laufen, holte er auf, verringerte die Entfernung zu ihr auf zwanzig Meter. Zehn Meter.

Ehe er sie erreicht hatte, hielt ein Wagen am Fahrbahnrand. Die Frau umrundete ihn, öffnete die Beifahrertür und stieg ein. Jules nahm nun keine Rücksicht mehr auf seine Tarnung und begann zu rennen.

Trotz seines Spurts kam er zu spät. Das Auto hatte sich bereits wieder in Bewegung gesetzt und fuhr davon.

Um Atem ringend blieb Jules stehen. Er war wütend auf sich selbst. Doch ganz umsonst war seine Mühe nicht gewesen: Er konnte sich immerhin die Nummer des Wagens notieren.

ACHTZEHN

Atemlos kam Jules am Treffpunkt an. Wie erwartet, lehnte Joanna an einer Mauer vor dem Justizpalast und sah ihm ungeduldig entgegen.

»Schon mal was von Pünktlichkeit gehört?«, rief sie ihm zu. »Ich habe dir tausend WhatsApps geschickt, weil ich dringend zu einem Termin zurück nach Colmar muss. Wo hast du bloß so lange gesteckt?«

Jules versuchte ihren Redefluss zu unterbrechen, indem er hektisch mit den Armen wedelte. »Ich habe sie gesehen! Ich habe die falsche CRS-Offizierin gesehen!«

»Du hast was?« Joanna sah ihn ungläubig an.

Schnaufend berichtete Jules, was vorgefallen war.

Joanna hörte aufmerksam zu, machte aber nicht den Eindruck, als ob Jules sie überzeugt hätte. »Bist du sicher, dass du dich nicht getäuscht hast?«, fragte sie zweifelnd. »Hast du nicht selbst gesagt, dass es an dem Abend im Lokal nur Schummerlicht gab und du Erics Abholer kaum erkennen konntest?«

»Ich bin mir sicher, Joanna!«, betonte Jules. »Das Gesicht und die Art, wie sie sich bewegte. Kein Zweifel, das war die falsche Polizistin.« Zum Beweis zeigte er ihr seine Handyfotos. Diese waren allerdings ziemlich unscharf und dunkel geraten, weil er gegen die Sonne fotografiert hatte.

»Wenn du davon überzeugt bist, muss ich dir wohl glauben«, sagte sie mit immer noch skeptischer Miene. »Wo und wann bist du ihr denn über den Weg gelaufen?«

Jules beschrieb ihr die Stelle. »Ich war hin- und hergerissen, ob ich sie ansprechen soll. Dann aber habe ich mich entschieden, sie nur zu beobachten.«

»Hast du daraus irgendwelche Kenntnisse ziehen können?«

»Leider nicht.« Jules ärgerte sich noch immer. »Ich habe sie verloren.«

»Wenn das so ist ...« Joanna wirkte enttäuscht. »Dann nutzt es uns nichts. Du kennst weder ihren Namen, geschweige denn ihre Adresse. Wir haben also keine Möglichkeit, zu überprüfen, ob es sich wirklich um ein und dieselbe Person handelt.«

»Doch, die gibt es!«, entgegnete Jules. »Ich habe die Nummer des Autos notiert, das sie abgeholt hat. Ich werde sie sofort an die Gendarmerie durchgeben und den Halter ermitteln lassen.«

Joanna schien nach wie vor nicht viel von Jules' Entdeckung zu halten. »Das kann ja nichts schaden. So lässt sich schnell klären, ob du dich geirrt hast. Aber mach das bitte von unterwegs, denn wir müssen jetzt los.«

Jules war drauf und dran, noch einmal zu beteuern, dass es sich keineswegs um einen Irrtum handelte. Doch da klingelte sein Handy.

»*Allô*?«, meldete er sich, kurz angebunden wegen der unerwarteten Unterbrechung.

»Störe ich?«, fragte eine weibliche Stimme. »Hier ist Michelle.«

»Michelle?« Jules wusste nicht gleich, um wen es sich handelte.

»Aus dem *Petit Moulin*«, erklärte sie. »Das Barmädchen.«

»Ah ja, natürlich«, sagte Jules und gab Joanna ein Zeichen, sich noch ein wenig zu gedulden. »Was kann ich für Sie tun? Ist Ihnen noch etwas eingefallen, was unsere Ermittlungen weiterbringen könnte?«

»Hm ...«, machte sie zögerlich. »Ich habe mir das durch den Kopf gehen lassen, was Sie gesagt haben, und glaube, dass es für mich besser ist, wenn ich alles sage.«

»Auf jeden Fall. Es ist sehr gut, dass Sie anrufen«, bestärkte Jules sie. »Was möchten Sie mir denn nun mitteilen?« Joanna ging bereits voraus zum Parkplatz, Jules folgte ihr mit dem Smartphone am Ohr. »Reden Sie nur, es hört niemand sonst mit.«

»Nein, nicht am Telefon.« Die Anruferin klang vorsichtig.

»Sie brauchen sich wirklich nicht zu sorgen. Ich bin nicht in der Gendarmerie, und keiner ist in der Nähe.«

»Trotzdem, das ist mir zu unsicher«, wehrte Michelle ab. »Ich möchte Ihnen dabei in die Augen sehen.«

Glaubte sie allen Ernstes, dass sie abgehört wurde? Jules fand diese Annahme völlig abwegig, andererseits wollte er die Informantin nicht verprellen. »Also gut«, lenkte er ein. »Wann und wo können wir uns treffen?«

»Am besten jetzt gleich«, drängte Michelle. »Kennen Sie die alte Markthalle? Dort ist es belebt und daher ungefährlich. Kommen Sie dorthin.«

Jules wunderte sich sehr über diese weitere Vorsichtsmaßnahme, sagte aber zu. »Ich bin gerade noch in Straßburg, könnte aber in einer guten Stunde da sein. Passst das?«

Inzwischen hatten sie den Renault Mégane erreicht.

»Ich fahre!«, rief Joanna ihm zu und ließ sich den Schlüssel geben.

Jules nickte und konzentrierte sich wieder auf das Telefongespräch.

»Also ausgemacht?«, vergewisserte er sich.

»Ja, ja, in einer Stunde«, bestätigte Michelle. »Ich werde auf Sie zukommen.«

»Bevor Sie auflegen: Sagen Sie mir wenigstens, worum es geht. Ein Stichwort.«

»Schnee«, sagte Michelle. Dann war die Verbindung unterbrochen.

»Schnall dich an!«, forderte Joanna ihn auf, kaum dass Jules das Telefonat beendet hatte. Sie drehte den Zündschlüssel und gab Gas.

»Fahr nicht so rasant, sonst kann ich die Nummer nicht eintippen«, beschwerte sich Jules, als er von der Beschleunigung in seinen Sitz gedrückt wurde. »Ich muss doch das Kennzeichen nach Colmar durchgeben.«

Joanna nahm wenig Rücksicht, sie folgte stur und in schnellem Tempo den Hinweisschildern *Autres directions* aus der Innenstadt heraus.

Glücklicherweise ging nicht der brummige Benoît an den Apparat, sondern Yvonne. »Schön, dass ich Sie erreiche«, sagte Jules erleichtert. »Es gibt Neuigkeiten! Ob Sie es glauben oder nicht, aber ich habe die falsche Polizistin gesehen. Hier in Straßburg!«

»Sie sind in Straßburg?«, fragte Yvonne.

»Ja«, antwortete Jules und erklärte ihr die Hintergründe. »Deshalb ist es wichtig, dass Sie sich gleich dahinterklemmen und herausfinden, auf wen der Wagen zugelassen ist, in dem sie mir davongefahren ist.«

»Das mache ich natürlich«, sagte Yvonne und nahm das Kennzeichen auf. Nachdem sie es notiert hatte, erkundigte sie sich: »Wie geht es Ihnen denn? Belastet Sie die Sache mit Ihrem Onkel sehr?«

»Ich kann nicht behaupten, dass es mich kaltlässt«, sagte Jules offen. »Aber Ihnen wird es wohl nicht viel besser gehen. Immerhin: Sie waren dabei, haben alles mitbekommen. Es tut mir sehr leid, dass es gerade Sie erwischt hat.«

»Schon gut. Ich habe das ja gern getan, und es konnte niemand ahnen, dass es so ausgeht.« Nach kurzer Pause fügte sie hinzu. »Vielleicht sollten wir mal zusammen ins Café gehen und über alles reden. Das macht den Kopf frei.«

»Ins Café? Sehr gern. Aber erst einmal habe ich zu tun. Michelle hat sich gemeldet, die Barfrau aus der Rotlichtbar. Wie es aussieht, hat sie sich besonnen und will mit uns kooperieren.«

»Ach ja? Das wäre eine Chance«, sagte Yvonne. »Kommt sie für ihre Aussage zu uns aufs Revier?«

»Nein, sie möchte zunächst nur mit mir sprechen. Wir treffen uns in der Markthalle, wir sind gerade auf dem Weg dorthin.«

»Auch gut. Soll ich hinkommen, um Sie zu unterstützen?«

»Nett von Ihnen, aber besser nicht. Michelle macht ein ziemliches Geheimnis aus der Sache. Wenn wir zu zweit aufkreuzen, bekommt sie womöglich Angst vor der eigenen Courage und kneift.«

»In Ordnung. Dann kümmere ich mich inzwischen um das Autokennzeichen«, sagte Yvonne. »Und den Kaffee holen wir später nach, *d'accord*?«

»*D'accord,* ich freu mich darauf.«

Sie hatten die Stadtautobahn erreicht, als Jules Joannas grimmigen Gesichtsausdruck bemerkte.

»Was war das denn gerade?«, fragte sie.

»Was war was? Meinst du das Dienstgespräch mit der Gendarmerie?«

»Dienstgespräch?« Joanna warf ihm einen Blick zu, den er so noch nicht kannte. »Der flirtende Unterton ist mir nicht entgangen.«

»Ach darum geht's.« Jules lachte. »Das siehst du falsch. Es ist nur so, dass Yvonne und ich uns beide Vorwürfe machen, weil wir nicht gut genug auf Eric aufgepasst haben.«

»So etwas verbindet wohl?«, fragte Joanna.

Ja, dachte Jules. So etwas verbindet.

NEUNZEHN

Sie hatten für die siebzig Kilometer zwischen Straßburg und Colmar etwas länger als eine Stunde gebraucht. Jules ließ sich von Joanna daher direkt im Zentrum absetzen, nur wenige Gehminuten von der Markthalle entfernt.

Über die Lauch, in der sich Schwärme von Forellen tummelten, und über den Quai de la Poissonnerie erreichte er den Fischerstaden, die Verbindung von Klein-Venedig mit dem Gerberviertel mit seinen liebevoll restaurierten Fachwerkhäusern.

Wenige Minuten später stand er vor dem *Marché couvert*, der Markthalle aus roten Ziegeln und goldgelbem Sandstein, in der er vor Kurzem Lino getroffen hatte. Im Vergleich zu den Gassen der Altstadt, durch die sich die Touristenmassen schoben, ging es in der Halle heute etwas ruhiger zu, doch auch hier tummelten sich etliche Urlauber. Wahrscheinlich war das Michelle gerade recht, überlegte Jules, ein öffentlicher Raum mit Laufkundschaft, der dennoch eine gewisse Übersicht bot.

Jules schaute sich in der Halle nach seiner Verabredung um. Wo mochte sie auf ihn warten?

Diverse Läden und Stände boten Souvenirs und Spezialitäten an, kleine Restaurants und Cafés luden zu einer Pause ein. Er sah in die Gesichter der Passanten:

junge und alte, Männer, Frauen, Kinder. Doch wo blieb Michelle?

Die Halle war in mehrere Gänge unterteilt. Jules nahm sich vor, systematisch jeden von ihnen abzusuchen, bis er Michelle fand oder sie auf ihn aufmerksam wurde. Dabei blieb es nicht aus, dass die Wohlgerüche aus den diversen Imbissständen ihn ablenkten. Seine Blicke schweiften, strichen über feinste Schokoladentrüffel, hausgemachte Pralinen, Torten und Konfitüre *mûroises*, eine Kreuzung aus Brombeeren und Himbeeren. Eine *fromagerie* bot Bargkas und Bibeleskäs, aus einer *pâtisserie* strömte der Duft nach knusprigen Croissants. Jules fiel auf, dass er seit seinem Schokoladenbrötchen nichts zu sich genommen hatte, ihm knurrte der Magen.

Der nächste Stand lockte mit *carpe frite*, frittiertem Karpfen, sein Nachbar bot *bouchée à la reine*, mit Ragout gefüllte Blätterteigpasteten. An einem Weinstand wurde er zum Verkosten eingeladen, doch er lehnte ab.

Vordringlich blieb die Unterhaltung mit Bardame Michelle. Jules riss sich von all den verführerischen Köstlichkeiten los und setzte seine Suche fort. Doch auch nach einer kompletten Runde fand er sie nicht. Ob es an seiner Verspätung lag? War sie ungeduldig geworden und hatte es aufgegeben, auf ihn zu warten?

Jules stellte sich in eine Nische neben einen Händler, der mit Eisbein und Vorderschinken handelte – auf Wunsch auch karamellisiert. Ungestört von den Einkaufenden nahm er sein Smartphone zur Hand und suchte nach der Nummer, unter der Michelle ihn am Mittag angerufen hatte. Leider handelte es sich nicht um eine Mobilfunknummer, sondern um einen Festnetzanschluss, wahrscheinlich den der Bar. Dort würde er sie jetzt kaum erreichen. Er probierte es trotzdem. Niemand ging dran.

Während er über Alternativen nachdachte, wurde Jules auf eine plötzlich einsetzende Unruhe aufmerksam. Die Leute liefen in eine Richtung. Aus dem zuvor noch einförmig wohligen Gemurmel der Marktbesucher hörte Jules einzelne Stimmen heraus: aufgeregt, alarmiert.

Etwas musste passiert sein! Jules verließ die Nische und ging den anderen nach. Der Menschenstrom führte ihn zum Ausgangsbereich der Halle, dorthin, wo Schilder auf die WC-Anlagen hinwiesen. Eine Frau kam gerade herausgerannt, kreideweiß und die Hände vor den Mund gepresst. Ihr folgte ein Mann, Panik in den Augen.

»Ist ein Arzt in der Nähe?«, rief dieser laut. »Ein Arzt, wir brauchen einen Arzt!«

Jetzt gab es für Jules kein Halten mehr. Er drängte sich bis ganz nach vorn und sprach den Mann an: »Was ist passiert?«

»Sind Sie Arzt?«, fragte der andere.

Daraufhin zeigte Jules ihm seinen Ausweis. »Also, was ist vorgefallen?«

Der Mann trat beiseite und zeigte in Richtung der Damentoiletten. »Da liegt eine Frau vor den Waschbecken. Wie tot. Rührt sich nicht. Und überall ist Blut.«

Jules ahnte, um wen es sich handeln könnte, bewahrte aber Ruhe. »Wählen Sie den Notruf«, schärfte er dem Mann ein. »Bleiben Sie anschließend in der Nähe, ich brauche später noch einige Angaben von Ihnen.« Mit diesen Worten wandte er sich dem Damen-WC zu. Er drückte die Tür auf und sah sofort, dass der Helfer nicht übertrieben hatte. Der kleine Vorraum mit zwei angestoßenen Waschbecken und halb blinden Spiegeln war blutbespritzt. Wie in einem Schlachthaus, fuhr es Jules durch den Kopf. Bei der Frau am Boden handelte es sich wie befürchtet um Michelle. Jules erkannte sie an den zotteligen schwarzen Haaren, aber auch an der aufreizenden Kleidung.

Allem Anschein nach war Michelle mit einem Messer attackiert worden. Auf Anhieb entdeckte Jules mehrere Schnitte an den Armen, dazu Einstiche in Brust- und Halsbereich.

Er ging in die Knie und fasste nach ihrem Handgelenk. Zu seiner Erleichterung fühlte er einen Pulsschlag, wenn auch nur schwach. In diesem Moment drang der Heulton eines Krankenwagens an sein Ohr. Er hoffte inständig, dass die Retter rechtzeitig eintrafen.

Vorsichtig legte er den Arm der Verletzten wieder auf den Bodenfliesen ab, da schlug Michelle ihre Augen auf, sie atmete röchelnd. Blut rann ihr aus Nase und Mund.

»Michelle!« Jules fasste unter ihren Hinterkopf, hob ihn an und bewegte ihn zur Seite, um ihr das Luftholen zu erleichtern. »Ganz ruhig«, sagte er. »Der Notarzt ist gleich da.«

In Michelles Augen stand die nackte Angst. Ihr Husten wurde stärker, und sie machte Anstalten aufzustehen. Doch sie war viel zu schwach.

»Ruhig, ganz ruhig«, redete Jules auf sie ein.

Michelle aber kämpfte weiter. Ihre Lippen versuchten Worte zu formen. »Die *flics*«, sagte sie unter Aufbringung all ihrer Kräfte.

Jules beugte sich dicht über sie. »Was ist mit den *flics*?«, fragte er behutsam.

»Dro…«, setzte Michelle an und hustete noch mehr Blut.

»Drohung?«, bemühte sich Jules, den Begriff zu vervollständigen. »Jemand hat Ihnen gedroht?« Er versuchte, sich einen Reim darauf zu machen. »Ist es einer von uns gewesen? Ein Polizist?«

Michelle schloss kurz die Augen, um es dann erneut zu versuchen. Mühsam stammelnd sagte sie: »Drogen.«

»Drogen?« Jules konnte mit diesem Hinweis wenig anfangen. Von Drogen war im Zusammenhang mit dem Prostituiertenmord bislang keine Rede gewesen. »Was hat es damit auf sich?«, fragte er. »Haben Sie deshalb vorhin am Telefon von ›Schnee‹ gesprochen? Waren damit auch Drogen gemeint?«

Michelle versuchte weiterzureden. Nur noch ein Wort brachte sie zustande: »Vorsicht.«

»Was soll das heißen?«, fragte Jules. »Wer soll vorsichtig sein? Etwa ich?«

Eine Antwort darauf bekam er nicht mehr, denn Michelle verlor wieder das Bewusstsein.

Fast zeitgleich wurde die Tür aufgestoßen. Zwei Rettungsassistenten und ein Notarzt stürmten in den kleinen Raum.

Jules wartete die Erstversorgung ab und blieb auch noch, als die Patientin auf eine Trage gelegt und zum Krankentransporter gebracht wurde. Mit energischen Worten und einigen beherzten Schubsern half er den Rettern, Platz zu schaffen, denn von allen Seiten drängten Gaffer herbei, die den Weg blockierten.

Erst nachdem die Türen des Krankenwagens geschlossen waren und sich das Fahrzeug in Bewegung gesetzt hatte, kehrte Jules zum Tatort zurück. Dort wartete glücklicherweise noch der Mann, den er zum Bleiben aufgefordert hatte. Ein mittelgroßer, dicklicher Herr mit blasser Haut, dem das Entsetzen ins Gesicht geschrieben stand.

»Wollen Sie sich setzen?«, fragte Jules, der befürchtete, dass der Zeuge umkippen könnte. Er führte ihn zum Bistrotisch eines Imbissstands, wo sich der Mann auf einem Hocker niederließ.

Jules bat ihn um seine Personalien und fragte, wie es zu dem Unglück gekommen sei.

»Ich weiß es nicht«, lautete die Antwort. »Ich habe mir gerade die Hände gewaschen, da hörte ich Schreie aus der Damentoilette.«

»Wie haben Sie darauf reagiert?«

»Ich bin sofort raus. Der Eingang für die Frauen liegt ja direkt gegenüber. Also habe ich gleich dort nachgesehen.«

»Sie sind also in die Damentoilette gegangen?«

»Ja, ich musste doch nachschauen, was passiert war. Ob jemand Hilfe brauchte.«

»Sie haben vollkommen richtig gehandelt«, versicherte ihm Jules. »Wie ging es weiter?«

»Mir kamen zwei Frauen entgegen, auch sie schrien. Sie waren in Panik. Eine stolperte fast, so sehr beeilte sie sich, herauszukommen. Die andere rempelte mich an. Ich ging weiter. Bis zu den Kabinen. Und da sah ich sie liegen. Das arme Mädchen. Ganz voller Blut.«

»Haben Sie gleich erkannt, wie schwer verletzt sie war?«

»Das war ja offensichtlich. Da gab es keinen Zweifel, dass ihr etwas Schlimmes passiert sein musste. Ich dachte gleich: ein Überfall! Oder ein Anschlag!«

»Was haben Sie als Nächstes getan?«

»Ich wollte schnell Hilfe holen, einen Arzt. Also bin ich rausgerannt und habe laut gerufen. Und dann kamen Sie.«

Jules fragte weiter: »Sie sagten, dass Ihnen aus den Waschräumen zwei Frauen entgegenkamen. Beide verließen überstürzt die Toiletten.«

»Das stimmt. Sie hatten wohl Angst, dass auch ihnen etwas zustößt. Dass sich da noch jemand aufhielt und mit einer Waffe hantierte.«

»Aber Sie haben niemanden mit einem Messer oder einer ähnlichen Waffe gesehen?«

»Nein, das nicht.«

Jules nahm das zur Kenntnis. »Haben Sie die beiden Frauen erkannt? Ich meine: Würden Sie sie beschreiben können?«

Der Zeuge dachte kurz nach, schüttelte dann den Kopf. »Nein, ich habe nicht auf ihre Gesichter geachtet.« Nach kurzer Pause fragte er: »Glauben Sie denn, dass es eine der beiden getan hat?«

»Möglicherweise«, sagt Jules. »Sie sind aber sicher, dass es sich um zwei Frauen handelte?«

Wieder brauchte der Mann eine Weile, bis er eine Antwort fand. »Nein. Das alles ging viel zu schnell. Ich bin einfach davon ausgegangen, dass es Frauen waren, denn sie kamen ja aus der Damentoilette. Aber beschwören könnte ich das nicht.«

ZWANZIG

»Was ist das an Ihrem Ärmel? Erdbeermarmelade vom späten Frühstück?«

Benoîts beißender Spott, mit dem er Jules in Empfang nahm, war völlig fehl am Platz. Der Kollege hatte mit Sicherheit inzwischen erfahren, was vorgefallen war, weil Jules den Anschlag auf Michelle noch von der Markthalle aus gemeldet hatte. Doch anscheinend kümmerte dies den blasierten Ermittler nicht im Geringsten. Hauptsache, er brachte seine Beleidigungen an den Mann.

Andere Mitarbeiter traten näher und scharten sich um Jules' Schreibtisch, darunter auch Yvonne. Sie warf Jules einen Blick zu, als könnte sie sich zwischen Neugierde und Mitgefühl nicht entscheiden.

Jules setzte sich auf seinen Stuhl und bemühte sich, Benoîts herablassendes Gerede zu ignorieren. Vergeblich.

»Was haben Sie sich eigentlich dabei gedacht, Major?«, fragte der Stellvertreter streng, ohne ihm von der Seite zu weichen. »Eine Zeugenbefragung im Alleingang – so was geht gar nicht. Wenn Sie das in Rebenheim so gehandhabt haben, ist das Ihr Ding. Aber hier in Colmar richtet man sich nach den Vorschriften.«

Jules fuhr herum. »Das müssen Sie gerade sagen!« Er konnte nicht länger an sich halten und fixierte seinen Kontrahenten aus wütenden Augen. Es hätte ihn überhaupt nicht gewundert, wenn dieser Mistkerl zu den Gendarmen zählte, vor denen sich Michelle so sehr fürchtete.

Benoît zuckte zusammen. »Ich halte mich an die Regeln, Kollege«, stellte er dann klar. »Versuchen Sie also bloß nicht, Ihre Probleme auf andere abzuwälzen.«

Jules war nahe dran, sein Gegenüber am Kragen zu packen. Das wurde von Capitaine Debré verhindert, der den Disput mitbekommen hatte und nun geradewegs auf sie zukam.

Er schob die anderen Polizisten beiseite und stellte sich zwischen die Streithähne, um ein Machtwort zu sprechen: »Genug! Vergeuden wir unsere Energie nicht mit gegenseitigen Vorwürfen.«

»Das finde ich auch, Capitaine«, meldete sich Yvonne zu Wort. »Freuen wir uns lieber darüber, dass Michelle überlebt hat und uns weiter als Zeugin zur Verfügung steht.«

Diese Nachricht war für Jules neu. Er hatte zwar den Krankenwagen abfahren sehen, wusste aber noch nicht, wie es um Michelle bestellt war. »Sie kommt durch?«, fragte er.

Yvonne nickte. »Sie liegt auf der Intensivstation, aber die Ärzte sind zuversichtlich. Der Täter hatte offenbar nicht genug Zeit, für vollendete Tatsachen zu sorgen. Die meisten Stiche sind nur oberflächlich, lebenswichtige Organe sind nicht betroffen.«

»Glück gehabt«, meinte Benoît. »Glück für Sie, Major.«

»Schluss!«, herrschte Debré den aufsässigen Gendarmen an. »Reißen Sie sich gefälligst zusammen, Benoît.«

»Wie wollen wir nun vorgehen?«, fragte Jules in dem Versuch, das Gespräch auf eine sachliche Ebene zu führen. »Solange Michelle auf der Intensivstation liegt, können wir sie nicht befragen.«

»Auf jeden Fall braucht sie Schutz«, fand Yvonne.

»Stimmt«, pflichtete Benoît ihr bei. »Wir müssen verhindern, dass der Täter es ein zweites Mal versucht.«

»Ja, das Zimmer muss bewacht werden«, meinte auch Jules. »Und über die Zeitung könnten wir nach Zeugen suchen, die etwas von dem Überfall mitbekommen haben.«

Daraufhin hob Yvonne die Hand und sagte: »Andererseits ...« Sie sah erst Jules und dann Capitaine Debré an. »Was, wenn wir gegenüber der Presse lancieren, Michelle wäre ihren Verletzungen erlegen?« Mit leuchtenden Augen fuhr sie fort: »Der Täter würde sich in Sicherheit wiegen, während wir die Zeit nutzen, um Michelles Aussagen in Ruhe auszuwerten und den Schuldigen zu fassen.«

»Vorausgesetzt, dass alle dichthalten«, warf Benoît ein. »Inklusive des Klinikpersonals.« Er grinste Yvonne schmierig an. »So was funktioniert doch bloß im Film, Schnuckelchen.«

Yvonnes Wangen färbten sich rosarot. Doch ehe sie auf den Kollegen losgehen konnte, zog der Chef mal wieder die Notbremse.

»Genug!«, bestimmte Debré. »Ich werde das Notwendige für den Schutz der Patientin veranlassen, und Sie wenden sich wieder Ihrer Arbeit zu, Herrschaften.«

Gut gemacht, fand Jules und fing Debré ab, bevor er sich in sein Büro zurückziehen konnte. »Könnte ich Sie einen Moment sprechen, Capitaine? Unter vier Augen.«

Debré stimmte zu und nahm Jules mit.

»Manchmal ist es schwer zu ertragen.« Stöhnend ließ sich der Chef in seinen Sessel sinken. »Aber stets Rücksicht auf alle Befindlichkeiten zu nehmen geht nun einmal nicht.«

»Wie wahr. Führen ist nicht immer einfach«, bestätigte Jules, der ja seine eigenen Erfahrungen in dieser Richtung gemacht hatte. »Ich finde Yvonnes Idee an sich gut, glaube aber auch nicht an die Verschwiegenheit der Beteiligten.«

Debré stimmte ihm zu. »Der Kreis der Mitwisser wäre einfach zu groß. Davon abgesehen, ist die Presse viel zu gewitzt, um sich täuschen zu lassen, selbst hier in Colmar.«

»Das sehe ich genauso«, pflichtete Jules ihm bei. »Außerdem gibt es da noch etwas anderes …«

Debré musterte ihn aufmerksam. »So? Und das wäre?«

Jules sah die Zeit gekommen, seinen Vorgesetzten von den Vorwürfen zu berichten, die nun schon wiederholt gegen die *flics* erhoben worden waren.

»Schwarze Schafe in den eigenen Reihen?« Debré wirkte nicht sonderlich glücklich über diese Nachricht. »Das Thema ist nicht ganz neu. Schwappt immer mal wieder hoch. Aber wir sollten es ernst nehmen. Hat Ihnen diese Michelle auch Namen nennen können oder wenigstens, um welche Dezernate es sich handelt?«

»Leider nein«, antwortete Jules. »Alles, was ich habe, ist ein vager Hinweis auf ›Schnee‹, also Drogen.«

»Drogen«, wiederholte Debré und rieb sich das Kinn. »Die dafür zuständigen Kollegen kenne ich gut. Allesamt Profis, für die ich meine Hand ins Feuer legen würde. Wir brauchen mehr als diesen dünnen Anhaltspunkt, wenn wir etwas unternehmen wollen.«

»Bekommen wir, sobald Michelle vernehmungsfähig ist«, erwiderte Jules zuversichtlich, um sogleich einzuschränken: »Vorausgesetzt, wir können wirklich für ihre Sicherheit garantieren.«

»Ich weiß, was Sie meinen«, sagte Debré nachdenklich. »Sie fragen sich, wen wir für die Überwachung des Krankenzimmers einteilen sollten und wen besser nicht.«

»Nun, man sollte das zumindest sehr genau abwägen«, wand sich Jules, denn er wollte Benoît nicht offen diskreditieren.

»Sie brauchen nicht um den heißen Brei herumzureden. Ich weiß genau, auf wen Sie anspielen.« Debré wirkte nun noch mehr in Gedanken als zuvor. »Ich finde das Ganze äußerst bedauerlich. Aber selbstverständlich vertraue ich allen meinen Leuten. Ich habe eine großartige Mannschaft.«

»Keine Frage, ja«, bestätigte ihm Jules der Form halber.

»Wir dürfen jedoch keinerlei Risiko eingehen«, fuhr Debré fort. »Daher werde ich nur ein handverlesenes Team ins Krankenhaus schicken. Eines, das wir gemeinsam aufstellen.«

»Wenn es so ist, stelle ich mich gern zur Verfügung«, bot Jules an. »Auch Yvonne sollte dabei sein. Von ihr kam der Vorschlag, für Michelles Schutz zu sorgen.«

»Einverstanden«, bestätigte Debré Jules' Wahl. »Damit wären zwei von drei Schichten abgedeckt: zweimal acht Stunden Wache. Die verbleibende Zeit werde ich selbst übernehmen.«

»Sie persönlich, Capitaine?«, wunderte sich Jules, war aber froh über diese Entscheidung.

»Ja. Diese Sache hat oberste Priorität, ich möchte nichts dem Zufall überlassen.«

Vor der Tür wartete Yvonne. Sie hielt einen Zettel in der Hand.

»Hier, lesen Sie!«, forderte sie ihn auf und wedelte mit dem Blatt Papier.

»Was ist das?«, fragte Jules.

»Die Antwort auf Ihre Anfrage«, antwortete sie. »In dem ganzen Trubel um das Messerattentat hatte ich völlig vergessen, sie Ihnen zu geben.«

»Ach, die Autonummer«, begriff Jules und nahm ihr den Zettel ab.

Jules las den kurzen Text mit dem Namen des Fahrzeughalters und war mehr als verblüfft, dass es sich dabei nicht um eine Person, sondern um eine Behörde handelte. »Ein Wagen aus dem Polizeifuhrpark«, murmelte er.

»Ja«, sagte Yvonne mit argwöhnischem Blick und fragte: »Was läuft hier eigentlich?«

»Das frage ich mich auch«, sagte Jules, ohne die Augen von der Notiz zu lassen. »Das frage ich mich auch …«

EINUNDZWANZIG

Jules hatte die erste Schicht übernommen und acht Stunden lang Wache vor dem Zimmer von Michelle geschoben. Die Ärzte hatten sie unter Schlafmittel gesetzt, daher war bisher keine Gelegenheit gewesen, sie zu befragen. Obwohl die Stunden mehr oder weniger ereignislos verstrichen waren, fühlte sich Jules geschlaucht. Denn während er auf einem unbequemen Hocker im zugigen Klinikflur gesessen hatte, ohne sich zu rühren, hatte sein Gehirn auf Hochtouren gearbeitet. Aus den verschiedenen Versatzstücken und losen Teilen dieses Falls hatte er ein Bild zusammengesetzt, das ihm nicht gefiel. Ganz und gar nicht.

Seine Erschöpfung war ihm wohl anzumerken, als er am späten Abend bei Joanna eintraf. Sie hatte ihr Business-Kostüm gegen eine graue Jogginghose und ein lachsfarbenes T-Shirt getauscht, was sie keineswegs unattraktiver machte. Jules schlich ein Lächeln über die Lippen, als er sie auf dem Sofa liegen sah, in der rechten Hand ein halb geleertes Weinglas.

»Je später der Abend …«, sagte sie und machte Platz für ihn. »Komm zu mir. Du siehst aus, als könntest du weiblichen Zuspruch gebrauchen.«

Nur zu gern, dachte Jules und ließ sich neben ihr nieder. Joanna schmiegte sich an ihn und reichte ihm ihr Weinglas, damit er daran nippen konnte.

»Wie ist es im Krankenhaus gelaufen?«, erkundigte sich Joanna. Jules hatte sie per WhatsApp über seinen Sondereinsatz informiert. »Ich hoffe, du warst der einzige Aufpasser.«

»Ja, warum?« Jules sah sie fragend an.

»Nicht, dass du dir die Schicht mit der schönen Yvonne geteilt hast…« Sie zwickte ihn in die Hüfte.

»Autsch!« Jules wollte schnell aufstehen, doch das ließ Joanna nicht zu.

»Hiergeblieben!«, sagte sie sehr bestimmt. Ihre kühlen, schmalen Finger schlossen sich hinter seinem Nacken, dann zog sie ihn zu sich heran. »Du hast mich in letzter Zeit ziemlich vernachlässigt«, hauchte sie ihm ins Ohr. »Ich möchte, dass du das wiedergutmachst.«

»Jetzt gleich?«

»Auf der Stelle.«

Später gönnten sie sich einen schnell zubereiteten, aber formidablen Mitternachtssnack. Nachdem Joanna aus Kühlschrank und Vorratskammer Weintrauben, Baguette, Ziegenkäse, Nüsse, Honig und einige Kräuter zusammengesucht hatte, machten sie sich ans Werk: Joanna röstete die Trauben in einer Pfanne mit wenig Fett an, das wiederholte sie mit dem daumendick geschnittenen Brot. Währenddessen schnitt Jules den Käse in Scheiben und belegte damit das knusprige Baguette. Joanna drapierte die dampfenden Trauben darauf und streute eine Handvoll zerstoßener Nüsse darüber. Zum Schluss wurden die appetitlichen Häppchen mit Honig beträufelt. Nach fünf Minuten im vorgeheizten Ofen war der Käse angeschmolzen und die späte Mahlzeit verzehrfertig.

»Dann schieß mal los«, sagte Joanna, nachdem sie zwei der selbst gemachten Crostini verspeist hatte. »Was gibt es Neues?«

Auch Jules ließ es sich schmecken. Dazu genoss er den würzigen Weißwein und musste sich eingestehen, dass er ihm fast so gut mundete wie die von ihm bevorzugten schweren Roten. »Wenig und doch viel«, sagte er geheimnisvoll.

Joannas geschwungene Brauen hoben sich. »Capitaine Debré würde sich mit so einer unpräzisen Äußerung sicher nicht zufriedengeben.«

»Das weiß ich«, sagte Jules. »Aber es ist, wie es ist. Ich habe in den vielen Stunden, die ich vor der Tür des Krankenzimmers verbracht habe, eine Theorie entwickelt, die alles erklären kann: den Mord an Natascha Smirnowa, den Messerangriff auf Michelle, ja, sogar Erics Entführung. Nur leider handelt es sich – wie gesagt – um eine bloße Theorie, für die ich nicht den geringsten Beweis habe.«

»Jetzt bin ich echt gespannt«, sagte Joanna und schob ihren Teller beiseite.

Jules war unschlüssig, ob er seine Freundin wirklich in seine Überlegungen einweihen sollte, denn es schien ihm nicht ausgeschlossen, dass er sich blamierte. »Erst einmal musst du wissen, dass es sich bei dem Auto, in das die falsche Polizistin eingestiegen ist, um eine Zivilstreife gehandelt hat.«

»Was?« Joanna reagierte ebenso überrascht wie Jules einige Stunden zuvor. »Das bedeutet ja, dass …«

»… dass die Dame wahrscheinlich keine falsche Polizistin ist, sondern eine echte«, vollendete Jules den Satz. »Leider ließ sich das auf die Schnelle nicht überprüfen. Ein Anruf bei den Kollegen in Straßburg hat lediglich ergeben, dass der Wagen zur besagten Zeit routinemäßig unterwegs war. Auf Patrouille also. Der Zentrale war aber nichts darüber bekannt, dass zwischenzeitlich jemand zugestiegen war.«

»Sehr merkwürdig«, fand Joanna.

»Finde ich auch. Deswegen habe ich mich gefragt, welche Rückschlüsse ich daraus ziehen kann.«

»Mach es nicht so spannend!«

»Also gut.« Jules nahm einen großen Schluck aus dem Glas, um sich Mut anzutrinken. »Ich glaube, dass wir es mit einer Gruppe oder besser Bande korrupter Polizisten aus Straßburg zu tun haben, die ihre Fühler ins südliches Elsass ausstreckt. Diese Clique ist auf das Rotlichtmilieu spezialisiert, womit die Verbindung zu Opfer Nummer eins hergestellt wäre: Nicolette alias Natascha Smirnowa. Ein weiteres lukratives Betätigungsfeld ist das Drogengeschäft, worauf die Andeutungen von Michelle hinweisen. Und nun tritt Eric auf den Plan: Nehmen wir an, dass Natascha Smirnowa und Michelle sich gegen das sich krakenhaft ausbreitende Netz korrupter *flics* wehren wollten. Dass sie es leid waren, sich schikanieren, bedrohen und um einen Teil ihrer Einnahmen bringen zu lassen. Dass sie die betreffenden Polizisten melden wollten, jedoch nicht wussten, an wen sie sich wenden sollten. Denn woher hätten sie wissen sollen, wem sie in unseren Reihen trauen konnten und wem nicht? Also suchten sie nach anderen Möglichkeiten. Dabei fiel ihnen die Politik ein, und sie sahen sich nach jemandem um, der ihnen zuhören würde. Kein kleiner Lokalpolitiker, denn auch der könnte ja ebenfalls in diese unschöne Geschichte verstrickt sein. Und an die wirklich großen Köpfe kamen sie nicht heran: zu gut abgeschottet, zu unempfänglich für die Probleme von leichten Mädchen. Also wandten sie sich an einen, der seine Laufbahn bereits beendet hatte, dessen Name ihnen aber geläufig war: Eric Duval. Von ihm hatten sie vielleicht einmal etwas im Radio gehört oder ihn in einer Talkshow im Fernsehen gesehen. Wie auch immer: Natascha Smirnowa meldete sich bei ihm, schilderte ihm ihr Leid und bat um ein Treffen. Das hat die Bande mitbekommen, und sie wollte schnell zuschlagen, um das geplante Treffen unter allen Umständen zu verhindern. Aber wie? Sie beschlossen, den alten Herrn zu entführen. Mit Eric würde auch der einzige Zeuge verschwinden, der von ihren Umtrieben wusste oder zumindest teilweise darüber informiert war. Und wie man Natascha und Michelle zum Schweigen brachte, weißt du ja selbst.«

Joanna wirkte beeindruckt. »Das ist also deine Theorie«, sagte sie anerkennend. »Hut ab, das hat durchaus Hand und Fuß.«

»Danke«, sagte Jules mit einer gewissen Erleichterung. Jetzt war es raus.

»Aber wie du selbst sagst: Ohne einen Beweis kannst du mit deiner ganzen schönen Hypothese nichts anfangen. Was dir vor allem fehlt, sind Namen. Wenn ich als Untersuchungsrichterin etwas unternehmen sollte, wüsste ich doch gern, gegen wen.«

Jules schürzte die Lippen. »Du sagst es. Ich habe keinen blassen Schimmer, wer hinter dem ganzen Spuk stecken könnte.«

Joanna nahm ihr Glas zur Hand und hob es an den Mund, trank jedoch nicht. Langsam ließ sie es sinken, während sie sagte: »Ein Maulwurf. Es muss einen Maulwurf bei euch geben.«

»Wie meinst du das?«, fragte Jules.

»Genau wie ich es sage!« Joanna stellte das Glas ab. »Überleg doch mal: Eric wurde euch vor der Nase weggeschnappt, obwohl für euren Restaurantbesuch höchste Geheimhaltung galt. Michelle ist mit einem Messer angegriffen worden, obwohl sie das Treffen nur mit dir persönlich vereinbart hatte. Das bedeutet doch, dass es irgendwo in eurem Laden eine undichte Stelle geben muss. Ein Leck!«

»Ja.« Jules nickte. »Du hast recht.« Spontan kam ihm sein Intimfeind Benoît in den Sinn. Doch hatte der Kollege wirklich über genügend Informationen verfügt, um solche Aktionen zu veranlassen? Als zweiter Mann in der Gendarmerie bekam er zwar viel mit, über den Verlauf des Abends mit Eric jedoch hatte er so gut wie nichts gewusst. Das Gleiche galt für Jules' Verabredung in der Markthalle. Benoît hatte erst im Nachhinein davon erfahren.

»Denk nach, Jules«, forderte Joanna ihn auf. »Wer konnte wissen, wohin du mit Eric Flammkuchen essen gegangen bist? Und wer kannte den Ort, an dem du Michelle treffen wolltest?«

Wer wusste von dem Ort? Niemand außer Michelle selbst, Jules und Joanna.

Halt, nein, da gab es noch jemanden! Eine weitere Person hatte davon gewusst. Jemand, der sich bislang gekonnt im Hintergrund gehalten hatte. Stets mit von der Partie, doch unauffällig und ohne Argwohn zu erregen: Yvonne! Ihm fuhr es eiskalt über den Rücken, als ihm klar wurde, wie blind er gewesen war. Blind gegenüber dem Offensichtlichen! Bei dem von Eric veranlassten Abstecher in die Flammkuchenküche war sie dabei gewesen. Sie hatte sich zwischendurch zurückgezogen, angeblich, um auf die Toilette zu gehen. In Wahrheit aber hatte sie die Zeit genutzt, um zu telefonieren. Um den Entführern ihren Aufenthaltsort zu verraten.

Beim geplanten Treffen mit Michelle war es nicht anders gewesen: Jules hatte Ort und Zeit zuvor an die Gendarmerie durchgegeben – und zwar direkt an Yvonne!

»Dämmert es langsam?«, fragte Joanna, die dieselben Schlüsse zu ziehen schien.

»Verflucht …« Die Erkenntnis traf Jules knüppelhart.

»Ich fürchte, du bist dem Charme einer abgebrühten Falschspielerin aufgesessen«, sagte Joanna. »Verdammt, Jules, wie konntest du ihr bloß so auf den Leim gehen?«

Jules antwortete nicht, denn er machte sich selbst die schlimmsten Vorwürfe.

Viel schlimmer aber wog, dass Yvonne ihre letzte Karte noch nicht ausgespielt hatte. Denn während er hier gemütlich in Joannas Wohnung saß, Crostini aß und Wein trank, hielt Yvonne Wache vor Michelles Bett. Die perfekte Gelegenheit, um die letzte Zeugin für immer zum Schweigen zu bringen.

Mit einem Anflug von Panik sprang Jules so entschlossen auf, dass er sein Weinglas umstieß.

ZWEIUNDZWANZIG

Was tun? Jules' erste Idee war, in der Einsatzzentrale anzurufen, um eine Streife zur Klinik zu schicken. Doch er scheute vor den Erklärungen zurück, die er dafür hätte abgeben müssen. Eine Kollegin auf eine bloße Mutmaßung hin festnehmen, das würden die Jungs aus der Zentrale kaum mitmachen. Erst recht nicht, wenn die Order von einem Neuling wie Jules kam.

Also mussten sie selbst ran. Joanna dachte wohl genauso, denn sie hatte sich bereits einen Trenchcoat übergezogen und stieg in ihre Sandaletten. Dann schnappte sie sich ihren Autoschlüssel und rannte aus der Wohnung. Jules musste sehen, dass er schnell genug hinterherkam.

»Erst geht es tagelang so gut wie gar nicht voran, und jetzt überschlagen sich die Ereignisse«, redete er vor sich hin, während er die Treppenstufen vor dem Haus übersprang.

»Was?«, rief Joanna und riss die Fahrertür ihres Peugeot Cabrio auf.

»Nichts, schon gut.«

Joanna raste durch die Straßen Colmars, als hätte sie ein Blaulicht auf dem Dach. Jules hielt sich fest und fragte sich, was seine Freundin mehr antrieb: die Aussicht, Michelle das Leben zu retten, oder eine Revanche an Yvonne, die sie als Konkurrentin betrachtete.

Yvonne … Jules fiel es schwer, das Offensichtliche zu akzeptieren. Er fragte sich, welche Gründe sie dazu bewegt haben könnten, den Tätern in die Hände zu spielen, indem sie ihnen Dienstgeheimnisse verriet. Oder war vielleicht alles noch viel schlimmer? Hatte Yvonne selbst Blut an den Händen? Wenn das so sein sollte, wäre die Gefahr für Michelle noch viel größer.

Zu ihrem Glück herrschte kaum noch Verkehr, sodass sie für die Strecke viel weniger Zeit benötigten, als das tagsüber der Fall gewesen wäre. Dennoch brauchte es eine Weile.

Joanna schien Jules' Befürchtung zu teilen. »Was, wenn wir es nicht rechtzeitig schaffen?«, fragte sie und erhöhte abermals das Tempo.

Jules hielt sein Handy ans Ohr. »Ich rufe im Krankenhaus an und sage, sie sollen nach der Patientin sehen.«

»Bringst du damit nicht das Personal in Gefahr?«, gab Joanna zu bedenken. »Wir wissen nicht, wie Yvonne reagiert, wenn sie dabei überrascht wird.«

»Dabei? Du meinst, wenn sie Michelle das Kissen auf den Kopf presst, genau wie sie es wahrscheinlich auch bei Natascha Smirnowa getan hat?«

Joanna antwortete nicht, sondern konzentrierte sich aufs Fahren. Jetzt waren es keine fünf Minuten mehr bis zum Klinikum.

Plötzlich fuhr Jules auf seinem Sitz herum. »Stopp!«, rief er laut. »Halt sofort an!«

Joanna erschrak so sehr, dass sie das Steuer verriss und beinahe gegen einen Laternenmast geprallt wäre. »*Mon dieu*!«, stieß sie aus und brachte das Cabrio mit quietschenden Reifen zum Stehen.

Entgeistert blickte sie Jules an. »Was ist los?«

»Kehr sofort um und fahr ein Stück zurück!«, befahl er, anstatt auf ihre Frage zu antworten.

»Aber wir müssen doch ins Krankenhaus!«, protestierte sie.

»Vergiss das Krankenhaus, wir sind zu spät«, rief Jules aufgebracht. »Wenn mich nicht alles täuscht, ist uns gerade eben Yvonne entgegengekommen.«

»Was?«, fragte Joanna entgeistert.

»Es ist verflixt dunkel, und sie hatte den Kragen ihrer Jacke hochgeschlagen, aber ich bin mir sehr sicher.«

»*Merde*!« Joanna hieb aufs Steuerrad ein. Dann startete sie den abgewürgten Motor neu. »Meinst du, sie hat es bereits getan?«

Jules nickte mit verbissenem Ausdruck. »Sonst würde sie nicht in der Gegend herumspazieren. Ihre Schicht wäre erst in ein paar Stunden vorbei.«

Erneut quietschten die Reifen, als Joanna den Gang einlegte und aufs Gaspedal trat. Der kleine Wagen wirbelte herum und fuhr nun in entgegengesetzter Richtung.

Während Joanna beschleunigte, suchte Jules den Gehweg nach Yvonne ab. Die ersten Passanten, an denen sie vorbeirasten, waren ein Rentner mit seinem Hund und ein Liebespaar. Es folgte eine Gruppe Jugendlicher. Dann aber erschien eine einzelne Person am Straßenrand. Die schmale Silhouette ließ auf eine Frau schließen.

»Das ist sie!«, war sich Jules sicher. »Los, schneid ihr den Weg ab!«

Joanna fackelte nicht lange, schlug das Steuer ein und krachte mit beiden Vorderrädern gegen die Bordsteinkante. Jules wurde nach vorn geworfen, der Anschnallgurt spannte über seiner Brust.

Ihm blieb für einen Moment die Luft weg, doch das scherte ihn nicht. Er hatte recht! Keine zwei Meter von ihnen entfernt stand Yvonne und blickte sie entgeistert an. Jules spürte einen Stich, als ihm bewusst wurde, wie sehr er sich von dieser Frau hatte täuschen lassen. Das Vertrauen, das er ihr entgegengebracht hatte, war von ihr sträflich missbraucht worden. Meine Güte, dachte er sich, ein bisschen hatte er sich in Yvonnes tiefgründige Augen sogar verliebt. Was für eine kalte Dusche.

Jules und Joanna sprangen nahezu gleichzeitig aus dem Auto und stellten sich Yvonne in den Weg, um sie aufzuhalten. Doch die junge Polizistin machte keine Anstalten wegzulaufen, sie sah sie nur mit großen Augen an.

»Habt ihr mich erschreckt«, sagte sie und fasste sich ans Herz. »Ich dachte, gleich werde ich überfahren.«

Jules ging nicht darauf ein, das war alles nur Tarnung. Er jedenfalls würde nicht noch einmal auf ihre freundlich-naive Art hereinfallen. »Was haben Sie getan?«, herrschte er sie an. »Was haben Sie mit Michelle gemacht?«

Yvonne sah ihn fragend an. »Wie meinen Sie das?«

»Schluss jetzt mit dem Theater!«, erklärte Jules und baute sich vor ihr auf. »Wir wissen jetzt, wie es gelaufen ist. Sie sind aufgeflogen, Yvonne. Also raus mit der Sprache: Haben Sie auch Michelle umgebracht, um sie am Reden zu hindern?«

Yvonne taumelte einige Schritte zurück, sie wirkte gekränkt und sehr irritiert. »Was reden Sie da? Weshalb umgebracht? Und wieso ›auch‹?«

»Weil wir glauben, dass der Tod von Natascha Smirnowa ebenfalls auf Ihr Konto geht«, mischte sich Joanna ein.

»Auf mein Konto?«, fragte sie mit fassungslosem Erstaunen. »Was soll denn das heißen?«

Jules musste ihr zugestehen, dass sie ihre Rolle bis zuletzt sehr glaubhaft verkörperte. Aber er durfte keine Zeit verlieren und sich durch ihre Scharade nicht aufhalten lassen. Er musste schleunigst ins Krankenhaus, vielleicht konnte er noch etwas für Michelle tun.

»Brechen wir das hier ab«, entschied er und packte Yvonne am Arm. »Los, steigen Sie in das Auto. Wir fahren jetzt in die Klinik.«

»Moment!« Yvonne stemmte sich gegen ihn. »Ich habe keine Ahnung, was hier gerade läuft. Aber wenn es etwas mit Michelle zu tun hat, könnt ihr euch wieder abregen. Es ist alles in Ordnung, ihr Zustand ist stabil. Die Ärzte haben die Schlafmittel reduziert, sodass sie wahrscheinlich schon morgen aufwachen wird.«

Jules sah sich fragend nach Joanna um. Die zuckte nur mit den Schultern. Dann wollte er von Yvonne wissen: »Warum haben Sie Ihren Posten verlassen?«

»Darum geht es Ihnen also«, sagte Yvonne und entspannte sich etwas. »Deshalb die ganze Aufregung?«

Jules' Griff um Yvonnes Arm wurde härter.

»Au!« Sie machte ihren Arm frei. »Capitaine Debré hat mich früher als geplant abgelöst, das ist alles. Kein Grund, so grob zu werden. Und schon gar nicht für so absurde Anschuldigungen. Was soll das?«

»Capitaine Debré? Weshalb sollte er seinen eigenen Schichtplan über den Haufen werfen? Wenn das ein Trick sein soll …« Jetzt verstand Jules gar nichts mehr.

Im Gegensatz zu Joanna, die bereits neue Rückschlüsse zog: »Verraten Sie uns bitte eines, Yvonne«, sagte sie eindringlich. »An dem Abend, als Sie zusammen mit Jules Monsieur Duval zum Essen begleitet hatten, haben Sie die Runde kurz verlassen. Weil Sie angeblich die Toilette aufsuchen wollten. Trifft das zu?«

Yvonne wollte antworten, blieb aber stumm und sah zu Boden.

»In Wahrheit haben Sie die Zeit genutzt, um zu telefonieren, richtig?«, fragte Joanna.

»Und zwar mit den Entführern!«, ergänzte Jules.

»Nein, was für ein Unsinn!«, entgegnete Yvonne verärgert. »Ich habe …« Erneut zögerte sie mit der Antwort.

»Sie haben Ihren Chef angerufen«, vollendete Joanna den Satz. »Capitaine Debré hatte Ihnen aufgetragen, ihn über jede Planänderung an diesem Abend in Kenntnis zu setzen. Stimmt das?«

Yvonne nickte. »Er wollte über alles im Bilde sein.«

Debré? Jules begriff, dass er umdenken musste. Die Lage wurde immer komplexer. »Haben Sie ihm auch von meinem Treffen mit Michelle in der Markthalle erzählt?«, wollte er nun wissen.

Yvonne nickte bestätigend. »Er stand während Ihres Anrufs direkt neben mir und wollte gleich wissen, worum es sich handelte.«

»Puh!« Jules blies die Luft aus den Lungen. »Wenn das alles stimmt, haben wir ein neues Problem.«

»Aber auch eine neue Chance!«, meinte Joanna entschlossen. »Lasst uns sofort aufbrechen und zum Krankenhaus fahren. Vielleicht können wir das Schlimmste doch noch verhindern.«

Was für eine Achterbahnfahrt der Gefühle, dachte Jules, eine Ungewissheit folgte der nächsten. Mit einem Mal war alles und jeder verdächtig. Yvonnes Angaben schienen schlüssig zu sein. Aber dass an ihrer Stelle ausgerechnet Debré der Drahtzieher sein sollte, wollte Jules nicht in den Kopf. Sein Eindruck von dem Capitaine war ein völlig anderer gewesen. Sollte Jules' Menschenkenntnis so sehr versagt haben?

Andererseits sprach vieles dafür: Debré verfügte über genügend Macht, Wissen und womöglich auch den Willen, um ein solches Ding zu drehen, ohne dabei selbst in die Schusslinie zu geraten. Ob er allein handelte oder ihm Helfer zur Hand gingen, ließ sich so einfach nicht beantworten. Doch dass er für Michelle unmittelbar zur Gefahr werden konnte, davon musste Jules nun ausgehen. Deshalb sah er immer wieder unruhig auf die Uhr. Jetzt kam es darauf an, keine Zeit mehr zu verlieren!

Vier Minuten Autofahrt, Parken im absoluten Halteverbot, dann die Hetze durch die Flure des Krankenhauses.

Zu dritt erreichten sie den Trakt, in dem Michelle untergebracht war, liefen hintereinander durch die Flügeltür, hinter der die Zimmer mit den Intensivbetten lagen. Dann sahen sie ihn, den Stuhl, der für den wachhabenden Gendarm in den Flur gestellt worden war und auf dem Capitaine Debré sitzen sollte. Doch der Gang war menschenleer, der Stuhl verwaist.

Durch Jules' Adern schoss das Adrenalin. Jetzt kam es hart auf hart. Womöglich war Debré genau in diesen Minuten dabei, für vollendete Tatsachen zu sorgen! Jules sah ihn bildlich vor sich, wie er Michelles Gesicht unter einem großen Kopfkissen vergrub. Wie er die Arme abwehrte, die sie im Todeskampf nach ihm ausstreckte. Wie er zudrückte und nicht aufhörte, bis auch das letzte Zucken seines Opfers erstarb …

Nach kurzer Erstarrung riss sich Jules zusammen und stürmte zum Krankenzimmer, dicht gefolgt von den beiden Frauen. Er drückte die Klinke, riss die Tür auf und stand mit einem Satz mitten in dem Raum.

Blitzschnell musste er sich orientieren. Die Beleuchtung war gedimmt, im Schummerlicht erkannte er die medizinischen Geräte, die blinkten und piepten. Ausladend und auf Rollen beherrschte ein großes Bett das Zimmer. Unter einer bauchigen Decke lag Michelle, den Arm an einen Tropf angeschlossen.

Debré stand unmittelbar neben dem Bett, tief über die Patientin gebeugt. Seine Haltung ließ keine Zweifel offen.

Jules handelte sofort. »Halt! Ich will Ihre Hände sehen!«, rief er laut und deutlich. »Drehen Sie sich langsam um und zeigen Sie mir Ihre Hände, Capitaine!«

Aus den Augenwinkeln sah er, wie Yvonne ihr Pistolenholster öffnete. Auch sie schien begriffen zu haben, was die Stunde geschlagen hatte.

Doch Debré reagierte nicht auf Jules' Befehle, er schüttelte lediglich langsam den Kopf. Dann flüsterte er: »Leise!«

Jules glaubte, nicht richtig gehört zu haben. »Was sagen Sie?«

»Sie sollen leise sein«, antwortete Debré, ohne sich zu ihnen umzudrehen. »Sie ist gerade dabei, aufzuwachen. Nehmen Sie bitte Rücksicht auf ihren Zustand.«

DREIUNDZWANZIG

Eine Ärztin und einige Pfleger waren aufgrund des Lärms herbeigeeilt und hatten alle Anwesenden zurück auf den Flur geschickt. Dort standen sich Jules, Joanna, Yvonne und Debré zunächst sprachlos gegenüber. Und ratlos.

Der Capitaine ergriff als Erster die Imitative. An die weiß gestrichene Wand gelehnt, die Hände in den Hosentaschen, schaute er in die Runde und sagte: »Habe ich das richtig verstanden? Sie haben mich alle für den Mörder gehalten?« Der Unglaube stand in seinen Augen.

Er wandte sich an Yvonne: »Wie lange kennen wir uns, Yvonne? Sie sollten es doch eigentlich besser wissen. Ich kann wirklich nicht verstehen, wie Sie einem solchen Trugschluss unterliegen konnten. Das widerspricht doch jeglichem gesunden Menschenverstand!«

»Ganz so ist es nicht«, rechtfertigte Jules sein Vorgehen. Er erläuterte die Hypothese, die er kurz zuvor Joanna auseinandergesetzt hatte. »Aus unserer Sicht waren das sehr deutliche Hinweise, und als wir Sie dann nicht vor, sondern im Krankenzimmer angetroffen haben, fügte sich das ins Bild. Es sah wirklich so aus, als wollten Sie Michelle etwas antun.«

»Sie können beruhigt sein, Major, das wollte ich selbstverständlich nicht«, stellte der Capitaine klar.

»Aber weshalb haben Sie dann das Zimmer betreten?«, erkundigte sich Yvonne.

»Ich hatte Geräusche gehört«, erklärte Debré. »Husten und ein metallisches Klappern. Ich nehme an, Michelle ist beim Aufwachen mit dem Arm gegen den Tropfständer gestoßen. Also habe ich nachgesehen und den Alarmknopf für das Personal gedrückt, das ja dann auch kurz nach Ihnen kam.« Ohne jede Häme ergänzte er, an Jules gerichtet: »Sie haben sich geirrt, Major. Aber ich kann das verstehen. Denn in diesem Fall ist so vieles nebulös. Die immer deutlicheren Hinweise auf Polizeikreise fordern es ja geradezu heraus, dass wir uns gegenseitig verdächtigen.«

»Hoffentlich ist Michelle bald vernehmungsfähig und nennt die Namen der wirklichen Täter«, sagte Joanna ziemlich kleinlaut. Sie sah aus, als plagte sie das Gewissen, weil sie Jules auf seiner Kollegenjagd unterstützt hatte.

»Sie haben recht, *madame la juge*. Unter allen Umständen müssen wir sicherstellen, dass Michelle von niemandem daran gehindert werden kann, ihre Aussage zu machen«, bestimmte Debré. »Solange das Misstrauen gegeneinander jedoch nicht vollständig ausgeräumt ist, schlage ich vor, das Cockpitprinzip anzuwenden.«

»Bitte was?«, fragte Yvonne.

»Sie erinnern sich an den Absturz einer Germanwings-Maschine vor einigen Jahren bei Le Vernet? Der Co-Pilot hat das Flugzeug gegen die Berge gelenkt, während der Kapitän gerade nicht im Cockpit war. In der Folge galt die Verpflichtung, dass sich stets zwei Personen dort aufhalten müssen. Also werden auch wir die Schichten doppelt besetzen. So können wir gegenseitig aufeinander aufpassen und jeden Versuch eines Anschlags auf Michelles Leben unterbinden.«

Jules fand das einleuchtend. Er schämte sich dafür, dass er seinen Vorgesetzten in eine solche Lage gebracht hatte. Jagd auf Yvonne und Debré zu machen war übereilt und unbedacht gewesen, das sah er nun ein.

Um Wiedergutmachung bemüht, sagte er: »Ich melde mich freiwillig für die nächste Schicht.«

»Einverstanden«, sagte Debré mit anerkennendem Nicken. »Dann dürfen Sie sich mir anschließen und den Rest der Nacht an diesem heimeligen Ort verbringen. Vielleicht sind die Menschen hier ja so freundlich und spendieren uns einen zweiten Stuhl.«

Als Jules mit dem Capitaine allein war, herrschte zunächst wieder Stille. Sie saßen stumm nebeneinander im halbdunklen Flur, den Blick auf den PVC-Boden gerichtet und jeder für sich seinen Gedanken nachhängend.

Michelle war offenbar über den Berg, das hatte die behandelnde Ärztin bestätigt. An eine Vernehmung war aber noch nicht zu denken, jedenfalls nicht vor morgen Vormittag, hatte die Medizinerin ihnen eingeschärft. Jegliche Aufregung könnte den labilen Gesundheitszustand der Patientin empfindlich stören, hieß es.

Also lautete die Devise: Abwarten.

Während Jules dasaß und ins Leere starrte, versuchte er die verwirrenden Geschehnisse dieser Nacht zu rekapitulieren. Dabei wurde ihm bewusst, wie sehr die Sache aus dem Ruder gelaufen war. Die Schnitzer, die er sich geleistet hatte, kamen ihm im Rückblick umso unverzeihlicher vor. Wie hatte es bloß passieren können, dass er sich von reinen Mutmaßungen leiten ließ, anstatt auf seinen Verstand, seine Erfahrung und Professionalität zu setzen? Ob es am kürzlich erfolgten Jobwechsel lag und daran, dass er die neuen Kollegen noch nicht richtig einschätzen konnte? Oder nahm ihn Erics Verschwinden mehr mit, als er sich einzugestehen bereit war? Traf es ihn persönlich so stark, dass er seinen Dienst nicht mehr unvoreingenommen erfüllen konnte? Befangenheit beeinträchtigt bekanntlich die Handlungsfähigkeit. Nicht umsonst nahm man Ermittlern einen Fall ab, wenn persönliche Belange und Gefühle die Überhand gewannen. Sollte er vielleicht darum bitten, abgezogen zu werden?

Er schüttelte den Kopf, um diese bitteren Gedanken, aber auch den Anflug von Müdigkeit loszuwerden.

»Alles gut bei Ihnen?«, erkundigte sich Debré und gähnte ausgiebig.

»Wie man's nimmt. Ich hatte mir diesen Abend wahrlich anders vorgestellt«, antwortete Jules.

»Dass es so gelaufen ist, haben Sie sich selbst zuzuschreiben, Major. Aber sei es drum: Sie haben richtig gehandelt, denn wenn es einen Verdacht gibt, und sei er auch noch so abwegig, muss man ihm nachgehen. So funktioniert unser Geschäft nun mal.«

Jules hob die Mundwinkel zu einem müden Lächeln. »Nett von Ihnen, mich aufzumuntern. Aber ich weiß selbst, dass ich Mist gebaut habe.«

»Jammern Sie nicht, sondern tragen Sie die Konsequenzen mit Anstand. Wir ziehen das jetzt durch und halten uns an die Sicherheitsvorkehrungen. So lange, bis wir wissen, was diese Michelle uns zu sagen hat.«

Debrés Worte halfen Jules, seine Selbstzweifel zu überwinden. Mit etwas Mühe konnte er den verpatzten Auftritt aus seinen Gedanken verbannen.

»Was hat Sie eigentlich ins Elsass verschlagen?«, fragte Debré nach einer Weile. »Ursprünglich kommen Sie doch von der Atlantikküste, aus derselben Küstenstadt wie *monsieur le ministre.* Der Atlantik, Austernbänke, breite Strände – warum zum Kuckuck haben Sie das für ein paar miefige Fachwerkhäuser aufgegeben? Hängt Ihnen unser Sauerkraut nicht schon aus den Ohren heraus?«

Jules musste lachen. Debré hatte es tatsächlich geschafft, ihn auf andere Gedanken zu bringen. »Ganz im Gegenteil!«, versicherte er und meinte es ehrlich. »Je länger ich hier bin, desto wohler fühle ich mich. Vor allem die tolle Landschaft hat es mir angetan, die Umgebung von Royan bietet da weit weniger Abwechslung.« Er reckte sich, denn der hölzerne Schemel, auf dem er sitzen musste, war nicht gerade bequem. »Aber Sie haben nach dem Grund gefragt: Um ehrlich zu sein, bin ich aus einer zu engen Beziehung mit einer zwar sehr hübschen, aber auch ziemlich resoluten Frau geflohen, die drohte, noch enger zu werden. Um sie nicht heiraten zu müssen, wusste ich mir keinen anderen Rat, als mich möglichst weit weg versetzen zu lassen.«

»Und kaum haben Sie das geschafft, haben Sie sich der nächsten Frau an den Hals geworfen?«, zweifelte Debré. »Madame Laffargue und Sie sind doch ein Paar, oder?«

»Ja«, bestätigte Jules. »Es war Liebe auf den ersten Blick.«

»Wenigstens bleiben Sie sich bei der Wahl Ihrer Begleiterinnen treu.«

Jules hob die Brauen. »Lilou, meine Ex, sah völlig anders aus.«

»Ich meinte nicht das Aussehen, sondern das Resolute. Wie ich Madame Laffargue kenne, lässt sie sich auch nicht die Butter vom Brot nehmen. Zumindest in ihrer Funktion als Untersuchungsrichterin kann sie ganz schön heftig werden.«

Da war etwas Wahres dran. Jules flog tatsächlich auf selbstbewusste Frauen, die sich zu behaupten wussten. Ob das für ihn selbst immer gut war, hätte er nicht zu sagen gewusst.

Jules rutschte auf dem harten Stuhl hin und her. »Wenn wir die Cockpit-Lösung ernst nehmen, wie halten wir es mit den Pinkelpausen?«, fragte er.

»Die Nachtschwester schaut regelmäßig bei der Patientin vorbei. Immer wenn sie kommt, kann einer von uns gehen, einverstanden?«, schlug Debré vor.

»Klingt nach einer guten Lösung.« Doch es gab noch mehr zu bedenken: »Haben Sie sich schon überlegt, wen Sie Yvonne an die Seite stellen, wenn sie uns morgen früh ablöst?«

»Ja, habe ich«, sagte Debré bestimmt. »Benoît.«

Jules verzog missbilligend den Mund.

»Ich weiß, dass Ihnen das nicht passt. Sie beide hatten einen miserablen Start.«

»Allerdings, ja«, stimmte Jules zu. »Halten Sie das wirklich für eine gute Idee? Kann das nicht jemand anderes übernehmen?«

»Hören Sie mal, Major, Benoît ist jetzt seit über einem Jahr bei unserer Truppe. Ich habe ihn oft aufbrausend erlebt, mitunter auch anmaßend, aber niemals illoyal. Er ist verlässlich und leistet solide Arbeit. Glauben Sie mir: Benoît ist der Aufgabe gewachsen.«

»Wenn Sie das sagen, ist es für mich in Ordnung«, sagte Jules.

Oder auch nicht. Er hatte ein verdammt schlechtes Gefühl bei der Sache.

VIERUNDZWANZIG

Die Nacht hatte sich gezogen. Zäh wie ein Kaugummi. Immer wieder war Jules kurz eingenickt. Dem Capitaine war es nicht anders ergangen, auch sein Kopf war immer mal wieder nach vorn gekippt. Nur mehrere Becher Automatenkaffee hatten verhindert, dass sie beide in Tiefschlaf fielen. Nun war die Sonne aufgegangen, und Jules fühlte eine tiefe Erschöpfung.

Kurz bevor die Ablösung erscheinen sollte, beendete die Ärztin ihre Schicht. Nach einer abschließenden Visite bei Michelle teilte sie Jules und Debré mit, dass die Nachtruhe der Patientin sehr gutgetan habe. Ihre Werte seien zufriedenstellend, ihrer Genesung stehe nichts im Wege. Für eine Befragung aber sei sie nach wie vor zu schwach. Die Gendarmen müssten sich in Geduld üben.

Das war Debré gar nicht recht, woraus er keinen Hehl machte. Auch Jules konnte zwar die medizinische Erklärung nachvollziehen, seine Geduld jedoch stieß allmählich an ihre Grenzen. Zu gern hätte er erfahren, was Michelle ihm hatte mitteilen wollen und – wichtiger noch! – ob sie den Angreifer mit dem Messer erkannt hatte.

»Wenigstens eine einzige Frage?«, versuchte er es noch einmal.

Aber die Ärztin winkte ab. Keinesfalls jetzt schon, allerfrühestens am Nachmittag.

Wenig später erschien Yvonne mit einer Papiertüte, auf der sich die buttrigen Flecken von frisch gebackenen Croissants abzeichneten. In der anderen Hand trug sie einen Papphalter mit zwei Bechern Kaffee – *richtigem* Kaffee, wie Jules am aromatischen Duft erkannte.

Eine nette Geste, die Jules umso mehr schätzte, als dass er der Kollegin am Abend zuvor so übel mitgespielt hatte. Sein Lächeln über Yvonnes Mitbringsel verflog jedoch, als er kurz hinter ihr Benoît auftauchen sah. Der bedachte Jules mit dem gleichen geringschätzigen Blick, den Jules auch für ihn übrig hatte.

»Na, schon so früh auf den Beinen, Major?«, rief Benoît ihm zu.

»Oder so spät. Kommt immer drauf an, wann man angefangen hat«, entgegnete Jules schmallippig.

»Klagen Sie nicht, jetzt ist ja Wachwechsel«, sagte Benoît. »Für euch ist's Zeit zum Träumen.«

Du mich auch, dachte Jules, war aber auch erleichtert, seinen ungemütlichen Kontrollposten endlich verlassen zu dürfen.

Debré wies Yvonne und Benoît kurz ein, bevor er Jules zunickte und sagte: »Hauen wir uns für ein paar Stunden aufs Ohr. Wir haben es uns verdient.«

»Bevor Sie das tun, müssten Sie beide bitte noch auf einen Sprung bei der Gendarmerie vorbeischauen«, bat Yvonne. »Da wartet schon jemand auf Sie.«

Debrés Freude darüber hielt sich in Grenzen. »Wer denn? Meine Frau, die mir die Scheidungspapiere überreichen will, weil ich nie zu Hause bin?«

Yvonne schmunzelte. »Nein, es ist unser Doc.«

Debré stöhnte auf. »Noël Clément? Auch das noch! Hat er gesagt, was er von mir will?«

»Tut mir leid, Capitaine, hat er nicht. Er macht mal wieder ein großes Geheimnis um seine Untersuchungsergebnisse.«

»Hoffentlich sind es wirklich Ergebnisse«, sagte Debré und winkte Jules zu sich. »Kommen Sie, Major, wir sind noch nicht fertig.«

»Kein Problem«, meinte Jules mit trübem Blick. »Allmählich gewöhne ich mich daran, ohne Schlaf auszukommen.«

Der zierliche Gerichtsmediziner lief vor Debrés Büro auf und ab, voller Ungeduld, den Capitaine sprechen zu können.

»*Bonjour*, Noël«, begrüßte Debré ihn ohne Überschwang. »Kollege Gabin und ich sind längst über unserer Dienstzeit. Was auch immer Ihnen auf dem Herzen liegt, hätten Sie das nicht mit Yvonne und Benoît klären können?«

Noël hörte auf, wie ein Tiger im Käfig hin- und herzulaufen. »Mit Yvonne? Lieber nicht. Mit Benoît? Auf keinen Fall.«

Abermals stieß Debré ein Stöhnen aus. »Machen Sie es kurz. Was gibt es Wichtiges zu so früher Stunde?«

»Sie sind ja nicht die Einzigen, die nachts arbeiten«, stellte Noël zunächst klar. »Manchmal geht es gar nicht anders, wenn man sein Pensum schaffen will. In einer überschaubaren Stadt mit ebenso überschaubaren Mitteln muss man sehen, wie man zurechtkommt, und wird quasi zwangsläufig zum Multitalent: Neben der Rechtsmedizin ist mein zweites Steckenpferd die Forensik, also alle wissenschaftlichen Methoden, um kriminelle Handlungen systematisch zu untersuchen.«

Ungehalten schnauzte Debré nun: »Ich bin wirklich sehr müde, *docteur*. Kommen Sie auf den Punkt.«

Nun war Noël eingeschnappt, beleidigt verschränkte er die Arme. »Ich hätte es auch sein lassen können. Schließlich werde ich nicht dafür bezahlt, die Resultate der Spurensicherung einer erneuten Prüfung zu unterziehen, ob beim ersten Mal etwas übersehen wurde. Ich dachte, das wäre ganz in Ihrem Sinne, aber da habe ich mich wohl getäuscht.«

»Schon gut«, lenkte Debré ein. »Was haben Sie denn für uns?«

Noël schien das als Entschuldigung zu akzeptieren und legte los: »Sagt Ihnen der Begriff Polypropylen etwas? Es wird mithilfe einiger Katalysatoren aus Propen synthetisiert. Die chemischen Bauteile des Propens, die sogenannten Methylgruppen, beeinflussen je nach Anordnung in dem langkettigen Propylenmolekül maßgeblich dessen Eigenschaften.«

»Sehr interessant«, sagte Debré und sah sich hilfesuchend nach Jules um. Doch der konnte auch nur ahnungslos mit den Schultern zu zucken.

»In der textilen Verarbeitung liegen diese Methylgruppen in einer sogenannten isotaktischen Anordnung vor«, fuhr Noël fort. »In diesem Bereich nutzt man vor allem Polycon, das als Mischgarn aus Polypropylen und anderen Fibrillen hergestellt wird. Und damit wären wir beim Thema.«

»Wird ja auch Zeit«, entfuhr es Debré.

»Bitte?«, fragte Noël.

»Nichts. Sprechen Sie bitte weiter.«

Noël räusperte sich. »Polycon findet unter anderem Verwendung bei der Herstellung von Funktionskleidung.« Er ging auf Debré zu und tippte mit dem Zeigefinger auf den Ärmel seiner Uniformjacke. »Die Uniformen der Gendarmerie zum Beispiel enthalten es.«

»Lassen Sie das, Noël.« Debré zog seinen Arm zurück. »Wo sind solche Fasern aufgetaucht? Etwa am Tatort im Hotelzimmer?«

»Ja, und zwar an mehreren Stellen. Und sogar auf der potenziellen Tatwaffe, dem Kissen.«

Debré schnalzte mit der Zunge. »Warum erfahren wir das erst jetzt?«, fragte er dann.

»Wie gesagt: Das sind die Ergebnisse einer zweiten Überprüfung, die ich durchgeführt habe, obwohl ich dafür eigentlich gar nicht zuständig bin.«

»Ihr Fleiß in allen Ehren: Aber könnte es sich dabei nicht um Verunreinigungen durch die Kollegen handeln, die das Zimmer nach der Alarmierung als Erste betreten haben?«, fragte Jules. »Bevor die Spurensicherer in ihren antiseptischen Schutzanzügen angetrabt sind, waren ja schon jede Menge Leute durch den Raum spaziert.«

»Möglich, ja«, sagte Noël. »Die hohe Konzentration auf dem Bett und dem Kissen geben mir jedoch zu denken. Ich schicke Ihnen den fertigen Bericht im Lauf des Vormittags rüber.« Damit verabschiedete er sich von ihnen und verließ den Raum.

Debré wandte sich ab und grummelte etwas Unverständliches. Er war ganz offensichtlich sauer, weil die Informationen innerhalb ihrer Organisation so langsam weitergereicht wurden, aber wohl auch, weil es immer wieder Anzeichen für eine Beteiligung von Polizisten gab. »Dabei hätte alles so schön sein können«, meinte er lakonisch. »Dieser Deutsche, Nikolas Forster, hätte den perfekten Hauptverdächtigen abgegeben.«

»Ich weiß, was Sie meinen«, sagte Jules mit einem unterdrückten Gähnen. Den Frust seines Vorgesetzten konnte er sehr gut nachvollziehen.

Debré musste ebenfalls gähnen und sagte: »Wir sollten uns wirklich ein paar Stunden Pause gönnen. Anschließend trommeln wir die Ermittlungsgruppe wieder zusammen und beratschlagen das weitere Vorgehen.«

Jules, todmüde und am Ende seiner Kräfte, erwiderte nur: »Das ist wohl das Beste, was wir momentan tun können.«

Wie zu erwarten, war Joannas Wohnung verlassen, sie war schon bei der Arbeit. Netterweise hatte sie ihm den Frühstückstisch gedeckt: Jules fand einen Teller mit Obst und Joghurt vor, und als Ergänzung zu seinem Croissant konnte er sich ein Stück von einem frischen Baguette abbrechen. Neben einer *bol*, in die er sich später *café au lait* gießen würde, lag eine Serviette, auf der Joanna einen Kussmund mit Lippenstift hinterlassen hatte. Jules schmunzelte über diese Geste.

Nachdem er sich gestärkt hatte, wollte er nur noch eines: sich in sein Bett fallen lassen. Doch seine Gedanken kamen nicht zur Ruhe, und so beschloss er, vor dem Schlafen noch ein Telefonat zu führen.

Er griff zu seinem Portemonnaie, in dem er eine Visitenkarte verstaut hatte, die er vor dem verhängnisvollen Abend mit Eric erhalten hatte: die von Brigadier-Major Kuefner von den Spezialkräften CRS.

Diesmal kam er durch, Kuefner meldete sich mit schneidiger Stimme. Jules teilte ihm mit, dass er über den aktuellen Stand informiert werden wolle. »Aus Zeitungen, Radio oder dem Internet erfährt man so gut wie nichts über Erics Verbleib«, begründete er sein Anliegen.

»Auch von mir werden Sie nichts erfahren, Major«, stellte Kuefner klar. »Ihnen dürfte bekannt sein, dass sämtliche Informationen in Zusammenhang mit dem Verschwinden von *monsieur le ministre* streng vertraulich sind.«

»Sie nennen es ›Verschwinden‹? Mit mir können Sie doch offen reden. Dass es sich um eine Entführung handelt, dürfte inzwischen ja wohl allen klar sein«, sagte Jules aufgebracht. »Gibt es mittlerweile eine Lösegeldforderung? Oder wenigstens ein Lebenszeichen von Eric?«

»Kein Kommentar. Es wäre für uns beide besser, wenn wir unser Gespräch an dieser Stelle unterbrechen.«

»Das werden wir nicht! Sie wissen genau, wie nahe Eric unserer Familie steht. Sie können uns nicht vollkommen im Unklaren lassen. Es ist schon schwer genug, zu wissen, dass er durch meinen Fehler gekidnappt werden konnte.«

»Ganz recht, Major. Wie Sie gerade treffend bemerkten: Sie haben sich das alles selbst zuzuschreiben.«

Jules kochte vor Wut. Wie konnte ihn dieser aufgeblasene *flic* bloß so auflaufen lassen? »Hören Sie, Brigadier: Es ist nicht auszuschließen, dass die Entführung von Eric Duval etwas mit einem Mordfall in Colmar zu tun hat. Ich halte es für angebracht, dass wir unsere Kräfte bündeln und ab jetzt zusammenarbeiten. Ihre Geheimniskrämerei ist absolut fehl am Platz.«

»Die Angelegenheit ist mir bekannt«, erwiderte Kuefner seelenruhig. »Ich stehe dazu im Kontakt mit Capitaine Debré. Genügt Ihnen das?«

Nein!, dachte Jules bei sich, erkannte aber, dass er hier nicht weiterkam.

Von Jules' Müdigkeit war nicht viel übrig geblieben, als er noch immer voller Empörung ins Schlafzimmer ging und unter die Decke kroch. Er verfluchte das hierarchische Gehabe bei den französischen Polizeibehörden ebenso wie das hinderliche Konkurrenzverhalten zwischen Gendarmerie und Police nationale. Wenn weiterhin jeder sein eigenes Süppchen kochte, würde Eric im Versteck der Entführer eher an Altersschwäche sterben, als dass tatsächlich etwas für seine Rettung getan wurde.

FÜNFUNDZWANZIG

Wie lange hatte er geschlafen? Fünf Minuten? Ein Blick auf seine Armbanduhr verriet ihm, dass es immerhin fast drei Stunden gewesen waren. Trotzdem viel zu wenig, dachte Jules und rappelte sich auf. Jemand hatte geklingelt. Wahrscheinlich der Briefträger.

Zu Jules' Überraschung stand jedoch kein Mann mit dem blauen Anorak eines *La Poste*-Zustellers vor der Tür, sondern ein ihm bestens bekannter rotnasiger Rentner in weit fallenden Jeans und brauner Cordjacke.

»Lino?« Jules' Verwunderung war groß. Dass sein Rebenheimer Amtsvorgänger sich so bald wieder in der »Großstadt« blicken lassen würde, hätte er nicht erwartet. Was wollte er in Colmar? Und warum kam er gerade hierher, in Joannas Wohnung?

»Darf ich?«, fragte Lino und zwängte sich an Jules vorbei, ohne dessen Zustimmung abzuwarten.

»Bitte, komm nur rein.« Jules sah dem agilen Senior nach, wie er zielstrebig auf den Küchentisch zuging, wo noch immer Reste des Frühstücks lagen. Er nahm sich das übrig gebliebene Baguette und biss hinein.

»Meine Rettung«, sagte er kauend. »In dieser Stadt sind die Preise ja vom Tourismus verdorben und völlig überzogen. Ich sehe wirklich nicht ein, mehr als einen Euro für ein Croissant zu zahlen.«

»Lass es dir schmecken«, sagte Jules und stellte sich neben seinen Freund. »Wenn du satt bist, würde ich gern wissen, warum du mich aus dem Bett geklingelt hast.«

Lino winkte mit der Brotstange. »Ja, ja, hab schon gehört, dass du dringend ein Nickerchen machen musstest. Haben sie mir bei der Gendarmerie gesagt, wo ich zuerst nach dir gefragt habe.«

Wenn Lino doch wusste, dass Jules dringend Schlaf brauchte, weshalb weckte er ihn dann auf, zum Kuckuck? Jules merkte, wie dünn sein Nervenkostüm mittlerweile war, bemühte sich aber, freundlich zu bleiben. »Aus welchem Grund willst du mich denn sprechen?«

Lino antwortete mit einer Gegenfrage: »Ist das da drüben ein Kaffeeautomat?«

Jules verstand den Wink und schaltete die Maschine ein. Er hob die Stimme, um das Kreischen des Mahlwerks zu übertönen: »Was willst du?«

»Dir helfen«, sagte Lino und nahm den dampfenden Becher mit wonnevollem Blick entgegen. »*Merci.*«

»Dann lass mal hören.« Jules lehnte sich an ein Sideboard und sah seinen Gast erwartungsvoll an.

Daraufhin eröffnete ihm Lino, dass er einer Sache auf der Spur sei, die Jules bei dessen Suche nach Eric vielleicht weiterbringen könnte. »Weißt du, *mon garçon*, ich habe mir überlegt, wie ein Entführer es wohl anstellen würde. Ich meine: Jemanden wie deinen Onkel zu schnappen ist an sich ja schon ein dickes Ei. Ihn danach noch unentdeckt fortzuschaffen und zu verstecken stellt in meinen Augen eine noch viel größere Herausforderung dar. Die Kidnapper mussten mit Straßensperren, Kontrollen an den Mautstellen und Patrouillen auf Bahnhöfen und an Flughäfen rechnen. Ihnen musste klar sein, dass sie mit einem Ex-Minister im Gepäck nicht weit kommen würden.«

So weit, so klar, dachte Jules. Doch wo sollten diese Gedankenspiele hinführen?

Lino nippte am Kaffee. »Also sagte ich mir: Lino, alter Junge, wo würdest du einen Prominenten hinschaffen, wenn du a: wenig Zeit und b: die *flics* im Nacken hättest?«

»Und?«

»Nun...« Lino setzte ein wissendes Grinsen auf. »Du weißt ja, wie sehr mir die Gegend hier vertraut ist.«

»Das stimmt, das südliche Elsass kennst du wie deine Westentasche«, bestätigte ihm Jules, um ihn zum Weiterreden zu ermuntern.

»Außerdem habe ich ausgezeichnete Verbindungen. Mehr als vierzig Jahre im Dienst müssen sich ja irgendwie auszahlen.«

»Ja, ja, du hörst das Gras wachsen, Lino. Aber mach es doch nicht so spannend.«

»Na schön. Ich will es dir sagen.«

»Ja, bitte.«

»Der schnellste und sicherste Rückzug führt in die Vogesen. Viele Widerstandskämpfer haben sich in den beiden Weltkriegen dort erfolgreich verschanzt, und manch ein Ganove, dem ich auf den Fersen war, hat sich auch später noch in die Berge geflüchtet. Da ich dort oben jede Jagdhütte und jeden Almbetrieb kenne, habe ich die bösen Jungs dann aber doch allesamt erwischt. Na ja, wenigstens fast alle.«

»Die Vogesen also«, sagte Jules nachdenklich.

»Richtig«, bekräftigte Lino. »Und jetzt kommt's: Du erinnerst dich an Maurice Broust?«

Jules musste kurz nachdenken, bevor es ihm wieder einfiel: »Der Wirt und Rinderhalter, den wir vor zwei Jahren im Fall Frédéric Rocca aufgesucht haben, richtig?«

»Genau. Der mit dem besten Munsterkäse weit und breit.«

Jules erinnerte sich an den Besuch in Brousts eindrucksvollem Käsekeller, wo die rotgelb schimmernden Käselaibe heranreiften und dabei einen betörend intensiven Geruch absonderten. »Hast du noch Kontakt zu ihm? Weiß er etwas über Erics Verbleib?«

»Nun mal langsam«, bremste Lino die Erwartungen. »Die Hinweise sind bislang sehr dürftig und müssen erst einmal überprüft werden.«

»Erzähl mir mehr!«

»Maurice ist ein Lieferwagen aufgefallen, der einen Forstweg in der Nähe seines Hofs befahren hat. Dort ist eigentlich nur Anliegerverkehr zugelassen, und natürlich dürfen die Fahrzeuge der Waldarbeiter den Weg benutzen. Aber keine Privatwagen.«

»Ein Lieferwagen also …«, wiederholte Jules. Er fand das durchaus interessant. »Hast du nähere Informationen darüber?«

»Nicht viele. Dunkel lackiert soll er gewesen sein, ohne Aufschriften. Wahrscheinlich ein Renault, aber darauf wollte sich Maurice nicht festlegen.«

»Das ist wirklich nicht viel«, stellte Jules fest. »Wann will er den Wagen denn gesehen haben?«

»Nach dem Abend, an dem es passiert ist, in den

Morgenstunden. Maurice ist wegen seiner Vogesenrinder immer schon sehr früh auf den Beinen, deswegen konnte er den Wagen überhaupt bemerken. Sonst ist um diese Zeit ja kein Mensch unterwegs, schon gar nicht so tief in den Bergen.«

»Hm«, machte Jules. »Wo ist der Laster hingefahren?«

»Dazu konnte Maurice nichts Brauchbares sagen. Nur die grobe Richtung, aber das sagt nichts über das Ziel aus.«

Jules überlegte, wie viel Zeit ihm noch blieb, bis er sich wieder zum Dienst melden musste. »Meinst du, es bringt etwas, wenn wir uns die Umgebung des Käsehofs einmal ansehen?«

»Ein weiterer gemeinsamer Ausflug mit dir in die Vogesen?« Lino strahlte ihn an. »Immer gern! Wir müssen allerdings deinen Wagen nehmen. Ich bin mit dem Bus gekommen. Meinen schönen alten Citroën Typ H wollte ich nicht dem Großstadtverkehr aussetzen.«

Jules grinste. »Als ob dem eine Beule mehr oder weniger etwas ausmachen würde.«

Der Hof von Viehwirt Maurice Broust lag in der Nähe des lieblichen Vogesenörtchens Labaroche in der Region Grand Est. Um dorthin zu gelangen, nahmen sie zunächst die Straße nach Ammerschwihr und schraubten sich von dort aus hinauf ins Mittelgebirge, dessen größte Erhebung es immerhin auf luftige tausendvierhundert Meter brachte.

»Diesmal fahren wir aber direkt bis zum Hof«, bestimmte Jules, der nicht vergessen hatte, über welche umständlichen Pfade Lino ihn beim letzten Mal gelotst hatte.

Vierzig Minuten später hatten sie ihr Ziel erreicht. Das große Bauernhaus war aus mächtigen Holzbohlen gezimmert, die auf einem Fundament aus Granitblöcken ruhten. Überspannt wurde es von einem ausladenden Dach. Das auf einer saftig grünen Alm gelegene Ensemble mit Ställen und Heuschober wirkte wie die perfekte Kopie einer Alpenkulisse und weckte bei Jules Urlaubsgefühle. Auf der weiten Terrasse, vor der die gescheckten Kühe friedlich grasten, entspannten einige Touristen. Sie nippten an großen Gläsern mit sämiger Dickmilch und ließen sich die Sonne ins Gesicht scheinen. Wie Jules an einer Tränke lehnenden Fahrrädern erkannte, handelte es sich um eine Gruppe Mountainbiker.

Jules sprach eine junge Frau im Dirndl an, die die Gäste bediente, und bat darum, mit dem Wirt reden zu dürfen. Kurz darauf tauchte ein kräftig gebauter Mann mit rundem Gesicht und kurz gestutztem Vollbart auf. In dem Mittvierziger erkannte Jules seinen Gesprächspartner von damals wieder. Wie bei ihrer ersten Begegnung vor zwei Jahren war er ebenso zünftig gekleidet wie die Kellnerin und machte einen aufgeschlossenen Eindruck.

»*Bienvenus, messieurs*«, sagte er mit ebenso rauer wie freundlicher Stimme. »Sie möchten mich sprechen?« Erst auf den zweiten Blick bemerkte Broust, dass er seine beiden Besucher bereits kannte. »Ach, Sie sind das? Major Gabin, habe ich recht? Und Lino lässt sich auch mal wieder blicken, fein. Sind Sie wegen unseres Vogesengolds gekommen?«

Jules wusste gleich, was damit gemeint war. »Nein, obwohl Ihr Käse wirklich der beste weit und breit ist. Ich bin in einer dienstlichen Angelegenheit unterwegs.«

»Obwohl ...« Nun schob sich Lino zwischen sie. »Gegen ein Brot mit ein paar daumendick geschnittenen Scheiben Munster wäre nichts einzuwenden.«

Broust bot ihnen einen Platz auf einer rustikalen Bank unter einem Sonnenschirm an und schickte die Kellnerin mit ihrer Bestellung los. Wenig später servierte sie ihnen die Spezialität aus den Hochvogesen, die im elsässischen Dialekt auch gern *Minschtrkas* oder *Ménschterkäs* genannt wurde. Der Munster-Géromé war mit Kümmel bestreut und wurde mit frischem Brot und Zwiebeln gereicht. Ein Gedicht! Jules griff mit Wonne zu.

Nach der unverhofften, aber durchaus willkommenen Stärkung brachte Jules sein Anliegen vor. Darauf legte der Wirt die Stirn in Falten und bestätigte in etwa das, was Jules bereits von Lino erfahren hatte.

»Geschieht es öfter, dass Fahrzeuge an Ihrem Hof vorbeikommen?«, wollte Jules wissen.

»Eigentlich nie«, antwortete Broust. »Die öffentliche Straße endet unten im Tal an einem Parkplatz. Unsere Gäste kommen entweder zu Fuß oder mit dem Fahrrad.« Augenzwinkernd fügte er hinzu. »Neulich kam sogar einer aus der Luft: ein Gleitschirmflieger auf Abwegen ...«

»Aber theoretisch kann man es über den Forstweg bis hierher schaffen«, wandte Jules ein. »So haben wir es ja auch gemacht.«

»Für die Gendarmerie geht das ja in Ordnung, aber für Privatleute ist es verboten. Deshalb habe ich mich sehr darüber gewundert, als plötzlich dieser Lieferwagen auftauchte.«

»Können Sie den Wagen näher beschreiben?«

»Nicht wirklich. Es war noch dunkel, weswegen ich die Farbe nicht richtig sehen konnte. Vielleicht blau oder grau, vielleicht aber auch ein Grünton. Und die Marke? Ich glaube, ein französisches Fabrikat, ein Renault. Andererseits könnte es auch ein Mercedes Sprinter gewesen sein. Groß sind die Unterschiede ja nicht.«

Jules tauschte einen Blick mit Lino. »Das ist leider sehr unpräzise.«

»Ja, ich weiß, aber auf die Entfernung und bei dem schlechten Licht konnte ich einfach nicht mehr erkennen. Es blieb auch nicht viel Zeit dafür: Kaum habe ich den Wagen drüben bei der Lichtung auftauchen sehen, war er auch schon wieder verschwunden.«

»In welche Richtung ist er denn gefahren? Haben Sie eine Ahnung, wo der Fahrer des Lieferwagens hinwollte und was er geladen haben könnte?«

»Über die Ladung habe ich mir auch schon so meine Gedanken gemacht«, meinte Broust. »Ab und zu haben wir es hier mit Wilddieben zu tun. Aber die sind eher mit kleinen, agilen Geländewagen unterwegs. Möglich, dass die Leute in dem Lieferwagen auf Brennholz aus waren. In ihrem Laderaum hätten sie gut einige Ster untergebracht.«

Holzdiebe? Das hielt Jules für unwahrscheinlich. »Und die Richtung?«, fragte er noch einmal.

Daraufhin erhob sich der Wirt und ging zum Haus. »Bin gleich wieder da!«

Wenige Minuten später kehrte er mit einer Karte zurück, die er auf dem Tisch ausbreitete. Mit dem Zeigefinger fuhr er über die Vogesen, bis er den Standort seines Hofs erreicht hatte. Nun deutete er auf besagte Lichtung und ließ seinen Finger einer dünnen Linie folgen. Sie markierte einen Weg, der sich im Wald verlief.

»Wo geht es da hin?«, erkundigte sich Jules.

»Zu einigen Hochsitzen. Tiefer im Wald steht noch eine alte Jagdhütte, die aber nicht mehr genutzt wird.«

»Und weiter? Wo endet der Pfad?«

Broust zog seine Schultern nach oben. »Er verzweigt sich. Sehen Sie selbst: Hier auf der Karte gehen immer neue Linien nach links und rechts ab. Weiß der Himmel, wo die mit ihrem Wagen geblieben sind.«

»Zurückgefahren sind sie demnach nicht?«

»Das kann ich nicht beurteilen. Ich hatte im Stall zu tun und hätte nicht mitbekommen, wenn der Transporter noch einmal an meinem Hof vorbeigekommen wäre.«

Jules' Blick verweilte noch einige Sekunden auf der Karte, dann fragte er: »Begleiten Sie uns kurz bis zu der Lichtung und zeigen uns, wo genau Sie den Lieferwagen gesehen haben? Womöglich finden sich Spuren.«

Broust stimmte zwar zu, hielt sichtbare Spuren aber für nicht sehr wahrscheinlich. »Inzwischen war dort ein Trupp Waldarbeiter unterwegs. Die haben mit ihrem Harvester alles platt gewalzt.«

»Einen Versuch ist es wert«, erklärte Jules trotzdem und stand auf.

Auch Lino erhob sich, obwohl er so aussah, als ob er die gemütliche Atmosphäre des Almhofs gerne noch länger genossen hätte.

Sie überquerten die blütenreiche Weide, wo Broust seinen Rindern zärtlich resolut auf die Flanken klapste.

Die Hälfte des Wegs bis zur Lichtung hatten sie bereits zurückgelegt, als sich Jules' Handy meldete. Darüber wunderte er sich zunächst, denn die Vogesen waren für ihre ausgeprägten Funklöcher berüchtigt. Hier aber funktionierte es.

Debré war am Apparat. »Entschuldigen Sie, wenn ich Ihre Pause unterbrechen muss«, sagte er mit drängender Stimme. »Ich denke, es wird Sie interessieren, dass die Ärzte Michelle jetzt für vernehmungsfähig halten. Wir sollten daher keine Zeit verlieren. Es wäre schön, wenn Sie jetzt gleich rüber ins Krankenhaus kommen könnten.«

Jules blieb abrupt stehen, unmittelbar vor einem Kuhfladen. Er dachte an die fünfundzwanzig Kilometer, die zwischen Brousts Hof und der Klinik in Colmar lagen – und an die vielen Serpentinen, die sie für den Rückweg bewältigen mussten. »Bei mir dauert es leider etwas länger«, sagte Jules, ohne darauf einzugehen, wo er sich gerade aufhielt.

»Dann beeilen Sie sich!«, forderte der Capitaine. »Wir fangen inzwischen schon mal an.«

Das passte Jules gar nicht, denn er hegte die berechtigte Sorge, dass die anderen Michelle verschrecken könnten, bevor Jules eintraf. Vor allem Benoît hatte ja ein Talent dafür, die Leute vor den Kopf zu stoßen, wenn man ihn ließ. Hoffentlich würde er nicht alles verderben.

»Wir müssen leider abbrechen«, verkündete er seinen beiden Begleitern und machte kehrt.

SECHSUNDZWANZIG

Jules konnte nicht vermeiden, einen Umweg über Rebenheim zu fahren, um Lino abzusetzen. Lieber wäre es ihm gewesen, wenn Lino an Ort und Stelle geblieben wäre und nach Reifenspuren gesucht hätte. Das aber hatte er rundweg abgelehnt.

»Wie soll ich dann jemals wieder nach Hause kommen? Bis zur nächsten Bushaltestelle ist es über eine Stunde zu Fuß!«, hatte er protestiert.

So benötigte Jules für die Rückfahrt deutlich länger als geplant. Er hatte wenig Hoffnung auf gute Nachrichten, als er das Krankenhaus endlich erreicht hatte und zu der Station eilte, in der Michelle untergebracht war. Dort traf er schon im Flur auf Capitaine Debré, dessen Miene seine Ahnungen bestätigte.

»Ich hätte es mir ja denken können«, sagte er niedergeschlagen zu Jules. »All der Aufwand und die Nachtschicht umsonst. Diese Bardame hat uns nichts zu sagen. Überhaupt nichts.«

»Was soll das heißen?«, fragte Jules.

»Dass alles bloß ein großes Missverständnis gewesen sein soll. Angeblich wollte sie sich einzig und allein deshalb mit Ihnen treffen, weil sie sich davon eine Belohnung erhofft hatte.«

»Eine Belohnung wofür denn?«

»Für sachdienliche Hinweise. Da sie aber nicht wirklich etwas weiß, wollte sie Ihnen das Blaue vom Himmel erzählen und dafür die Hand aufhalten.«

»So hat sie das gesagt?«

»So ähnlich, ja.«

»Und der Überfall? Irgendjemand wollte sie doch zum Schweigen bringen.«

Debré winkte ab. »Von wegen! Sie behauptet, sie wäre von einem Junkie überfallen worden, der auf ihre Geldbörse scharf war. Zufall, sagt sie. Es gebe keinen Zusammenhang mit Ihrem geplanten Treffen.«

Jules ließ seine Faust auf die Handfläche sausen. »Verdammt!« Er blickte an Debré vorbei in Richtung des Krankenzimmers. »Wer hat sie vernommen? Sie selbst, Capitaine oder etwa ...«

»Für wie unsensibel halten Sie mich, Major? Benoît hat den Raum nicht betreten. Mit der Befragung habe ich Yvonne beauftragt. Sie hat ein Händchen dafür und trifft den richtigen Ton.«

Oder auch nicht, dachte Jules. Zwar hielt auch er die Kollegin für empathisch und einfühlsam, doch nicht umsonst hatte Michelle verlangt, mit Jules zu sprechen anstatt mit einem der angestammten *flics*, zu denen ja auch Yvonne zählte. Doch es half alles nichts: Das Kind war in den Brunnen gefallen, und er konnte es nicht mehr herausziehen. Oder doch?

»Habe ich einen Versuch frei, es auf meine Weise zu versuchen?«, fragte Jules.

Debré riet ab: »Lassen Sie es besser. Michelle hat nicht sehr freundlich auf unsere Fragen reagiert. Sie will nicht kooperieren und nicht mal Anzeige gegen den Messermann erstatten.«

»Oder die Messerfrau«, wandte Jules ein.

»Bitte?«

»Wir wissen ja nicht einmal, welches Geschlecht der Angreifer oder die Angreiferin hatte.«

»Ja, das stimmt. Wie dem auch sei: Michelle wird uns keine große Hilfe sein. Weder was den Mordfall anbelangt noch bei der Aufklärung des Anschlags auf sie.« Resigniert fügte er hinzu: »Wer weiß, vielleicht ist ihre Story sogar wahr, und der Angriff in der Damentoilette war nichts als ein profaner Raubüberfall.«

Jules wollte sich dennoch nicht geschlagen geben. »Lassen Sie es mich probieren, bitte«, sagte er erneut.

»Meinetwegen. Rennen Sie mit dem Kopf gegen die Wand. Michelle wird Sie hochkant rauswerfen, Sie werden sehen.«

Als Jules das Krankenzimmer betrat, fiel ihm als Erstes die fahle Gesichtsfarbe der Patientin auf: Michelle war leichenblass, die Augen gerötet, die Lippen schimmerten in einem unnatürlichen Lila.

»Gehen Sie weg«, sagte sie mit heiserer Stimme, kaum dass sie Jules erkannt hatte.

»Es tut mir schrecklich leid, was Ihnen passiert ist«, sagte Jules leise und kam langsam näher.

»Sie sollen verschwinden«, beharrte Michelle. »Lassen Sie mich in Ruhe.«

»Das tue ich. Gleich.« Jules stellte sich neben das Bett. »Ich kann mich gut in Ihre Lage versetzen.«

»Ach ja?« Sie sah ihn höhnisch an.

»Was ich damit meine, ist, dass ich Ihnen Ihr Misstrauen uns gegenüber nicht verdenken kann. Es war ganz bestimmt nicht leicht für Sie, sich zu überwinden, sich mit einem von uns treffen zu wollen – und dann passierte Ihnen so etwas. Schlimmer hätte es fast nicht ausgehen können.«

»Ich will davon nichts mehr hören.« Michelle wandte den Blick ab und starrte an die weiße Wand.

»Aber Sie können ganz sicher sein, dass ich ehrliche Absichten verfolge. Hätte ich früher gewusst, in welcher Gefahr Sie schweben, hätte ich mich noch mehr beeilt und wäre vielleicht rechtzeitig zur Stelle gewesen.«

»›Hätte‹, ›wäre‹ – wenn ich das schon höre.«

»Mehr als entschuldigen kann ich mich leider nicht. Aber nun sind Sie in Sicherheit. Wir tun alles dafür, dass sich eine solche Attacke auf Sie nicht wiederholen kann.«

»Auf Ihre Hilfe pfeife ich. Meinetwegen können Sie die *flics* vor der Zimmertür abziehen. Ohne die fühle ich mich weitaus sicherer.«

»Geben Sie mir noch eine Chance, Michelle«, appellierte Jules. »Sagen Sie mir, weshalb Sie mich sprechen wollten. Was wissen Sie über Nataschas Tod?«

Michelle hielt ihren Blick fest auf die Wand geheftet und presste die Lippen zusammen. Jules musste einsehen: Es war zwecklos.

Er startete einen letzten Versuch. Ruhig und besonnen sagte er: »Ich möchte nur, dass Sie eines wissen: Sie können sich jederzeit an mich wenden. Meine Nummer haben Sie ja.«

»Die brauche ich nicht mehr. Es gibt nichts, was ich Ihnen zu sagen habe.« Michelle zog ihre Decke bis zum Kinn. »Ich will jetzt allein sein, begreifen Sie das?«

»Ich habe verstanden.« Er beugte sich vor und bemerkte das leise Zittern, das Michelles Körper durchfuhr. »Nur noch eines: Die Messerstiche – das war nicht die Tat eines abgedrehten Drogensüchtigen, sondern eine Drohung. Man wollte Sie einschüchtern oder zum Schweigen bringen – doch worüber sollen Sie schweigen?«

Michelles Arm tauchte aus dem Kissenberg auf. Sie tastete nach der Schwesternklingel.

»Zu spät«, sagte sie und drückte den Rufknopf. »Sie kommen zu spät, Major.«

SIEBENUNDZWANZIG

»Bist du noch im Dienst, oder hast du Zeit für unser gemeinsames *dîner*? Du hast es mir versprochen.«, fragte Joanna ihn am Telefon, als Jules nach einigen unergiebigen Stunden in der Gendarmerie seine Arbeit für heute beenden wollte.

»Noch oder schon – ich blicke gerade selbst nicht mehr durch«, antwortete Jules. »Von der Uhrzeit her gesehen wäre ein Abendessen jedenfalls angebracht, erst recht mit dir.«

»Danke für die Blumen. Gut, dann sehen wir uns am Place de l'Ancienne-Douane. Sagen wir in zwanzig Minuten?«

»Abgemacht!« Jules freute sich.

Der Place de l'Ancienne-Douane wurde vom Koïfhus dominiert. Ein uraltes Bauwerk zum Verlieben! Das Dach war mit rot und grün glasierten Ziegeln eingedeckt, im ersten Stock wucherte in Blumenkästen eine üppige Blütenpracht in kräftigem Violett. Und im Erdgeschoss, gemauert aus rosa schimmerndem Sandstein, öffneten sich drei breite, hoch geschwungene Torbögen.

»Du solltest erst einmal die Küche des Restaurants kennenlernen, dann staunst du noch mehr«, nahm Joanna ihn in Empfang. Ihre Kleidung hatte sie den sommerlichen Temperaturen angepasst: luftig-leicht und selbstbewusst ausgeschnitten. Sie drückte Jules ein Küsschen auf den Mund.

Doch so schnell konnte sich Jules nicht vom Anblick des Koïfhus losreißen. »Aus welchem Jahrhundert stammt der Bau?«, wollte er wissen.

»1480«, wusste Joanna auf Anhieb. »Die beiden angrenzenden Gebäude kamen im Lauf des 16. Jahrhunderts dazu. Es ist ein Wunder, dass es heute überhaupt noch steht.«

»Warum denn das?«, fragte Jules.

»Zwischenzeitlich war der bauliche Zustand so schlecht, dass man es abreißen wollte. Diese Pläne wurden Gott sei Dank wieder verworfen, und um 1895 wurde es aufwendig restauriert. Der Turm und die bunten Ziegel stammen übrigens noch aus dieser Zeit. Später wurden dann auch die hübschen Sandsteinbalustraden im Stil der Renaissance wieder in Schuss gebracht.«

»Du kennst dich aus in deiner Stadt, was?«

»Klar. Bin echt stolz darauf, was Colmar alles zu bieten hat.« Mit diesen Worten führte sie Jules an einigen Außentischen vorbei ins Innere des Koïfhus. Die Größe des Lokals ließ vermuten, dass es sich um eine Massenabfertigung handelte. Als Jules dann aber die geschickt und erfahren agierenden Kellner sah, wurde er eines Besseren belehrt. Er war überrascht, was für eine Qualität hier im Schnelldurchlauf an ihm vorbeigetragen wurde: Burgunderschnecken, Gänseleber-Terrine, hauchdünne Flammkuchen. Auch das Weinangebot konnte sich sehen lassen.

Jules merkte, wie gut ihm die gemütlich entspannte Atmosphäre tat. Sie ließen sich einen Tisch zuweisen, dann lehnte er sich auf seinem Stuhl zurück.

»Freut mich, dass es dir gefällt«, interpretierte Joanna seine gelösten Gesichtszüge. »So kommst du wenigstens mal auf andere Gedanken. Das Ganze ist ja ziemlich zermürbend.«

»Du sagst es. Ein Fall, in dem man fortwährend bloß Rückschläge erlebt, und dazu die Ungewissheit über Erics Schicksal. Ich gebe zu, dass meine Nerven momentan nicht die besten sind.«

Sie gaben ihre Bestellung auf. Flammkuchen klassisch mit Sauerrahm und Speck.

»Was sagt denn dein Vater?«, erkundigte sich Joanna.

»Ich habe vorhin kurz mit ihm telefoniert. Er hatte aber wenig Zeit, weil er mit einem Freund zum Angeln verabredet war. Große Sorgen um Eric macht er sich noch immer nicht. Zumindest behauptet er das. Ob ich ihm das abnehmen kann, weiß ich nicht. Bei bestimmten Dingen war er schon immer undurchschaubar.«

»Vielleicht ist es eine Art Selbstschutz«, vermutete Joanna. »Charles tut so, als ließe die Entführung ihn kalt, um unbewusst seine eigene Gesundheit zu schonen. Zu große Aufregung kann in seinem Alter bekanntlich gefährlich sein.«

Jules schenkte ihr ein Lächeln. »Schon möglich«, sagte er, dankbar über den Trost. »Aber wir beiden sind nicht in Charles' Alter, wir brauchen uns nichts vorzumachen. Je länger Eric verschwunden bleibt, ohne jedes Lebenszeichen, desto schlechter stehen unsere Chancen, ihn noch zu retten.«

Joanna sah ihn besorgt an. »Was ist denn mit dieser Spur, die du zusammen mit Lino verfolgt hast? Der Transporter im Wald? Seid ihr der Sache nachgegangen?«

Jules schüttelte den Kopf. »Ich halte nicht viel davon.

Wohin sollte diese Spur denn führen? Laut Maurice, dem Wirt des Almhofs, kommt da nicht mehr viel außer ein paar Hochsitzen, einer verfallenen Jagdhütte und vielen, vielen Bäumen, Felsen und Gestrüpp.«

»Was hatte der Lieferwagen dann dort verloren?«

»Ich habe keine Ahnung«, gab Jules zu. »Aber ich glaube auch nicht, dass wir das jetzt noch herausfinden können. Debré ist der gleichen Meinung. Er will den Hinweis an die Ranger der *Brigade verte*, der Grünen Brigade, weitergeben. Die kümmern sich ja nicht nur um die Belange des Naturschutzes und der Besucher, sondern achten auf Wilddiebe und illegale Camper. Vor allem aber haben sie die notwendige Ausrüstung wie geländegängige Fahrzeuge.« Er fuhr sich mit der Hand über den Mund. »Fakt ist aber leider, dass wir einfach nicht wissen, wohin die Entführer Eric gebracht haben. Es bleibt uns nichts anderes übrig, als zu warten, bis sie sich endlich melden.«

»Du hast Debré erwähnt. Unter uns: Vertraust du ihm inzwischen wieder?«

Jules zuckte die Achseln. »Ganz ehrlich vertraue ich gerade überhaupt niemandem aus dieser Truppe. Es erscheint mir immer wahrscheinlicher, dass mindestens einer davon falschspielt. Bloß wer? Und da ich den Fall nicht allein lösen kann, bin ich auf die anderen nun mal angewiesen. Eine echte Zwickmühle.«

Joanna nickte bedächtig. »Victor sieht es genauso.«

»Victor, der Staatsanwalt?« Jules blickte sie fragend an.

Joanna beugte sich vor und senkte den Ton, als sie ihm berichtete: »Er verfolgt das Ganze mit Argusaugen, denn wie du weißt, schließt auch er Zusammenhänge zwischen dem Mord im Hotel und Erics Verschwinden nicht grundsätzlich aus.«

»Hast du noch mal mit ihm gesprochen?«

»Ja.«

»Hat er sonst noch etwas gesagt? Etwa Namen von *flics* genannt, die beteiligt sein könnten?«

»Nein, natürlich nicht. Ich konnte ihm lediglich entlocken, dass euer Revier unter Beobachtung steht. Er hat keine Einzelheiten herausgelassen, doch offenbar untersucht die Innenrevision – und zwar schon seit einiger Zeit.«

»Interne Ermittler. Dann ist es also wirklich wahr.«

Die Flammkuchen wurden serviert, knusprig gebacken mit samtigem Belag. Jules lief schon beim Anblick das Wasser im Mund zusammen. Er wollte zulangen, doch sein vibrierendes Handy hinderte ihn daran. Ein Blick aufs Display verriet ihm, dass es Yvonne war. Seltsam um diese Zeit.

»Hier ist Jules«, meldete er sich. »Was gibt's?«

»Entschuldigen Sie, wenn ich störe. Aber ich denke, das sollten Sie wissen.«

»Was denn?«

»Michelle ist weg.«

»Wie meinen Sie das?«

»Genau wie ich es sage. Sie hat sich selbst entlassen. Hat auf eigene Verantwortung das Krankenhaus verlassen.«

»Wie war denn das möglich mit ihren Verletzungen?«, fragte Jules verständnislos.

»Die Schnittwunden sind genäht, innere Organe nicht betroffen. Irgendwie hat sie es geschafft, obwohl es natürlich unverantwortlich von ihr ist.«

»Verantwortung? Gutes Stichwort!«, brauste Jules auf. »Warum wurde das nicht verhindert? Wer hat gerade Wache gehalten?«

»Sie meinen zu der Zeit, als sie ging?«

»Ja! Welcher Trottel hat sie einfach ziehen lassen?«

»Benoît«, antwortete Yvonne kleinlaut.

»Wusste ich's doch!«, schimpfte Jules so laut, dass Gäste von umstehenden Tischen zu ihnen herübersahen. »Wer war bei ihm?«

»Niemand«, sagte Yvonne. »Capitaine Debré hat die Schichten wieder auf eine Person reduziert, weil wir es personell sonst einfach nicht hinkriegen.«

»Verdammt!« Jetzt war Jules richtig verärgert. »Ist bekannt, wo sich Michelle jetzt aufhält?«

»Leider nicht.«

»Und Benoît?«, wollte Jules wissen, denn er hatte das starke Bedürfnis, dem Kollegen ein paar gepfefferte Fragen zu stellen.

»In der Gendarmerie. Debré knöpft ihn sich gerade vor, denn er ist genauso sauer wie Sie.«

»Hoffentlich lässt er etwas von ihm für mich übrig!«, rief Jules in den Hörer und beendete das Gespräch.

Er schob seinen Stuhl zurück und stand auf. »Es tut mir sehr leid, aber du musst den Flammkuchen allein essen.«

Joanna, die das Telefonat aufmerksam verfolgt hatte, sah ihn betreten an. »So viel zu unserem romantischen Abendessen… Pass bloß auf, dass du dich Benoît gegenüber nicht im Ton vergreifst.«

»Er wird sowieso nichts mehr hören, wenn ich ihm erst mal den Kopf abgerissen habe.« Wutgeladen eilte Jules aus dem Lokal.

ACHTUNDZWANZIG

Als er in der Gendarmerie eintraf, war sein Zorn noch längst nicht verflogen. Im Gegenteil! Er war es leid, dass in diesem Fall alles schieflief, er sich auf niemanden verlassen konnte und ein Einfaltspinsel wie Benoît die vermeintlich wichtigste Zeugin einfach laufen ließ. Dieses unprofessionelle Vorgehen war himmelschreiend!

Entsprechend geladen betrat er das Großraumbüro, das um diese Zeit in ein Schummerlicht getaucht war. Lediglich zwei Schreibtischlampen brannten noch, eine davon war die von Benoît. Jules fackelte nicht lange und baute sich vor dem anderen auf. »Wie konnten Sie das nur zulassen?«, fuhr er Benoît an. »Ist Ihnen eigentlich klar, welcher Gefahr Sie Michelle ausgesetzt haben, indem Sie sie gehen ließen?«

Benoît blickte von seinem Bildschirm auf. »Also, erst einmal konnte ich sie nicht daran hindern, denn das hier ist ein freies Land, und Michelle stand nicht unter Arrest«, antwortete er seelenruhig und verschränkte die Arme hinter dem Kopf. Dabei ließ er zwischen seinen Lippen einen Zahnstocher hin- und herrollen. »Und zweitens habe ich dem Capitaine bereits Rede und Antwort gestanden. Damit dürfte die Sache erledigt sein. Sie können sich getrost abregen, Major.«

Abregen? Von wegen! »Mit Ihrer Ignoranz gefährden Sie die ganze Operation. Ohne Michelles Aussage bleiben unsere Ermittlungen stecken, wir haben nichts anderes in der Hand!«

»Operation – hört, hört. Starke Worte von unserem Landgendarm aus Rebenheim«, spottete Benoît.

»Hört auf damit«, tönte es von dem anderen noch besetzten Schreibtisch. Wie Jules erst jetzt bemerkte, saß Yvonne dort im Halbdunkel.

Doch er war nicht bereit, diese Unverschämtheit auf sich sitzen zu lassen. »Ich verlange eine Erklärung von Ihnen, Benoît! Wie konnte es so weit kommen? Warum haben Sie Michelle nicht zurückgehalten?«

Benoît nahm den Zahnstocher aus dem Mund und zerbrach ihn zwischen Daumen und Zeigefinger. »Langsam wird's ermüdend, Major. Ich konnte sie ja schlecht mit Handschellen ans Bett fesseln. Außerdem sind Sie nicht mein Vorgesetzter, und ich bin Ihnen keine Rechenschaft schuldig. Und jetzt verschwinden Sie, ich kann mir wirklich Besseres vorstellen, als den Rest des Abends in Ihrer Gesellschaft zu verbringen.« Er wedelte mit den Händen, als wollte er ein lästiges Insekt vertreiben.

Das war's! Vielleicht lag es am aufgestauten Frust, vielleicht am Schlafmangel, vielleicht am Stress. Was auch immer der Auslöser sein mochte: Bei Jules brannten die Sicherungen durch. Er verlor die Beherrschung und stürzte sich auf den Kollegen. Beide Hände fest am Kragen von Benoîts Uniformjacke hievte Jules den Kollegen aus dem Stuhl und versetzte ihm einen kräftigen Stoß. Benoît taumelte einige Schritte nach hinten und kippte rücklings auf einen Rollcontainer.

Schnell hatte er seine Verblüffung überwunden und

rappelte sich auf. Mit blitzenden Augen lief er auf Jules zu. »*Merde*! Jetzt werden Sie mich kennenlernen!«

Jules registrierte aus den Augenwinkeln, wie auch Yvonne aufsprang. Im nächsten Moment rammte der bullige Benoît ihm den Ellenbogen in die Seite. Jules geriet aus dem Gleichgewicht und suchte Halt an einem Regal. Schon traf ihn ein weiterer heftiger Hieb in die Magengrube. Stöhnend beugte Jules sich vornüber.

»Hört sofort auf!«, rief Yvonne. »Seid ihr jetzt völlig übergeschnappt?«

Benoît holte erneut zu einem Schlag aus, aber diesmal kam Jules ihm zuvor. Er stieß sich von dem Regal ab, vollzog eine schnelle Drehung und wich so Benoîts Fäusten aus. Im Bewusstsein, dass er ein guter Kämpfer war, ging Jules nun selbst zum Angriff über. Sein rechter Haken traf so exakt, dass er Benoît von den Beinen holte. Yvonne stieß einen spitzen Schrei aus, als der gewichtige Kollege auf den Boden krachte.

Doch Benoît hatte noch nicht genug. Er stützte sich auf die Ellenbogen, wischte sich mit der flachen Hand das Blut von der Lippe und stand auf. Mit tänzelnden Schritten, beide Hände zu Fäusten geballt, kam er auf Jules zu. Mit seiner Rechten verfehlte er Jules erneut, doch ein zweiter, schnell ausgeführter Schlag mit der Linken fand sein Ziel.

Jules spürte einen stechenden Schmerz, als er zweimal kurz hintereinander im Gesicht getroffen wurde, blieb aber auf den Beinen. Seine prompte Antwort war ein weiterer Hieb auf Benoîts Kinn.

Volltreffer! Benoît verdrehte die Augen. Seine Beine knickten ein, dann sackte er in sich zusammen. Er war offenbar bereits ohne Bewusstsein, als er wie ein nasser

Sack auf den Boden klatschte. Dabei rutschte ihm die Brieftasche aus der Jacke und blieb halb geöffnet liegen.

»Was haben Sie getan?«, fragte Yvonne, die herangerannt war und Jules vorwurfsvoll ansah. »Wollten Sie ihn umbringen?«

Jules bückte sich nach dem Kontrahenten, der sicher nur kurz weggetreten war. »Halb so schlimm«, sagte er. »Der steht gleich wieder auf.« Er vergewisserte sich, dass Benoît atmete, und rüttelte ihn leicht an den Schultern. Dabei fiel sein Blick auf Benoîts Portemonnaie, aus dem eine Kreditkarte, der Führerschein und eine weitere Plastikkarte herausgerutscht waren. Diese letzte Karte war eindeutig ein Ausweis der hiesigen Polizei, sah aber trotzdem anders aus als sein eigener Dienstausweis. Jules konnte nicht widerstehen und griff nach dem Dokument.

Es verschlug ihm den Atem! Die Karte, die er jetzt in der Hand hielt, war der Ausweis eines *inspecteur d'audit interne*. Jules konnte kaum glauben, was er da las: Benoît – ausgerechnet Benoît! – gehörte zur Dienstaufsicht. Der verdeckte Schnüffler in den eigenen Reihen.

»Geben Sie her!« Kaum wieder bei Besinnung, entriss ihm Benoît die Ausweiskarte. Dann blickte er sich hektisch um, mit leiser Panik in den Augen. »Das hätte nicht passieren dürfen«, presste er zwischen zusammengebissenen Zähnen hervor.

Jules rückte von ihm ab und sah ihn fassungslos an: »Sie sind ein Spitzel?«, fragte er und wollte es immer noch nicht glauben.

Benoîts zwang sich ein Lächeln ab. »Einer mit perfekter Tarnung. *Fast* perfekter Tarnung.« Er wandte sich auch an Yvonne und sagte: »Das muss unter uns bleiben, klar? Wahrscheinlich werde ich jetzt ohnehin abgezogen, aber die ganze Arbeit darf nicht umsonst gewesen sein. Kraft meines Amtes verpflichte ich Sie beide zum Stillschweigen. Haben wir uns verstanden?«

Während die sichtlich aufgewühlte Yvonne schwieg, fand Jules schnell seine Sprache wieder. »Verstanden, Benoît.« Er sah ihn herausfordernd an und fragte: »Wem sind Sie auf der Spur?«

»Kein Kommentar.«

»Okay, verstehe ich. Aber verraten Sie uns wenigstens, was mit Michelle geschehen ist. Und diesmal will ich die Wahrheit wissen.«

Benoîts Blicke glitten zwischen Jules und Yvonne hin und her. »Sie ist in Sicherheit. Jetzt kommt es vor allem darauf an, ihr Vertrauen zurückzugewinnen. Denn nur so kann sie dazu bewegt werden, uns einen Namen zu nennen.«

»Den Namen der Person, hinter der Sie her sind?«

»Ich bin hinter niemandem her, denn ich habe diese Person bereits gefunden. Michelles Aussage soll mir nur letzte Gewissheit geben.«

Jules machte große Augen. »Sie wissen, wer dahintersteckt?«

»Ja«, sagte Benoît mit hartem Blick.

Jules lagen noch viele weitere Fragen auf der Zunge, doch ihm war klar, dass er keine weiteren Antworten erhalten würde.

Als Jules wenig später Joannas Wohnung betrat, war alles dunkel. Seine Liebste hatte sich schon schlafen gelegt. Und das war es, was auch er wollte: schlafen.

Endlich Ruhe finden. Denn dieses Wechselbad der Gefühle, dem er zur Zeit ausgesetzt war, schlauchte ihn mehr und mehr.

Während er sich leise ins Badezimmer stahl, um sich auszuziehen und die Zähne zu putzen, musste er immer wieder an Benoît denken. Dass ausgerechnet er ein Innenrevisor sein sollte – kaum zu fassen! Andererseits hatte er schon recht, wenn er von einer perfekten Tarnung sprach. Denn von Benoît hätte man das am allerwenigsten erwartet.

Umso mehr hätte es Jules interessiert, hinter wem Benoît her war und in wessen Auftrag er handelte. Ob Joannas Staatsanwaltsfreund Victor dahintersteckte?

Gerade hatte er einen Streifen Zahnpasta auf die Bürste gedrückt, als sein Handy sich schon wieder meldete. Jules nahm das Gespräch sofort an, denn das Klingeln sollte Joanna nicht wecken.

»Lino?«, fragte er im Flüsterton. »Was willst du denn zu nachtschlafender Zeit von mir?«

»Nachts werden die Katzen grau – und die Rentner munter«, scherzte der alte *flic*. »Ich wollte mich bloß mal erkundigen. Du weißt schon, wegen dieses Lieferwagens in Maurices Wald.«

»Dazu kann ich nicht viel sagen«, meinte Jules und gähnte. »Mein Chef hat die Ranger informiert, sie werden ein Augenmerk darauf haben. Aber vielleicht hat sich Maurice auch einfach nur getäuscht. Ich messe dem jedenfalls keine große Bedeutung zu.«

»Was willst du damit sagen?« Lino klang gekränkt. »Nimmst du meinen Tipp etwa nicht ernst?«

Jules musste sich ein weiteres Gähnen verkneifen. »Doch, doch, natürlich nehme ich ihn ernst. Aber du musst zugeben, dass die Spur ziemlich dünn ist. Der Wagen könnte sonst wem gehört haben. Weshalb ausgerechnet Erics Entführern?«

»Das sehe ich anders«, kam es störrisch durch den Hörer.

Jules hatte keine Lust auf eine lange Diskussion. »Überleg doch mal, Lino: Was soll uns das sagen? Ein Transporter im Wald. Um einen gerade mal eins siebzig Meter kleinen alten Herrn zu befördern, braucht man keinen Lieferwagen, dafür würde auch eine ›Ente‹ reichen.«

Eine Weile blieb es ruhig am anderen Ende der Leitung. Als Lino wieder etwas sagte, klang er noch eingeschnappter. »Hör mal zu, mein Junge. Ich kann mir denken, dass du eine ganze Menge um die Ohren hast. Deswegen werde ich das jetzt übernehmen. Morgen fahre ich noch einmal zu Maurice auf den Hof.«

»Das ist wirklich nicht nötig, Lino. Die Ranger …«

»Pfeif auf die Ranger! Ich übernehme das«, bestimmte Lino, und Widerspruch schien zwecklos. »Wenn nichts dran ist an der Sache, kannst du sie abhaken und dir unnötige Arbeit ersparen. Wenn doch, wirst du von mir hören.«

Ehe Jules etwas dagegen einwenden konnte, war das Gespräch beendet. Lino hatte einfach aufgelegt. Alter Sturkopf, dachte Jules.

Er führte die Zahnbürste zum Mund und merkte, wie ihm beim Putzen die Augen zufielen.

NEUNUNDZWANZIG

Die morgendliche Lagebesprechung war geprägt von Capitaine Debrés Bemühen, Sachlichkeit in die Ermittlungsarbeit zu bringen. Auf vierzehn Kolleginnen und Kollegen war die Sonderkommission für den Mordfall Nicolette mittlerweile angewachsen, die meisten von ihnen hatten sich in einem Besprechungszimmer versammelt und schrieben fleißig mit, was Debré zu sagen hatte. Das allerdings war nicht gerade viel, fand Jules und schweifte gedanklich ab.

Ihm kam die Befragung in den Sinn, die Joanna während des Frühstücks mit ihm veranstaltet hatte. Natürlich hatte sie wissen wollen, wer Jules das Veilchen verpasst hatte, das sein linkes Augenlid lila schimmern ließ. Auch für seine aufgeplatzte Unterlippe verlangte sie eine Erklärung.

Die hatte sie bekommen: Wahrheitsgemäß hatte Jules über die Prügelei mit dem verhassten Kollegen berichtet. Dass er sich von einer bissigen Bemerkung von Benoît habe reizen lassen und anschließend die Fäuste geflogen seien. Von der Entdeckung von Benoîts falscher Identität verriet er allerdings nichts, denn er hatte dem Kollegen ja versprechen müssen, dessen Tarnung nicht preiszugeben.

Aber Joanna ließ sich nicht für dumm verkaufen, sie spürte, dass Jules ihr etwas Wichtiges vorenthielt, und machte ihm Vorwürfe. Jules hatte ihren Wutausbruch stoisch über sich ergehen lassen und sich dann auf den Weg in die Gendarmerie gemacht.

»Es wäre zielführend, wenn ich die Aufmerksamkeit von *allen* hätte«, durchbrach Debré Jules' Gedanken und warf ihm einen oberlehrerhaft strengen Blick zu. Dabei schienen ihm erst jetzt Jules' Blessuren aufzufallen. Seine Augen wanderten hinüber zu Benoît, der ähnlich aussah, und er zog seine Schlüsse.

Kaum war die Runde aufgelöst, zitierte der Capitaine Jules und Benoît in sein Büro. Während Debré sich hinter seinem Schreibtisch niederließ, ließ er die beiden stehen.

»Ist es also so weit gekommen, dass die Herren sich nicht mehr zügeln konnten?«, fragte er. »Eine Rauferei wie auf dem Schulhof? Ich will ja nicht behaupten, ich hätte das kommen sehen, denn offen gesagt hätte ich Sie beide für vernünftiger gehalten. Schließlich sind Sie erwachsene Menschen. Andererseits musste es wohl irgendwann passieren. Vielleicht ist es sogar besser so. Auf diese Weise haben Sie Ihre Differenzen ausgetragen und können sich fortan ganz auf die Arbeit konzentrieren.«

Jules schaute schuldbewusst zu Boden, während Benoît seiner Rolle treu blieb und den Unbeugsamen markierte. »Ich weiß gar nicht, was Sie wollen, Capitaine«, sagte er im Brustton der Überzeugung. »Ein Unfall, mehr nicht. Wir sind am Kaffeeautomaten mit den Köpfen zusammengestoßen. Kann passieren.«

»Ein Unfall. Soso.« Debré machte nicht den Eindruck, als fände er das lustig. Er straffte die Schultern. »Sie beide sind meine ranghöchsten Ermittler. Ich muss auf Sie zählen können und darauf vertrauen, dass Sie sich nicht in zermürbenden Grabenkämpfen verlieren, die zu nichts führen. Um diesen Fall zu lösen, brauche ich Sie beide. Haben wir uns verstanden?«

»Voll und ganz«, beteuerte Jules und sah aus den Augenwinkeln, dass auch Benoît so etwas wie ein Nicken andeutete.

»Dann ist es ja gut«, sagte Debré mit verhaltener Erleichterung. »Uns bleibt nämlich nicht mehr viel Zeit. Der zuständige Untersuchungsrichter macht Druck. Dass die Ergebnisse unserer Ermittlungen zunehmend verworren ausfallen, fördert nicht sein Wohlwollen uns gegenüber. Daher brauchen wir dringend Resultate.«

»Die können wir doch nicht einfach schnitzen«, meinte Benoît flapsig.

»Nein, aber eventuell kombinieren«, sagte Jules schnell, um Debré keinen Grund für weitere Kritik zu liefern. »Immerhin wissen wir inzwischen eine ganze Menge. Bisher handelt es sich zwar nur um Bruchstücke, die zusammengenommen aber vielleicht doch ein Bild ergeben könnten.«

Debré wirkte wenig überzeugt. »Von diesem Bild ist leider herzlich wenig zu erkennen«, erwiderte er. »Nein, meine Herren, unsere Arbeit ist längst noch nicht erledigt, der entscheidende Durchbruch leider nicht in Sicht.«

Nach knapp einer Stunde, in der zum wiederholten Male sämtliche bekannten Fakten erörtert und stichwortartig auf Flipcharts festgehalten worden waren, verließ Jules das Büro mit dem Gefühl, nichts erreicht zu haben. So orientierungslos hatte er sich selten in einem Fall gefühlt, was wohl auch daran lag, dass einfach zu viele Leute und Institutionen mitmischten.

»Sie sind mit dem Lauf der Dinge genauso unzufrieden wie ich, was?« Yvonne tauchte neben ihm auf und schloss sich ihm auf dem Weg ins Freie an. »Was halten Sie von einer Pause an der frischen Luft? Das macht den Kopf frei.«

»Gute Idee!«, fand Jules.

Seite an Seite schlenderten sie in Richtung Zentrum, vorbei an Tabakläden, Obstgeschäften und Boutiquen. Dann kamen sie zu einem kleinen Park. Da die Sonne schien, schlug Jules vor, sich auf eine Bank zu setzen.

»Tut gut«, meinte Yvonne, blinzelte in den Himmel und streckte die Beine aus.

Schöne Beine, lang und schlank, wie Jules feststellte. »Ich möchte mich übrigens noch entschuldigen«, sagte er.

»Entschuldigen? Wofür denn?«

»Ich glaube, dass wissen Sie.« Jules sah sie etwas verlegen an. »Dafür, dass ich Sie verdächtigt habe. Eine Zeit lang habe ich wirklich gedacht, dass Sie zu den Bösen gehören.«

»Zu den ›Bösen‹...« Mit einem Schmunzeln griff Yvonne seine Worte auf. »Um es offen zu sagen, auch ich habe Ihnen zunächst nicht ganz über den Weg getraut. Denn erst seitdem Sie bei uns sind, haben wir all diesen Ärger.«

Das war ein Aspekt, den Jules sich bisher gar nicht bewusst gemacht hatte. In der Tat fielen sowohl der Mord im Hotel wie die Entführung von Eric in die kurze Zeit, in der Jules in Colmar beschäftigt war. »Ich fürchte, wir sehen inzwischen alle Gespenster«, sagte er. »Dabei wäre Vernunft das Gebot der Stunde.«

»Mit der Vernunft ist es manchmal so eine Sache«, entgegnete Yvonne und stieß mit der Fußspitze gegen ein paar Kiesel. Dabei berührte ihr Knie kurz Jules' Bein. »Richterin Laffargue scheint damit keine Probleme zu haben. Sie wirkt auf mich immer äußerst beherrscht und souverän.«

»Joanna?«, fragte Jules und wunderte sich, weshalb Yvonne sie erwähnte.

»Ja, Ihre Freundin«, bestätigte sie. »Sie ist doch Ihre Freundin, richtig?«

»Ja, ja. Wir sind zusammen, inzwischen seit fast zwei Jahren.«

Wieder kickte sie einen Kieselstein weg. »Madame Laffargue ist eine tolle Frau. Sehr clever und wirklich hübsch. Warum sind Sie eigentlich nicht verheiratet?« Kaum hatte sie die Frage ausgesprochen, hielt sie sich die Hand vor den Mund. »Oh, *pardon*, das geht mich nichts an.«

»Schon gut«, sagte Jules. »Ich finde, man sollte nichts überstürzen.«

»Aber Sie lieben sie doch, oder?«

»Sehr sogar«, antwortete Jules. »Aber ich will ihr eine Ehe mit mir nicht antun. Ich bin ein sehr labiler Mensch, was diese Dinge anbelangt.«

»Diese Dinge?« Yvonne hielt ihren Blick auf den Boden gerichtet, wo sie erneut ein Steinchen ins Rollen brachte.

»Na ja, was Gefühle anbelangt. Und Frauen.«

Yvonne schwieg jetzt, und auch Jules sagte nichts mehr. Er wusste nicht recht, wohin dieses Gespräch führen sollte. Doch dann gewann seine Neugierde Oberhand. »Und wie ist es bei Ihnen? Sind Sie in festen Händen?«

Yvonne lächelte ihn an, allerdings mit traurigem Blick. »Ich war es«, antwortete sie. »Mein Mann lebt nicht mehr.«

»Oh«, sagte Jules. »Das tut mir leid.«

»Antoine war bei der *armée de l'air*, der Luftwaffe. Wir haben jung geheiratet. Seit zwei Jahren bin ich verwitwet.« Mit demselben bekümmerten Lächeln fuhr sie fort: »Aber es muss Ihnen nicht leidtun. Das Leben geht weiter.« Sie richtete sich auf und schlug vor: »Wollen wir das Gesieze nicht allmählich sein lassen?«

»Ja, wir können uns gern duzen«, sagte Jules und fand es an der Zeit, ihr Gespräch vom Privaten wegzuführen. »Unser Fall ...«, deutete er an.

»Eine wirklich harte Nuss«, attestierte Yvonne.

»Aber eine, die wir knacken können.« Jules rekapitulierte noch einmal: »Was wissen wir? Nicolette alias Natascha Smirnowa wurde erstickt, Eric wurde gekidnappt, weil beide womöglich einem Verbrechen auf der Spur waren. Ein Verbrechen, in das wahrscheinlich *flics* verstrickt sind. Eine Spur führt nach Straßburg, wo ich eine der Beteiligten an der Entführung wiedererkannt habe.« Jules machte eine Pause, dann fuhr er fort: »Was wissen wir nicht? Vor allem wissen wir nicht, um was für ein Verbrechen es sich dabei handelt. Geht es um Schutzgelderpressung bei Prostituierten oder um Drogen, wie es Michelles Andeutung nahelegt? ›Schnee‹ hatte sie mir am Telefon gesagt – das könnte für Kokain stehen. Handeln die Täter von Straßburg aus, oder haben sie Unterstützer in Colmar? Etwa tatsächlich jemanden aus unseren Reihen, wie Benoît es vermutet?«

»Es gibt noch weitere offene Fragen«, meinte Yvonne. »Wer ist der Kopf der Bande? Aus dem Aufwand, der betrieben wird, könnte man auf eine höhergestellte Persönlichkeit schließen. Jemand mit den nötigen Verbindungen.«

»Ein leitender Polizist«, tippte Jules und hatte dabei gleich wieder Benoît im Kopf. Es mochte ja sein, dass er als interner Ermittler auf der richtigen Seite stand, aber ebenso gut könnte er seine Sonderstellung dafür nutzen, kriminellen Geschäften nachzugehen. Vom Typ her traute Jules ihm jedenfalls alles zu.

»Ein hochdekorierter Ermittler, ja«, griff Yvonne seine Überlegung auf und ging noch einen Schritt weiter: »Oder vielleicht sogar jemand aus der Staatsanwaltschaft?«

Unwillkürlich musste Jules an Victor denken, Joannas langjährigen Vertrauten. Victor befasste sich ja mit den Vorgängen in Colmar, zumindest war er gut darüber informiert. Konnte es sein, dass es sich bei ihm um den Strippenzieher handelte?

Wieder eine Vermutung, die sich nicht belegen ließ. An diesem Punkt kamen sie einfach nicht weiter.

Jules schaute auf seine Armbanduhr, stand auf und sagte: »Kaum zu glauben! Schon wieder Zeit fürs Mittagessen. Wollen wir uns ein nettes Bistro suchen?«

»Müssten wir nicht zurück in die Gendarmerie?«, wand Yvonne ein.

»Um was zu tun?« Jules schüttelte den Kopf. »Auf neue Ideen kommen wir draußen leichter als im Mief der Kaserne.«

Am Boulevard Saint-Pierre entlang erreichten sie die Lauch. Die umstehenden Gebäude warfen dunkle Schatten auf das Flüsschen, in dem sich munter die Forellen tummelten. Die Idylle der hübschen engen Gassen von *Petite Venise* wurde durch einige Lieferwagen gestört, die Nachschub für hungrige Touristen herankarrten, sowohl für die kulinarischen Spezialitäten wie für die Andenkenstände. Je kitschiger die Mitbringsel waren, desto lieber wurden sie erworben, hatte Jules festgestellt.

Yvonne führte ihn über die Rue Turenne zu einer Brücke, die die Lauch überspannte, offenbar ein besonders beliebtes Fotomotiv. Jules lehnte sich an das Geländer und genoss einen malerischen Blick auf die farbenfrohen Fachwerkhäuser zu beiden Seiten des Flusses. Leuchtende Farbtupfer lieferten die prächtig blühenden Geranien und Petunien, mit denen fast jede Fensterbank geschmückt war.

Auf der Suche nach einem freien Platz für ihr Mittagessen passierten sie etliche Lokale, doch die Stühle vor den Restaurants waren alle besetzt. Schon jetzt am Mittag floss der Wein in Strömen. Jules beobachtete, dass in manchen Küchen der Flammkuchen auf Kartonscheiben serviert wurde. Ob die Reinigung der sonst üblichen Holzplatten für den Massentourismus zu aufwendig war?

Yvonne zog ihn in eine Seitengasse. Schon nach wenigen Metern hatten sie die Menschenmassen hinter sich gelassen und standen vor einem handtuchschmalen Gebäude, in dem eine winzige Bäckerei untergebracht war. In dem kleinen Verkaufsraum fand sich gerade Platz für einen einzigen Bistrotisch.

Jules und Yvonne entschieden sich für köstlich wirkende *tartelettes*. Der dunkelbraun gebackene Boden war mit einer Masse aus Ziegenfrischkäse und Crème fraîche bestrichen, mit Serranoschinken belegt und mit Honig beträufelt.

»Dazu würde ein kräftig fruchtiger Weißwein passen«, meinte Yvonne augenzwinkernd. Aber ihr war bewusst, dass ein Glas Wein nicht zu den Uniformen passte, die sie trugen.

Jules führte das deftige Törtchen gerade zum Mund, als sein Handy klingelte. Immer beim Essen! Wahrscheinlich war es Debré, dachte er sich. Der Capitaine wollte sicherlich wissen, wo sie steckten. Doch zu seiner Überraschung meldete sich eine unverkennbare Stimme, die er schon länger nicht gehört hatte.

»Lautner?«, fragte Jules verwundert.

»Ja, Major, ich bin's«, meldete sich sein früherer Rebenheimer Stellvertreter. Wie immer klang er aufgeregt. »Ich weiß nicht, was ich tun soll«, fuhr Lautner fort. »Und ob ich überhaupt etwas machen soll, denn eigentlich ist es dafür ja noch zu früh.«

»Moment, Moment«, sagte Jules. »Schön der Reihe nach. Worum geht es denn eigentlich?«

»Um Lino. Er ist nicht hier.«

»Was heißt das? Von wo sprechen Sie denn?« Jules fiel wieder einmal auf, wie umständlich Lautner sich ausdrückte und dass er es partout nicht schaffte, das Wesentliche zuerst zu sagen.

»Von der *Brasserie Georges* aus.«

»Verstanden. Und weiter?«

»Sie wissen ja, dass wir uns hier fast jeden Mittag treffen, Pierre, Jean-Paul, Claude, Antoine und eben Lino.«

»Ja, und?« Jules sah Yvonne um Geduld bittend an.

»Wie ich schon sagte: Lino ist nicht gekommen.«

»Vielleicht verspätet er sich heute ein bisschen. Kann ja mal vorkommen, er ist nicht mehr der Jüngste.«

»Ja, aber Major, das ist es doch nicht, was mich so nervös macht«, stellte Lautner klar. »Es geht um Ihren Auftrag. Lino hätte sich schon längst zurückmelden müssen.«

Nun fiel es Jules wieder ein: Der alte Gendarm hatte ja angekündigt, sich heute noch einmal im Vogesenwald am Almhof umzusehen. Doch der Weg bis dorthin war weit und nicht leicht zu fahren. Es wunderte ihn keineswegs, dass Lino noch unterwegs war.

»Keine Bange«, sagte er. »Dem alten Haudegen wird schon nichts passiert sein. Geben Sie ihm etwas mehr Zeit.«

»Würde ich ja, aber Georges serviert heute Mittag *choucroute* mit Fleisch frisch aus der Schlachtung. Das würde sich Lino nie und nimmer entgehen lassen. Nur deshalb ist er nämlich extrafrüh losgefahren, schon vor sechs Uhr. Er wollte es auf jeden Fall schaffen, pünktlich zurück zu sein.«

Jules stieß einen Seufzer aus. Das war tatsächlich ungewöhnlich. Und wenn Lino doch etwas zugestoßen war? Ein Unfall auf einer der engkurvigen Serpentinen? »Haben Sie versucht, ihn auf seinem Handy zu erreichen?«, erkundigte er sich.

»Mehrfach!«, lautete die prompte Antwort. »Nicht erreichbar.«

»Das könnte auch an den Funklöchern liegen. Sie wissen ja, die Vogesen sind voll davon.«

»Wir wollen kein Risiko eingehen«, sagte Lautner

nun sehr entschlossen. »Claude und ich starten eine Suchaktion.«

Als Kommandant der Freiwilligen Feuerwehr von Rebenheim verfügte Claude über einen Geländewagen, mit dem sie die unwirtliche Gegend um den Berghof herum durchkämmen konnten, dachte sich Jules und fragte: »Wann brechen Sie auf?«

»Wenn Sie wollen, warten wir noch zwanzig Minuten, Major. Meinen Sie, Sie können es schaffen, bis dahin hier zu sein?«

Jules warf Yvonne einen entschuldigenden Blick zu und ging dann zum Tresen, um sich sein *tartelette* einpacken zu lassen. Er würde sich sputen müssen, um rechtzeitig in Rebenheim zu sein.

DREISSIG

»Schön, dich zu sehen!« Claude, der muskulöse Feuerwehrkommandant mit dem wallendem Blondhaar, zog Jules zur Begrüßung freundschaftlich an sich.

»Mich freut's auch«, meinte Jules. »Weniger allerdings die Umstände. Was wissen wir inzwischen?«

»Leider nicht viel Neues«, sagte Lautner. Der schlaksige neue Dienststellenleiter saß schon im rot lackierten Fahrzeug des Einsatzleiters. Der hohe Radstand und die dicken Reifen machten deutlich, dass der Peugeot P4 im Gebirge keine Probleme haben würde. »Ich habe mich bei den Kollegen der Police municipale erkundigt: Über einen Unfall auf der Strecke ist nichts bekannt.«

»Eine gute Nachricht, ein Verkehrsunfall wird damit unwahrscheinlich.« Jules schwang sich auf den Beifahrersitz und schnallte sich an. »Lasst uns keine Zeit verlieren, wir suchen den Wald nach ihm ab. Auf geht's!«

Claude lenkte den PS-Protz auf kürzestem Weg aus Rebenheim hinaus. Zunächst ging es an Weinstöcken vorbei, die in jungem Grün die sanfte Hügellandschaft überzogen. Dann veränderte sich die Landschaft, wurde schroffer und kantiger. Mächtige Felsen säumten die Straße, dahinter erstreckte sich das undurchdringliche Dunkel des Waldes.

Die drei Männer sprachen kein Wort mehr, sie waren alle auf ihr Ziel fokussiert. Sie wollten Lino finden, der womöglich über eine Wurzel gestolpert war und sich verletzt hatte. Oder dem etwas anderes widerfahren war, dachte Jules, während er auf seinem Sitz durchgerüttelt wurde. Der Straßenbelag verschlechterte sich, je mehr sie an Höhenmetern gewannen.

Die Fahrt gab Jules die Gelegenheit, sich alles noch einmal durch den Kopf gehen zu lassen. Bevor er nach Rebenheim gefahren war, hatte er sich bei Debré abgemeldet. Sogar den Grund für seinen plötzlichen Aufbruch hatte er dem Capitaine genannt, allerdings hatte er verschwiegen, weshalb sich Lino in den Hochvogesen aufhielt. Debré hatte Jules ziehen lassen, aber es war ihm anzuhören gewesen, dass ihm die vielen Extratouren seines neuen Mitarbeiters gar nicht schmeckten. Aber was sollte er tun? Jules konnte nicht anders, als sich um seinen alten Freund zu kümmern, schließlich hatte sich Lino ja seinetwegen in Gefahr begeben.

Claude lenkte den Geländewagen bis unmittelbar vor die Terrasse des Almhofs und ließ seine Mitfahrer aussteigen, vor den neugierigen Blicken einer Gruppe Mountainbiker und einiger Wanderer, die sich Brousts »Vogesengold« schmecken ließen.

Zunächst unterhielten sie sich mit Maurice Broust, der auf die Terrasse gekommen war, sobald er ihre Ankunft bemerkt hatte.

»Haben Sie inzwischen etwas von Lino gehört oder gesehen?«, fragte Jules den Wirt.

»Nein, er muss lange vor unserer Öffnungszeit gekommen sein. Hinten im Hof steht sein Wagen, die alte Blechbüchse. Damit hätte er gar nicht so weit heraufgedurft. Aber was scheren einen wie ihn schon Fahrverbote?«

»Der Citroën Typ H?«, hakte Jules nach. »Ja, das ist zweifelsohne Linos Auto.«

»Er muss sich Wanderstiefel angezogen haben und gleich losgelaufen sein«, vermutete Broust. »Seine Straßenschuhe hat er nämlich im Auto zurückgelassen.« Als Jules ihn fragend ansah, erklärte der Wirt: »Lino schließt seinen Wagen meistens nicht ab. Also habe ich nachgesehen, weil ich gehofft habe, irgendeinen Hinweis auf sein Ziel zu finden.«

Jules schaute zum Wald, dessen Wipfel hinter der blütenreichen Almwiese aufragten. »Letztes Mal haben Sie etwas von einer Jagdhütte erzählt. Meinen Sie, dass Lino da hingegangen sein könnte?«

Broust legte die Stirn in Falten. »Bis dorthin ist es ein ganz schönes Stück. Man muss ein geübter Wanderer sein und mehrere Gebirgsbäche durchqueren. Es gibt einige steile Abhänge, und der Weg ist nicht beschildert. Als Ortsunkundiger ist es verdammt schwierig, die Hütte überhaupt zu finden.«

»Würden Sie uns begleiten und bei der Suche helfen?«, bat Jules.

Broust zeigte auf seine voll besetzte Terrasse und zögerte. »Dann müssten meine Frau und unsere Bedienung den Andrang allein bewältigen ... Aber meinetwegen: Ich werde Sie führen.«

Als sie die Weide überquerten, trieb die Nachmittagssonne Jules den Schweiß auf die Stirn. Das änderte sich schlagartig, sobald sie die Waldgrenze erreichten und plötzlich kühle, würzige Luft atmeten. Es roch nach Moos und feuchtem Farn.

Broust hatte nicht übertrieben. Der Weg, dem die

Männer folgten, hatte diesen Namen nicht verdient. Es handelte sich allenfalls um einen Trampelpfad. Der Transporter, der die ganze Aktion überhaupt erst ausgelöst hatte, konnte unmöglich weiter gekommen sein als bis hierher, dachte Jules. Wenn die Insassen wirklich vorgehabt hatten, die abgelegene Hütte zu erreichen, mussten sie den Rest des Weges zu Fuß gegangen sein und den Fahrer mit dem Wagen zurückgeschickt haben.

Schon beim ersten Bachlauf, den sie passieren mussten, bekamen sie nasse Füße. Die Hosenbeine von Jules' Uniform waren bald mit Schlammspritzern überzogen, was ihn allerdings weniger störte als die Mücken, die ständig Jagd auf sie machten.

»Mistviecher!«, rief Lautner und schlug um sich.

Eine ganze Weile ging es nur bergan, dann folgte eine Senke, die zur nächsten Quelle führte, aus der kristallklares Wasser sprudelte. Broust legte einen kurzen Halt ein, löste einen Blechbecher von seinem Gürtel und tauchte ihn ins plätschernde Nass. »Möchte jemand?«, fragte er und hielt den Becher in die Runde. »Trinkwasserqualität. Sie brauchen keine Bedenken zu haben.«

Claude nahm das Angebot als Erster an, dann zogen die anderen nach. Jules spürte, wie gut ihm die eiskalte Erfrischung tat. Mit neuen Kräften machten sie sich an den Rest der Strecke.

Der hatte es allerdings in sich. Der Pfad stieg wieder steil bergan, um wenig später fast ebenso steil nach unten zu führen. Dieses kräftezehrende Auf und Ab wiederholte sich, bis sie endlich eine Art Lichtung erreichten. Inmitten einer verwilderten Wiese stand eine Holzhütte. Dunkel, windschief und dem Verfall preisgegeben.

Im ersten Moment war Jules enttäuscht und dachte schon, dass die Mühe umsonst gewesen war. Doch im Näherkommen erkannte er ein Detail, das ihn hoffen ließ.

»Ein Vorhängeschloss«, rief er den anderen zu und lief die letzten Meter bis zur Hütte. »Sieht neu aus.«

Und tatsächlich glänzte der Bügel des Schlosses, als wäre es erst gestern im Baumarkt gekauft worden. Die Männer umrundeten die Hütte. Wie sie feststellten, waren alle Fenster von außen mit Holzbrettern verrammelt und zugenagelt. Jules zerrte an den Brettern, doch sie hielten stand. Um sich Zugang zu verschaffen, würden sie das Schloss knacken müssen.

»Glaubst du, dass *monsieur le ministre* dort drinnen gefangen gehalten wird?«, fragte Claude, an Jules gerichtet. »Und vielleicht auch Lino?«

»Ich weiß es nicht«, antwortete er nachdenklich.

»Wir könnten anklopfen«, schlug Claude vor. »Dann hören wir ja, ob jemand antwortet.«

Lautner hielt demonstrativ den Zeigefinger vor den Mund. »Keine gute Idee«, entgegnete er flüsternd. »Wenn die Entführer auch da drin sind und uns bemerken, geht das Feuerwerk los.« Impulsiv tastete er nach der Waffe im Holster.

Jules trat dicht vor die Tür. »Die Kidnapper können sich ja nicht selbst von außen einschließen, oder?« Er hob seine Faust und pochte kräftig gegen das Holz.

Lautner trippelte einige Schritte zurück, die Hand noch immer am Pistolengriff. »Ob das so clever ist, Major?«

Nach einem Moment der Stille war eine Stimme zu hören. Dumpf und verhalten drang sie aus der Hütte: »Wer ist da?«

»Das ist Lino!«, war sich Claude sicher.

Auch Jules glaubte, die Stimme des alten Gendarms erkannt zu haben. Gott sei Dank!

»Wir sind es!«, rief er. »Jules, Claude, Alain und Maurice, der Wirt.«

Wieder blieb es einige Sekunden lang still. Dann folgte die überraschende Frage: »Was wollt ihr?«

Die Männer sahen sich irritiert an. Konnte sich Lino nicht denken, weshalb sie gekommen waren?

»Wer hat dich eingesperrt?«, fragte Jules mit lauter Stimme. »Ist Eric auch in der Hütte?«

Seltsamerweise dauerte es wieder eine gefühlte Ewigkeit, bis eine Reaktion erfolgte. »Ja. Er ist hier.«

Ein zentnerschwerer Stein fiel Jules vom Herzen. Lino hatte also tatsächlich den richtigen Riecher gehabt! Die alte Spürnase hatte den Unterschlupf, den die Entführer für Eric gewählt hatten, ausfindig gemacht. Endlich war der Nervenkrieg um Erics Verbleib beendet. Doch warum meldete sich Eric nicht selbst? Und weshalb verhielt sich Lino so seltsam?

»Wo sind die Entführer?«, rief Jules.

»Abgehauen«, antwortete Lino. »Hatten es verdammt eilig. Sie wussten wohl, dass ihr auf dem Weg hierher seid.«

Woher sollten die Kidnapper das gewusst haben?, fragte sich Jules. Der Entschluss, hierherzukommen, war ja erst vor Kurzem gefallen, und der Kreis der Eingeweihten war sehr klein. Und weshalb hatten sie ihre Geiseln nicht mitgenommen? Hatten sie es so eilig gehabt, dass die beiden alten Männer lediglich eine Belastung gewesen wären?

»Wir kommen jetzt rein!«, kündigte Claude an und holte eine Rohrzange aus seinem Rucksack.

»Immer für alles gerüstet, was?«, merkte Lautner an, dessen Nerven sich beruhigt zu haben schienen.

Claude setzte das Werkzeug mit geübter Routine an. Es machte »klack«, im nächsten Moment fiel das Schloss auf den Boden. Er sah sich nach Jules um. Der ergriff die Initiative und zog die Tür vorsichtig auf.

Muffig warme Luft schlug ihnen entgegen – und der Geruch nach würzigem Essen. Als sich die Augen an das diffuse Licht gewöhnt hatten, entdeckte Jules sowohl Lino als auch Eric. Beide schienen wohlauf zu sein. Sie saßen einträchtig nebeneinander auf einer Bank, wirkten ruhig und entspannt.

Vor ihnen, auf einem Tisch mit zerschlissener Oberfläche, türmten sich Pappkartons, Tüten und Plastikschalen mit Essensresten. Den Aufschriften nach zu urteilen, stammten die Mahlzeiten keineswegs von günstigen Schnellrestaurants, sondern von erlesenen Feinkosthändlern oder vom Wochenmarkt. Und dann waren da noch mehrere Weinflaschen, fast alle leer und den Etiketten nach zu urteilen von Spitzenqualität.

Jules starrte die beiden zufrieden wirkenden Herren sprachlos an. Nach gequälten Geiseln sahen sie nicht aus. Wäre das Vorhängeschloss nicht gewesen, hätte er vermutet, Eric und Lino hielten sich freiwillig hier auf.

»Ihr lasst es euch gut gehen, was?«, fragte er.

Daraufhin klappte Lino einen der kleinen Kartons auf und hielt ihnen köstlich aussehende *macarons* mit himbeerroter Füllung entgegen.

»Nein, danke«, sagte Jules streng und blickte Eric verwundert an. »Was soll das Ganze?«

Eric stieß einen tiefen Seufzer aus. »Nun hat die Ruhe wohl ein Ende. Du wirst es nicht glauben, mein lieber Jules, aber die letzten Tage waren eine Wohltat für mich. Kein Termindruck, keine Mails, kein Handy – dafür viel Zeit zum Nachdenken und eine wirklich gute Verpflegung.«

»Eric!«, rief Jules vorwurfsvoll. »Alle Welt sucht dich. Ich habe mir große Sorgen gemacht.«

»Unbegründet«, wiegelte Eric ab. »Mit geht es gut, wie man sieht. Und meinem neuen Freund auch.« Er klapste dem grinsenden Lino auf die Schulter.

»Das ist eine Rettungsaktion«, machte Jules deutlich.

»Man hat aber den Eindruck, als ob hier niemand gerettet werden will«, zischte Claude ihm zu.

Jules trat an den Tisch mit den erlesenen Essensresten. »Haben die euch etwas verpasst? Medikamente oder Spritzen, um euch ruhigzustellen?«

»Ja, sie haben uns etwas gegeben, und zwar all diese kulinarischen Köstlichkeiten, die du hier siehst«, antwortete Lino.

»Aber ich verstehe nicht, weshalb ihr so gelassen seid…«, setzte Jules erneut an.

Eric klärte ihn auf: »Mir ist sofort klar gewesen, dass mir diese Leute nichts antun würden. Alles, was sie wollten, war, Zeit zu gewinnen. Wahrscheinlich, um in Ruhe ihre Spuren verwischen zu können.«

»Was für Spuren? Was weißt du über diese Sache?«, fragte Jules eindringlich. »Und wer sind die Entführer?«

Nachdem kein anderer zugriff, nahm sich Eric eines der zuckersüßen Teilchen aus dem Karton und ließ es in seinem Mund verschwinden. Als er geschluckt hatte, sagte er: »Ich weiß es nicht, Jules. Kaum hatten die mich in ihrem Auto, wurde ich betäubt. Meine Erinnerung setzt erst wieder hier ein, in dieser Hütte.«

»Das kann nicht sein. Du musst etwas gesehen oder gehört haben, woraus sich auf die Entführer schließen lässt. Spätestens nachdem du wieder zu dir gekommen bist. Jemand muss dieses ganze Essen ja hereingetragen haben.«

»Leider nein. Die Leute trugen Masken und sprachen nicht, sondern schrieben alles auf, was sie mir mitzuteilen hatten. Viel war das aber nicht. Sie fragten nur, worauf ich Appetit hätte. Das meiste brachten sie mir dann auch, bloß mit Froschschenkeln habe ich sie überfordert. Aber frische Austern haben sie tatsächlich aufgetrieben, Respekt!«

»Eric!« Jules versuchte seinen Nennonkel zur Räson zu bringen, denn der alte Herr schien das Ganze nicht ernst genug zu nehmen. »Wir müssen diese Leute unbedingt finden! Wie es aussieht, sind sie für den Mord an Natascha Smirnowa verantwortlich und für den Mordversuch an einer Zeugin.« Fieberhaft überlegte er, wie er mehr von Eric erfahren konnte. »An dem Abend, als es passierte, waren deine Abholer nicht maskiert. Konntest du dir die Gesichter der beiden einprägen? Würde es für ein Phantombild reichen?«

»Du hast sie doch auch gesehen«, konterte Eric. »Es war ziemlich dunkel in dem Lokal, du erinnerst dich? Und draußen erst recht. Dazu kam die Wirkung des Alkohols. Ich weiß bloß noch, dass es sich um einen Mann und eine Frau gehandelt hat, aber schon bei der Haarlänge und -farbe setzt es aus.«

»Haben Sie irgendetwas über die Motivation dieser Gangster erfahren können, *monsieur le ministre*?«, erkundigte sich Lautner.

»Motivation?« Erics Finger kreisten wieder über dem Karton mit den Macarones. »Alles, was ich weiß, habe ich zuvor von Madame Smirnowa gehört. Die junge Frau, die sich bei mir gemeldet und um ein ausführliches Gespräch gebeten hatte.«

»Ein Gespräch, dem die Täter allerdings zuvorgekommen sind«, sagte Jules.

»Bedauerlicherweise ja. Eines aber weiß ich immerhin: Wir haben es mit Drogenhandel zu tun, der Geißel der Menschheit.« Damit bestätigte Eric Jules' Vermutung. »Laut Madame Smirnowa steckt eines der Kartelle aus Marseille dahinter, die ich in meiner aktiven Zeit zu zerschlagen versucht habe, leider weitgehend erfolglos. Das war der Grund dafür, dass ich gleich hellhörig wurde, als mich die Nachricht dieser bedauernswerten jungen Frau erreichte. Daher ließ ich mich auch auf das Treffen ein.«

»Ein Drogenkartell also«, nahm Jules den Faden auf. »Kannst du Näheres darüber sagen?«

»Nicht viel. Nur dass es seine Finger ins Elsass ausgestreckt hat und sich über den Knotenpunkt Straßburg weiter ausbreiten will.«

»Das ist doch schon eine ganze Menge«, fand Jules und sah damit seine Theorie bestätigt. »Hat Natascha Smirnowa auch etwas über die Beteiligung von Polizisten gesagt?«, fragte er weiter.

»Ja«, antwortete Eric. »Allerdings ist sie mir konkrete Namen schuldig geblieben. Den oder die sollte ich erst in Colmar erfahren.«

»Kein weiterer Anhaltspunkt? Irgendwelche Andeutungen, die wichtig sein könnten? Oder Folgerungen und Vermutungen von dir selbst?«

Eric schloss kurz die Augen, als würde er in sich gehen. »Zeit zum Nachdenken hatte ich in den letzten Tagen zwar genug. Aber mir ist nichts eingefallen, Jules. Ich kann dir leider nicht helfen.«

Jules' Freude über das Wiedersehen mit dem väterlichen Freund trübte sich ein, er hatte sich von Eric weitaus ergiebigere Erkenntnisse erhofft. Nach wie vor blieben die Gegner schattenhaft und nicht greifbar. Wenigstens aber kannten sie jetzt das Motiv, das hinter alldem steckte: Drogenhandel. Ihre Kontrahenten standen also im Dienst des organisierten Verbrechens.

»Wie kriegen wir die zwei zurück zum Almhof, wo unser Wagen steht?«, flüsterte Claude ihm zu.

Jules betrachtete daraufhin die vom ausgiebigen Weinkonsum geröteten Gesichter der beiden Senioren. »Das wird ein ganzes Stück Arbeit«, raunte er dem Feuerwehrkommandanten zu und wusste, womit sie die nächsten Stunden beschäftigt sein würden.

EINUNDDREISSIG

Joanna kümmerte sich fürsorglich um ihn. Mit einem Desinfektionsspray behandelte sie die vielen Kratzer an seinen Beinen, die er sich beim Gewaltmarsch durchs Gestrüpp zugezogen hatte. Seinem Muskelkater begegnete sie mit sanfter Massage, und seinen Hunger stillte sie mit Hausmannskost Elsässer Art: einem überbackenen Hackfleischtopf mit Bauchspeck, Zwiebeln, pürierten Tomaten, Wein und – wie könnte es anders sein – Sauerkraut. Obendrauf eine ansehnliche Schicht geriebener Gruyère. Und obwohl sie sich so viel Mühe gab, hatte Jules den Eindruck, als würde sie seine Leiden nicht ganz für voll nehmen.

»Schön, dass Eric wieder da ist«, sagte sie und füllte Jules eine zweite Portion auf den Teller. »Jetzt brauchst du dich nicht mehr zerteilen und kannst dich ganz auf den Mordfall konzentrieren.«

Jules musste sich eingestehen, dass er ziemlich viel gejammert hatte, als er am Ende dieses langen und erschöpfenden Tages in Joannas Wohnung gekommen war. Erst zu diesem Zeitpunkt, als er Eric wieder in den sicheren Händen seiner Leibwächter wusste, war eine große Last von ihm abgefallen, und er konnte spüren, wie sehr ihn das alles geschlaucht hatte.

»Weiß Charles schon Bescheid?«, erkundigte sich Joanna nun.

»Ja, ich habe ihn auf dem Weg hierher angerufen. Er war allerdings nicht sonderlich überrascht. Weil er ja von Anfang an gewusst habe, dass Eric bald wieder auftauchen würde.«

»Dein Vater ist hart im Nehmen«, meinte Joanna. »Ein echtes Atlantikküstengewächs eben: sturmfest und knorrig.«

Bin ich das etwa nicht?, fragte Jules sich im Stillen und löffelte den Auflauf in sich hinein. Wollte Joanna ihn necken? Oder legte er gerade jedes ihrer Worte auf die Goldwaage, weil er so erschöpft und entsprechend empfindlich war?

Joanna schien zu spüren, wie angeschlagen er sich fühlte, sie legte ihm sanft die Hand auf den Arm. »Nach dem Essen legst du dich hin. Ein paar Stunden Schlaf, und die Welt sieht schon wieder ganz anders aus.«

Schlaf. Ja, das war eine gute Idee! Jules hatte den Eindruck, dass dieses Grundbedürfnis in letzter Zeit insgesamt zu kurz gekommen war. Er sehnte sich danach, sich im Bett auszustrecken, die Augen zu schließen und für eine Weile alles zu vergessen, was ihn beschäftigte.

Wieder war es das Handy, das ihm einen Strich durch die Rechnung machte. Capitaine Debrés Nummer wurde angezeigt. Jules überlegte, ob er drangehen oder den Anruf ignorieren sollte. Aber natürlich hatte sein Vorgesetzter ein Anrecht darauf, ausführlich über die Hintergründe von Erics Befreiung informiert zu werden.

»Bitte entschuldigen Sie, dass ich mich noch nicht gemeldet habe«, leitete Jules das Gespräch ein. »Es ist nur so, dass noch so vieles organisiert werden musste und einfach keine Zeit blieb.«

»Ihr Onkel ist wieder in der Obhut der CRS, mehr interessiert mich nicht. Sie haben einen guten Job gemacht, Major.«

»Danke.«

»Aber das ist nicht der Grund meines Anrufs. Es gibt neue Probleme. Können Sie in die Gendarmerie kommen? Sofort?«

Jules warf Joanna einen hilfesuchenden Blick zu. Doch sie hob bloß die Schultern. »Heute Abend noch?«

»Unverzüglich. Es ist wichtig«, bekräftigte der Capitaine.

»Was ist denn jetzt wieder passiert?«

»Das müssen Sie sich wirklich selbst anschauen, Major. Bitte machen Sie sich gleich auf den Weg.«

Jules blieb nichts anderes übrig, als sich noch einmal aufzuraffen. In der Gendarmerie war kaum noch etwas los. Nur die Einsatzzentrale blieb die ganze Nacht besetzt, und in den Aufenthaltsräumen dösten einige Kolleginnen und Kollegen der Bereitschaft vor sich hin.

Capitaine Debré erwartete ihn im verwaisten Großraumbüro seiner Ermittlungsgruppe. Eine einsame Schreibtischlampe sorgte für spärliche Beleuchtung. Debré sah so müde aus, wie Jules sich fühlte. Und es stand Enttäuschung in seinen Augen.

»Ich bin so schnell gekommen, wie es ging«, sagte Jules und wartete gespannt auf das, was Debré ihm Wichtiges mitzuteilen hatte.

Der kam gleich auf den Punkt. »Mich hat ein anonymer Hinweis erreicht«, sagte er matt. »Schriftlich, wahrscheinlich von intern. Aber genauer kann ich das nicht sagen, denn die Botschaft ließ sich nicht rückverfolgen.«

»Ein Hinweis also«, sagte Jules und überlegte, um was es sich handeln könnte.

»Es betrifft meinen Stellvertreter.« Es war Debré anzumerken, wie schwer es ihm fiel weiterzureden. »Ein sehr schwerwiegender Verdacht lastet auf ihm.«

Verflixt, dachte Jules. Das konnte nur eines bedeuten: Debré war dahintergekommen, dass Benoît nicht war, wer er vorgab zu sein. Dass er in Wahrheit für eine andere Dienststelle tätig war. Für Debré als Leiter des unter Verdacht geratenen Dezernats musste diese Erkenntnis ein harter Schlag gewesen sein. Kein Wunder, dass er einen so verstörten Eindruck machte.

Doch wie sollte Jules darauf reagieren? Er konnte Debré ja nicht auf die Nase binden, dass er selbst über Benoîts Doppelrolle längst im Bilde war, aber dichtgehalten hatte. Andererseits konnte er auch nicht einfach so tun, als ob er davon keine Kenntnis hatte. Er steckte in einem echten Gewissenskonflikt.

»Ich habe Benoît als einen zwar eigensinnigen, aber zutiefst loyalen Stellvertreter zu schätzen gelernt. Einer mit Ecken und Kanten, doch seine offene, ehrliche Art hat mich letztendlich immer überzeugt.« Mit diesen Worten führte Debré ihn zu Benoîts Arbeitsplatz.

»Nun ja, man kann in keinen Menschen hineinsehen«, flüchtete sich Jules in eine Phrase.

»Ich hätte es nicht für möglich gehalten, dass ausgerechnet jemand wie Benoît dazu imstande ist«, redete Debré weiter und ließ sich auf dem Stuhl seines Stellvertreters nieder.

»Manchmal täuscht man sich in jemandem. Das kommt leider vor.«

Debré nickte verhalten, dann nahm er ein Paar Einweghandschuhe aus seiner Uniformjacke und zog sie über. Verwundert beobachtete Jules, wie der Capitaine sich an dem Rollcontainer unter dem Schreibtisch zu schaffen machte und eine Schublade öffnete. Zielgerichtet wühlten sich seine Hände durch abgelegte Unterlagen, leere Zellophanhüllen von Schokoriegeln und lose herumliegende Stifte. Von ganz hinten zog er ein fest mit Frischhaltefolien umwickeltes Päckchen hervor. Er legte es auf die Schreibtischplatte und blickte Jules herausfordernd an. »Sie wissen, was das ist?«

Jules sah den weißlichen Inhalt durch die Folie schimmern, erkannte die mehlartige Struktur. Was sollte das? War er gerade im falschen Film?

»Ein weiteres Päckchen habe ich in seinem Spind gefunden. Er muss sich seiner Sache sehr sicher gewesen sein, wenn er es wagt, dieses Zeug mit ins Büro zu bringen.«

»Ich verstehe nicht…« Jules konnte seinen Blick nicht von dem Paket nehmen.

»Eine Erklärung dafür könnte sein, dass Benoît inzwischen auch Abnehmer unter den Kollegen hat.«

»Abnehmer…?«

»Fest steht, dass das keine Mengen für den Eigenbedarf sind. Benoît hat gedealt, und ich halte es nicht für ausgeschlossen, dass auch Natascha Smirnowa zu seinen Kunden zählte. Eine Kundin, die gedroht hatte, ihn auffliegen zu lassen.«

Jules hatte Mühe, diese verwirrenden neuen Informationen unter einen Hut zu bekommen. Sollte Benoît nicht nur beruflich eine doppelte Identität leben, sondern auch noch gleichzeitig in der Drogenszene aktiv sein? War er der Mann, den sie suchten?

»Von wem kam der Tipp mit dem Stoff?«, wollte Jules jetzt wissen.

»Wie schon gesagt: anonym. Ich nehme an, der Hinweis stammt aus dem Kollegenkreis. Vielleicht war Benoît am Ende doch zu leichtsinnig und ist an den Falschen geraten.«

Benoît ein Dealer? Jules wurde angst und bange bei dem Gedanken daran, dass er Michelle unter seine Fittiche genommen hatte – womöglich nur deshalb, um auch sie endgültig zum Schweigen zu bringen.

»Sie werden ja ganz bleich, Major«, stellte Debré fest und machte den Stuhl frei. »Ist Ihnen nicht gut? Wollen Sie sich setzen?«

»Nein, es geht schon wieder«, sagte er, suchte aber trotzdem Halt an der Schreibtischkante. »Es gibt da etwas, das Sie wissen müssen, Capitaine.«

Debré zog die Brauen hoch. »Ach ja?«, fragte er.

Jules erzählte ihm von seinem Zusammenstoß mit Benoît und davon, wie er nach der Rangelei auf den Ausweis des Kollegen gestoßen war. »Benoît ist ein Maulwurf. In Wahrheit arbeitet er für die Dienstaufsicht und soll nach schwarzen Schafen in unseren Reihen Ausschau halten.«

Debré wirkte ebenso fassungslos, wie Jules es bei seiner unerwarteten Entdeckung gewesen war.

»Ich verstehe das nicht«, sagte der Capitaine nach längerem Nachdenken. »Wenn Benoît wirklich ein Spitzel ist und es auf fehlgeleitete Kollegen abgesehen hat, wieso sollte dann gerade er Drogen horten? Das ergibt doch keinen Sinn.«

»Oder aber doch«, entgegnete Jules, der sich durchaus einen Reim darauf machen konnte. »Benoît könnte seine Kenntnisse und besonderen Befugnisse dafür nutzen, um am großen Rad zu drehen. Hat er nicht die ideale Position, um als Drogenkurier nicht aufzufallen? Im Zweifelsfall könnte er angeben, es gehöre zu seiner Tarnung. Schon manch ein verdeckter Ermittler ist solchen Versuchungen erlegen. Benoît wäre nicht der Erste, dem so etwas passiert.«

Debré wirkte niedergeschlagen und ratlos, als er Jules fragte: »Wie sollen wir vorgehen? Was ist Ihre Meinung dazu, Major?«

»Ihn zur Rede stellen«, empfahl Jules spontan. »Konfrontieren wir ihn mit den Päckchen und warten seine Reaktion ab.«

»Die könnte tödlich für uns ausfallen«, gab Debré zu bedenken, der seinem Vize mittlerweile alles zuzutrauen schien.

Jules besänftigte ihn: »Wir dürfen nicht völlig ausschließen, dass ihm der Stoff untergeschoben worden ist. Daher sollten wir möglichst unvoreingenommen vorgehen und ihm eine Chance geben, sich zu erklären.«

»Unvoreingenommen – sind Sie dazu denn überhaupt noch in der Lage?«, fragte Debré und wies auf Jules' kaum verheiltes Veilchen.

Jules ging über diese Bemerkung hinweg. »Je schneller wir das erledigen, desto besser. Wissen Sie, wo wir ihn um diese Uhrzeit antreffen können?«

»Soviel ich weiß, hält er sich sehr gern im *Pub*

d'Alsace auf, einer Bierstube nicht weit von hier. Wenn wir Glück haben, erwischen wir ihn dort.«

In schweigendem Einverständnis steckten sie ihre Dienstwaffen ein.

ZWEIUNDDREISSIG

»Was darf's sein, meine Herren?«

Durch die Nähe zur Gendarmerie war es der Wirt des *Pub d'Alsace* gewohnt, Kunden in Uniform zu bedienen. Manch ein *flic* trank hier sein Feierabendbier.

Obwohl Bier und Wein bei Weitem nicht die einzigen Alkoholika waren, die der gedrungene Mann mit rundlichem Kopf und geschäftstüchtigen Augen anbot, wie Jules mit einem Blick auf die Karte feststellte.

»Sie möchten unseren Armagnac probieren?«, erkundigte sich der Wirt bei Jules. »Ein vorzüglicher Weinbrand aus der Gascogne, der übrigens im Gegensatz zum Cognac nur einmal destilliert wird, bevor er zum Reifen ins Fass kommt. Oder etwas Milderes? Ein Vermouth vielleicht, ein mit Kräutern, Gewürzen und Zucker angereicherter Wein? Oder aber unser *eau-de-vie*, das wir ähnlich dem italienischen Grappa aus den Trestern, also den Pressrückständen von Trauben brennen.«

Jules, der sich währenddessen in der schummrigen Bar dezent nach Benoît umsah, war mit dieser Aufzählung überfordert.

Debré antwortete an seiner Stelle, indem er mit dem Finger auf eine bislang ungenannte Spirituose tippte: »Wie wäre es damit?«

Jules folgte dem Fingerzeig und las: Absinth. Dieses hochprozentige Getränk wurde seines Wissens nach mit Anis, Fenchel und Wermutkraut angesetzt und war im Frankreich des 19. Jahrhunderts in Verruf geraten, denn der Wermut enthielt den berauschenden und gesundheitsschädlichen Zusatzstoff Thujon, was letztlich zum Verbot des Schnapses führte.

»Ihnen ist bestimmt bekannt, dass Absinth mit unbedenklichem Thujongehalt heute wieder erlaubt ist«, beeilte sich der Wirt zu versichern.

Debré nahm diesen Hinweis mit einem Knurren zur Kenntnis. »Gibt es bei Ihnen noch mehr, womit man sich berauschen kann?«

Der Wirt sah ihn forschend an. »Nur, wenn es legal ist«, antwortete er. Seine Aufmerksamkeit war Debré und Jules jetzt sicher.

»Wir suchen einen Kollegen«, kam Jules auf den Punkt. »Kommt öfter vorbei. Sie kennen ihn sicher.«

»So?« Der Wirt taxierte ihn. Ihm dämmerte wohl, dass diese beiden *flics* keine gewöhnlichen Kunden waren, sondern Ärger machen könnten.

»Er heißt Benoît. Ist er heute schon hier aufgetaucht?«

Wie auf Kommando blickte der Mann hinter der Theke in Richtung einer Tür, die wahrscheinlich zu den Toiletten führte. Sie schwang in genau dem Moment auf, als Jules hinsah.

Benoît kam heraus. Die Hand noch am Hosenbund schaute er auf und genau in ihre Richtung. Es blieb kaum Zeit zu reagieren. Weder für Benoît noch für Jules und Debré.

Trotzdem knuffte der Capitaine Jules am Arm und befahl: »Los! Wir schnappen ihn uns!«

Jules stieß sich von der Bar ab und versperrte den Weg, während Debré direkt auf Benoît zuging. Dessen Miene drückte Überraschung aus. Zunächst hob er die Hand, als wollte er die Kollegen begrüßen. Doch ein Blick in die angespannten Gesichter von Jules und Debré reichte, um sich anders zu entscheiden. Benoît machte auf dem Absatz kehrt und verschwand wieder in dem Gang, aus dem er gekommen war.

»Er türmt!«, rief Debré Jules zu und setzte Benoît nach. »Übernehmen Sie den Hinterausgang!«

Jules reagierte sofort, verschaffte sich Platz zwischen den ahnungslosen Gästen, rempelte eine Frau an, die dabei ihren Weißwein verschüttete, und rannte hinaus. Kühle Abendluft schlug ihm entgegen. Alles um ihn herum war ruhig und friedlich. Ein paar harmlose Passanten, Liebespärchen und ein Mann mit Hund.

Nach kurzer Orientierung bog er in eine schmale Gasse ein, die ihn auf einen düsteren Hinterhof führte. Jules versteckte sich zwischen zwei Müllcontainern. Keine Sekunde zu früh. Im nächsten Augenblick huschte ein Schatten an ihm vorbei. Benoît!

Jules schoss nach vorn und stürzte sich auf den Flüchtenden. Doch noch ehe er ihn erreichte, erkannte er den Irrtum. Es war Debré. Jules blieb stehen.

»Capitaine!«, rief er. »Haben Sie Benoît gesehen?«

»Nein«, antwortete Debré. »Auf der Toilette ist er nicht.«

»Und an mir ist niemand außer Ihnen vorbeigekommen«, sagte Jules, während er sich nach allen Seiten umsah. »Er muss abgehauen sein, bevor ich hier gewesen bin.«

»So sieht es aus«, erwiderte Debré mit verbissener

Miene. »Er ist uns entwischt. Viel schlimmer noch: Er ist jetzt gewarnt. Benoît ist schlau genug, um sich zusammenzureimen, dass wir ihm auf die Schliche gekommen sind. Dass wir von seinen Nebengeschäften wissen.«

»Was wird er jetzt tun?«, überlegte Jules laut.

»Untertauchen, wenn er schlau ist. Ich glaube kaum, dass er große Lust darauf verspürt, sich wegen Mordes, Drogenhandels und Amtsmissbrauchs anklagen zu lassen.«

»Sie sind sich Ihrer Sache also sicher?«, vergewisserte sich Jules.

Debré sah ihn seltsam melancholisch an. »Bis vor fünf Minuten war ich es noch nicht. Ehrlich gesagt habe ich darauf gehofft, dass Benoît uns eine schlüssige Erklärung liefert. Denn auch wenn Sie das nicht nachvollziehen können, ich mag diesen ungehobelten Burschen. Aber seine Flucht spricht gegen ihn. Selbst wenn es schwerfällt, das zu akzeptieren: Benoît ist offensichtlich unser Mann.«

Ja, dachte Jules: Alles sprach dafür, dass sie diesmal auf der richtigen Fährte waren. Es sei denn, Benoît hätte einen anderen Grund für sein Verhalten. Zum Beispiel den, dass er seinerseits Debré und Jules für die Schurken hielt und deshalb das Weite gesucht hatte.

Möglich wäre es. Denn mittlerweile misstraute jeder jedem. Er jedenfalls würde seine Hände für keinen der Beteiligten ins Feuer legen.

»Was denken Sie?«, fragte Debré.

»Dass wir Benoît so schnell wie möglich zur Fahndung ausschreiben sollten.«

Debré kniff die Augen zusammen. »Werden wir

tun«, sagte er. »Doch es gibt noch etwas anderes. Ich sehe es Ihnen doch an, Major.«

»Ja«, bestätigte Jules. »Wie ich schon sagte: Ich halte es nicht für ausgeschlossen, dass man Benoît den Koks untergeschoben hat.«

»Aus welchem Grund sollte das jemand tun?«

»Zum Beispiel, damit sich unser Verdacht auf Benoît richtet und wir uns ganz auf ihn konzentrieren.«

»Möglich«, meinte Debré. »Aber verraten Sie mir eines: Weshalb ist Benoît vor uns weggelaufen, obwohl wir ihm noch gar nicht gesagt haben, dass wir den Stoff gefunden haben? Das macht doch nur jemand mit einem schlechten Gewissen.«

»Ich weiß nicht, warum er es getan hat«, gab Jules zu.

»Nicht? Dann sage ich es Ihnen: Weil Benoît es uns angesehen hat. Und das lässt nur den einen Schluss zu: Nämlich dass er von dem Stoff wusste, weil er selbst ihn in seinem Schreibtisch und dem Spind deponiert hatte. Er ist schuldig, da beißt die Maus keinen Faden ab.«

Die Indizien gaben Debré recht. Deshalb schwieg Jules auf dem Weg zurück zur Gendarmerie, während der Capitaine den Fahndungsbefehl per Handy durchgab.

Doch ein diffuses Gefühl der Unsicherheit blieb bei Jules zurück.

Es konnte sich nicht vorstellen, dass die Sache bereits ausgestanden war.

DREIUNDDREISSIG

Joanna weigerte sich, das Wochenende in der Wohnung zu verbringen und auf die Nachricht zu warten, ob Benoît gefasst worden sei.

»Dafür ist das Wetter viel zu schön!«, protestierte sie gegen Jules' Plan.

»Wenn dieser Fall in deinen Händen läge, würdest du das anders sehen«, entgegnete Jules, der lieber in Bereitschaft geblieben wäre.

»Ist er aber nicht. Und du musst dich auch nicht länger damit herumplagen. Das ist jetzt Sache der Gendarmen, die für die Suche eingeteilt worden sind. Du hast dir eine Auszeit verdient.«

»Wenn du meinst...«, sagte Jules und warf einen zögerlichen Blick aus dem Fenster: blauer, wolkenloser Himmel, die Sonne strahlte. Eigentlich wäre es wirklich schade, diesen Tag im Haus zu verbringen und Däumchen zu drehen.

»Wir machen einen Ausflug!«, entschied Joanna und ging sofort in die Küche. Jules folgte ihr mit schleppendem Schritt. »Wir fahren die Weinstraße entlang und halten an, wo es uns gefällt. In Obernai zum Beispiel, immer wieder hübsch anzusehen mit der Befestigung und den vielen mittelalterlichen Türmchen. Oder wir fahren nach Barr, dann können wir einen Abstecher zum Château du Spesbourg machen und dort picknicken. Ich liebe diese alte Granitburg mit ihren gotischen Spitzbogenfenstern. So schön verwunschen. Man erzählt sich, dass in der Nähe der Burg in den Sechzigerjahren der letzte Vogesen-Bär erlegt worden ist.«

»Dann klaut uns wenigstens keiner den Honig«, scherzte Jules und schaute zu, wie Joanna einen Picknickkorb belud.

»Ich habe noch ein Stück *pâté en croûte*«, murmelte Joanna vor sich hin, während sie die Wegzehrung zusammenstellte.

Jules lief schon beim Anblick der kräftig gewürzten und mit diversen Einlagen versetzten Masse das Wasser im Mund zusammen. Mit Pastenteig umhüllt, gebacken und anschließend mit einem pikanten Gelee übergossen, zählte diese Köstlichkeit aus der *charcuterie* inzwischen zu Jules' Leibgerichten.

Anschließend packte Joanna noch verschiedenste Würste in den Korb.

»Ziemlich fleischlastig«, fand Jules. »Typisch Elsass.«

Joanna ließ sich davon nicht beirren. »Kennst du *boudin noir*?«, fragte sie und hielt ihm eine dunkle Wurst hin. »Eine Art Blutwurst aus Schweinefleisch und Innereien. Lässt sich gut grillen, diese hier ist gesotten und schmeckt auch kalt.« Die nächste Variante wurde verstaut. »Unsere gute *knack*. Gehört in jeden anständigen Sauerkrauttopf, man kann die geräucherten Brühwürstchen aber auch so essen.« Zuletzt folgten *saucissons*, luftgetrocknete Salami mit weißem Schimmel auf der Pelle.

»Und was gibt's dazu?«, fragte Jules.

Daraufhin hielt Joanna ein Baguette und eine Flasche Wein in die Höhe. Natürlich einen weißen.

Inzwischen war auch Jules überzeugt und freute sich auf den Ausflug ins Grüne. Trotzdem kontrollierte er sicherheitshalber den Ladezustand seines Handyakkus – er wollte den entscheidenden Anruf auf keinen Fall verpassen.

»Kann's losgehen?«, fragte Joanna gut gelaunt und strebte mit dem Korb unterm Arm zum Ausgang.

»Klar, gern!«, stimmte Jules zu und ging vor, um ihr die Tür aufzuhalten.

Als er sie aufzog, stand Yvonne vor ihm, die schon den Finger nach der Klingel ausgestreckt hatte. In Zivilkleidung, das nussbraune Haar offen getragen, hätte man ihr den Beruf nicht angesehen, fand Jules.

»*Salut,* Yvonne«, grüßte er überrascht. »Wolltest du uns besuchen?«

Yvonne sah an ihm vorbei auf Joannas Picknickkorb. »Oh, tut mir leid, ich wollte euch nicht aufhalten.«

»Schon gut, wir haben es nicht so eilig«, sagte Jules und spürte im nächsten Moment einen leichten Tritt an der Ferse. Joanna war wohl anderer Meinung.

»Es ist nur so, dass ich Neuigkeiten habe, die dich sicher interessieren«, fuhr Yvonne fort.

»Ist Benoît etwa gefasst?«, fragte Jules und wunderte sich darüber, dass er das von Yvonne erfuhr. Er hatte mit einem Anruf von Capitaine Debré gerechnet.

Yvonne schüttelte den Kopf. »Nein, Benoît ist wie vom Erdboden verschluckt. Keiner weiß, wo er sich aufhält, nicht einmal seine vorgesetzte Dienststelle bei der Dienstaufsicht. Der Chef hält mit denen inzwischen Kontakt, auch wenn ihn der Anruf dort wohl ziemliche Überwindung gekostet haben muss. Immerhin haben ihm die Internen eine Laus in den Pelz gesetzt.« Dann setzte sie ein zufriedenes Lächeln auf und erklärte: »Trotzdem gibt es gute Nachrichten: Michelle ist wieder da.«

Das freute Jules. »Toll!«, sagte er. »Ich hatte schon befürchtet, Benoît könnte sie …«

»Nein, nein, alles gut«, versicherte Yvonne. »Sie ist so weit in Ordnung. Benoît hatte sie in einer Wohnung untergebracht, die seiner Dienststelle bekannt war. Dort hat man sie wohlbehalten aufgefunden.« Sie kräuselte die Stirn, als sie hinzufügte: »Benoît scheint ihr zwar nichts getan zu haben, doch es sieht nicht gut aus für ihn. Michelle hat ihn schwer belastet, kaum dass man sie befreit hatte. Angeblich hat sie von seinen Drogengeschäften gewusst, doch aus Angst vor ihm geschwiegen. Zu Recht, wie wir inzwischen ja wissen.«

»Sie hat ihn belastet?«, vergewisserte sich Jules.

»Ich war nicht selbst dabei, als sie befragt wurde, aber nach allem, was man hört: ja.«

Damit war Debrés Verdacht bestätigt, dachte Jules.

Hinter ihm räusperte sich Joanna. Sie raunte ihm zu: »Auch wenn das eine gute Nachricht ist: Die Jagd nach Benoît übernehmen andere.«

Yvonne verstand den Wink: »Bin schon wieder weg. Viel Spaß euch beiden«, sagte sie fröhlich. Den strengen Zug, den Jules hin und wieder bei ihr bemerkt hatte, konnte sie offenbar mit ihrer Uniform ablegen. Zwar wirkte sie erschöpft, aber viel gelöster als im Dienst.

»Danke!«, sagte Jules. »War sehr nett von dir, extra vorbeizukommen, um mir das von Michelle zu erzählen.«

»Gern geschehen«, meinte Yvonne. Dann fasste sie in die Tasche ihrer kurzen Jeansjacke und zog ihr klingelndes Handy hervor.

Gleichzeitig meldete sich auch Jules' Handy. »Ja?«

Der Anruf kam aus der Gendarmerie. Benoîts Versteck war gefunden. Er hatte sich in einer Industriebrache am Ortsausgang verschanzt, offenbar bewaffnet. Capitaine Debré wünschte die sofortige Unterstützung von Yvonne und Jules.

VIERUNDDREISSIG

Die Blaulichter auf den Dächern der Einsatzfahrzeuge rotierten. Inmitten der emsigen Hektik sah Jules neben einigen bekannten Gesichtern aus der Gendarmerie Kollegen der Police municipale sowie schwer bewaffnete Männer und Frauen der Gendarmerie mobile in ihren martialischen schwarzen Uniformen.

Das ganze Aufgebot, dachte Jules und hielt Ausschau nach Capitaine Debré. Er lehnte am Pfeiler des Einfahrttors, der ihm Deckung gab und von dem er einen unverstellten Blick auf den verfallenen Klinkerbau der alten Fabrik hatte. Das Werk war nicht besonders groß, es verfügte lediglich über eine Halle, einen Verwaltungstrakt und einige Silos, überragt von einem hohen, schlanken Schornstein.

Jules trat zu ihm. »Wo hält er sich auf?«, erkundigte er sich.

»Bürogebäude, zweiter Stock«, antwortete Debré, ohne die Augen von der Fabrik zu lösen.

»Seine Pistole hat er bei sich?«

»Ja. Er droht damit, sie anzuwenden, wenn sich jemand von uns nähert.«

»Was will er? Wie lauten seine Forderungen?«

»Es gibt keine«, antwortete Debré. »Wenigstens bisher noch nicht. Er hat wohl nicht damit gerechnet, dass wir ihn hier so bald aufstöbern. Wahrscheinlich wollte er bei nächster Gelegenheit weiterziehen und sich ins Ausland absetzen.«

»Wie sieht der Plan aus?«, fragte Jules und rückte ein Stück beiseite, um für Yvonne Platz zu machen, die ebenfalls hinter dem Pfeiler Schutz suchte.

»Das liegt in den Händen des Kommandeurs der Gendarmerie mobile«, sagte Debré, wobei ihm nicht anzusehen war, ob ihm das passte oder nicht.

»Werden sie stürmen?«

Debré zuckte mit den Schultern. »Das ist noch nicht entschieden. Sie sondieren gerade noch das Terrain und arbeiten an der Risikobewertung.«

»Das heißt, es bleibt noch Zeit für Verhandlungen«, folgerte Jules und schlug vor: »Lassen Sie mich mit ihm reden.«

Debré wandte den Blick von der Fabrik ab und sah Jules staunend an. »Ausgerechnet Sie wollen Benoît zur Vernunft bringen? Haben Sie beide sich nicht erst neulich beinahe die Köpfe eingeschlagen?«

»Ich halte das auch für keine gute Idee«, meinte Yvonne.

»Aber ich«, beharrte Jules auf seinen Vorstoß. »Ich glaube, ich weiß inzwischen, wie er tickt. Wenn sich Benoît in die Ecke gedrängt fühlt, dreht er durch. Er kann mit dem Druck nicht umgehen.«

»Miese Voraussetzungen für einen Superbullen, der nebenbei dealt«, merkte Debré an. »Aber meinetwegen: Versuchen Sie Ihr Glück, Major, wenn der Kommandant einverstanden ist. Lassen Sie sich von ihm ein Megafon geben, halten Sie aber um Himmels willen Abstand, und bleiben Sie aus dem Schussfeld.«

»Ich komme mit!«, rief Yvonne und heftete sich an

Jules' Fersen. Gemeinsam gingen sie auf den schwarzen Transporter zu, von dem aus der Einsatz koordiniert wurde.

Es kostete Jules einiges an Überredungskunst, bis er auch den Einsatzleiter überzeugt hatte und ein Megafon ausgehändigt bekam.

»Sie haben fünf Minuten«, schärfte ihm der schwarz Uniformierte ein. »Danach stürmen wir.«

Sofort ging Jules wieder zum Tor und sprach ins Mikrofon des Schalltrichters: »Benoît! Ich bin es, Jules Gabin! Geben Sie mir ein Zeichen, wenn Sie mich verstehen!«

Zunächst passierte nichts. Jules suchte an dem Megafon nach einem Drehschalter, um es lauter zu stellen. Doch dann bemerkte er eine Bewegung am Fenster und erkannte Benoîts Silhouette. Ein Arm hob sich.

»Das Gelände ist umstellt!«, redete Jules auf ihn ein. »Sie haben keine Chance. Werfen Sie Ihre Waffe aus dem Fenster und verlassen Sie das Gebäude.«

»Nein!«, rief Benoît zurück. »Ich lasse mich nicht abknallen!«

»Niemand hat das vor«, versicherte Jules. »Werfen Sie die Pistole weg, und Ihnen wird nichts passieren. Sie kennen die Regeln.«

»Eben drum!«, brüllte Benoît aus dem Fenster. »Ich traue keinem von denen da unten.«

Jules überlegte, wie er weiter vorgehen sollte. Gab es etwas, womit er Benoîts Vertrauen gewinnen konnte?

Wieder hob er die Flüstertüte. »Vorschlag: Sie kommen runter bis an die Tür. Dort treffen wir uns, und Sie übergeben mir Ihre Dienstwaffe. Auf uns beide wird niemand schießen.«

Benoît ließ sich Zeit mit seiner Antwort. Dann rief er: »Einverstanden! Aber keine Tricks!«

Jules war erleichtert, dass Benoît auf seinen Vorschlag einging. Gleichzeitig wurde ihm warm, als er sich der Konsequenzen bewusst wurde. Er würde sich Benoît wehrlos ausliefern. Ob das wirklich eine so gute Idee war?

Er spürte einen Stoß an den Rippen. Yvonne presste ihm etwas Hartes, Kaltes dagegen. »Hier, nimm!«, sagte sie und sah ihn auffordernd an. Jules betrachtete die Pistole in ihrer Hand. »Habe ich mir vom Einsatzleiter geben lassen«, sagte sie. »Du kannst da nicht ungeschützt rausgehen, und unsere eigenen Waffen haben wir nicht dabei.«

Jules zögerte. Er war drauf und dran, die Handfeuerwaffe anzunehmen. Doch dann lehnte er ab. »Das würde Benoît nur misstrauisch machen.«

Yvonne zog die Pistole zurück. »Bist du sicher?«, fragte sie mit sorgenvoller Miene.

»Ja«, antwortete Jules knapp und atmete tief durch. Nun hieß es Kopf hoch und durch!

Noch einmal hielt er das Megafon an seinen Mund und rief: »Ich gehe jetzt los, Benoît, ich bin unbewaffnet. Machen Sie also keine Dummheiten!«

Jules gab das Megafon ab und wagte sich einen Schritt nach vorn. Dabei hielt er die Hände demonstrativ in die Höhe, um Benoît zu signalisieren, dass er nichts darin verborgen hielt. Es kam jetzt darauf an, diese Sache so schnell und reibungslos wie möglich hinter sich zu bringen und Benoît keinerlei Anlass zu Argwohn zu geben.

Langsam, aber auf direktem Weg ging er auf das

Bürohaus der Fabrik zu. Sobald er die ersten Meter zurückgelegt hatte, setzte sich auch Benoît in Bewegung. Hinter dem Fenster war er nun nicht mehr zu sehen, sodass Jules davon ausgehen konnte, alles würde nach Plan verlaufen.

Und wirklich erschien Benoît wenig später in der Eingangstür, deren hölzerner Rahmen längst vermodert war. Dabei hielt er sich allerdings so weit im Hintergrund, dass ihn die Schützen der Gendarmerie mobile nicht erreichen konnten.

Jules ging weiter auf sein Ziel zu. Der Weg über den mit Unkraut übersäten Vorplatz kam ihm unendlich lang vor. Je mehr er sich dem Verwaltungsbau näherte, desto stärker wurde das flaue Gefühl in seinem Magen. Alles in ihm sträubte sich dagegen, noch dichter heranzugehen, am liebsten wäre er weggelaufen. Sich duckend und Haken schlagend wie ein Hase. Aber das kam natürlich nicht infrage. Er musste das jetzt durchziehen, so viel stand fest.

Jetzt trennten ihn bloß noch ein paar Meter von Benoît – und von dessen Pistole, deren Lauf auf Jules' Brust gerichtet war.

»Nehmen Sie das Ding runter!«, rief Jules dem anderen zu. »So, wie es ausgemacht war.«

»Erst wenn Sie bei mir sind. Sie werden mein Schutzschild sein, Major.«

»So war das nicht verhandelt«, sagte Jules und erkannte mit Schrecken, wie nervös Benoît wirkte. »Wir haben besprochen, dass Sie sich stellen.«

»Keine Faxen jetzt!«, zischte Benoît. »Gehen Sie weiter. Schneller!«

»Ich will, dass Sie sich ergeben, Benoît«, sagte Jules,

so ruhig er konnte. »Das ist Ihre einzige Möglichkeit, lebend hier herauszukommen.«

»Nein, Major«, widersprach Benoît und wedelte mit seiner Pistole. »Ich wurde schon einmal reingelegt. Ein zweites Mal wird mir das nicht passieren. Deswegen brauche ich Sie, denn Sie werden mein Freifahrtschein nach draußen sein.«

Jules blieb dort stehen, wo er war. Von Benoît trennten ihn nur noch ein paar Schritte. »Was meinen Sie damit, man hätte Sie reingelegt?«

»Was glauben Sie denn? Der Stoff in meinen Sachen, das ist eine Finte. Da will mir jemand etwas anhängen!«

»Wenn Sie davon wussten, weshalb haben Sie es dann nicht umgehend gemeldet, sondern sind vor dem Capitaine und mir weggelaufen?«, fragte er.

Benoît ließ ein raues Lachen hören. »Weil diese Falle verdammt clever gelegt worden ist. Als Sie und Debré im *Pub d'Alsace* aufgekreuzt sind, wusste ich sofort, dass etwas nicht stimmte. Dass Sie hinter mir her waren und es verdammt ernst meinten. Bloß hatte ich zu diesem Zeitpunkt keinen Schimmer, weshalb, das habe ich erst später über den Fahndungsaufruf herausgefunden. Aber ich sage Ihnen: Das Zeug aus meinem Schreibtisch und dem Spint gehört mir nicht.«

Jules ging nun doch einen weiteren Schritt auf Benoît zu. »Das können Sie alles in der Gendarmerie zu Protokoll geben. Danach kann man Ihre Angaben überprüfen. Was jetzt zählt, ist, die Bedrohungslage zu beenden. Sie sind vom Fach und wissen, wie brisant die Situation gerade ist.«

»Nein, nein«, wehrte Benoît ab. »Ich vertraue niemandem hier. Ich muss sicherstellen, dass ich an die

Richtigen gerate. Wir werden jetzt zusammen diese Gegend verlassen. Weit genug entfernt von den korrupten *flics* in Colmar werde ich mich stellen und auspacken. Aber ganz bestimmt nicht hier und jetzt!«

Jules fuhr zusammen. »Mit anderen Worten: Sie wollen mich als Geisel nehmen.«

»Mir bleibt nichts anderes übrig.« Benoît trat von einem Fuß auf den anderen, hielt sich aber immer noch in der Deckung des Hauseingangs.

»Da mache ich nicht mit«, stellte Jules klar, der sich keinesfalls auf die Ungewissheiten einer Flucht an der Seite von Benoît einlassen wollte.

»Doch, das werden Sie!«, beharrte Benoît und lud seine Waffe durch.

Jules zuckte zurück. »Nein, ohne mich.«

Benoît streckte beide Arme aus, die Pistole fest in den Händen. »Zwingen Sie mich nicht dazu, dieses Ding einzusetzen.«

»Machen Sie sich nicht unglücklich!«, rief Jules beschwörend und wich unsicher zwei Schritte nach hinten.

»Bleiben Sie, wo Sie sind!«, schrie Benoît. »Ich meine es ernst!«

»Nein, tun Sie das nicht!« Jules' Herz machte einen Satz, als er die wilde Entschlossenheit im Blick seines Kollegen sah.

In diesem Moment krachte ein Schuss. Kurz, scharf, laut. Jules erschrak zutiefst. Hatte Benoît abgedrückt? Doch er spürte keinerlei Schmerz, offenbar hatte ihn das Projektil verfehlt.

Dann wurde ihm blitzschnell klar, dass jemand anderes geschossen – und getroffen – hatte. Benoîts Fingern entglitt die Waffe, er fasste sich an die Brust. Seine Augen wurden trüb. Langsam sank er in die Knie und fiel vornüber in den Staub.

Ehe Jules vollends begriffen hatte, was vor sich ging, hörte er Schritte hinter sich. Er wandte sich um und sah in das aufgewühlte Gesicht von Yvonne. Ihr rechter Arm baumelte schlaff an ihrer Seite, in der Hand hielt sie die Pistole, die Jules zuvor abgelehnt hatte.

»Ich konnte nicht anders«, stammelte sie, blickte auf den reglosen Körper und wurde totenblass. »Er hätte dich sonst erschossen.«

FÜNFUNDDREISSIG

»Das ist hart. Der böse Ausgang einer bösen Geschichte«, sagte Joanna, nachdem sie Jules angehört hatte. »Du hast Glück gehabt. Großes Glück sogar.«

»Und großen Hunger«, meinte Jules, der sich nun über den Inhalt des Picknickkorbs hermachte, der unangerührt in Joannas Wohnung stehen geblieben war.

Joanna beäugte ihn kritisch. »Ich kann das nicht so einfach wegstecken wie du. Das, was du getan hast, war unverantwortlich. Dich als Geisel anzubieten ...«

»Habe ich nie getan!«, unterbrach Jules. »Mir ging es lediglich darum, die Lage ohne Waffeneinsatz zu beenden.«

»Was definitiv nicht funktioniert hat«, konstatierte Joanna. »Dir ist schon klar, dass deine Kollegin dir das Leben gerettet hat?«

Jules' Antwort verriet seine Zweifel: »Vielleicht hätte ich Benoît doch noch überzeugen können.«

»Vielleicht wärst du jetzt aber auch tot!« Joanna schüttelte den Kopf. »Sieh es doch ein: Was du getan hast, war sträflich leichtsinnig. Der schiere Wahnsinn. Ich verstehe gar nicht, dass Capitaine Debré das überhaupt zugelassen hat.«

»Debré trifft keine Schuld«, stellte Jules klar. »Dieser Plan ist allein auf meinem Mist gewachsen, er und der

Kommandeur der mobilen Truppe hatten es mir freigestellt. Meine Entscheidung.«

»Was es nicht besser macht.« Sie funkelte ihn vorwurfsvoll an, bevor sie versöhnlich sagte: »Noch ist der Tag nicht ganz vorbei. Was hältst du davon, wenn wir ihn etwas harmonischer ausklingen lassen?«

»Nichts dagegen«, stimmte Jules zu. Nach all den Strapazen und der Dramatik wünschte er sich nichts sehnlicher als ein paar friedvolle Stunden.

Joanna warf einen Blick auf ihre Armbanduhr. »Dann komm, beeilen wir uns, sie fahren nur bis halb sieben.«

Jules sah sie fragend an. »Wer fährt?«

»Die Boote.« Sie zwinkerte ihm zu. »Lass dich überraschen!«

Von einer Brücke aus gelangten sie über eine schmale Treppe bis ans befestigte Ufer der Lauch. Dort lag ein flacher, hölzerner Kahn, auf dessen Bänken bereits einige Touristen Platz genommen hatten.

»Die Tour dauert eine gute halbe Stunde«, sagte Joanna und kaufte Tickets für sie beide. »Aus dieser Perspektive hast du Colmar noch nicht gesehen. Vor allem ist es total entspannend, in Ruhe über den Fluss zu schippern.«

Als sie einstiegen, schaukelte das Boot unter ihren Füßen. Joanna und Jules nahmen auf der hintersten Bank Platz. Kaum saßen sie, da legte der Kahn auch schon ab.

Joanna hatte nicht zu viel versprochen. Vom Boot aus konnten sie die pittoreske Pracht der Fachwerkbauten in Klein-Venedig bewundern, bekamen Einblick in winzige Gemüsegärten und entdeckten liebevoll dekorierte Hinterhöfe. Sie tauchten ins feuchte Dunkel unter Brücken ein, um sich gleich darauf umgeben von dichten Hecken wiederzufinden, inmitten von Bäumen, deren Kronen sich über ihren Köpfen schlossen. Immer wieder ließen sich flinke Begleiter ihrer Fahrt blicken: Fische, deren Mäuler und Rückenflossen durch die Wasseroberfläche stießen und so dicht herankamen, dass man sie mit etwas Glück hätte berühren können.

Es war wirklich ein gelungener Ausklang des Tages, fand Jules und blinzelte in die tief stehende Sonne. Die Stille auf dem seichten Gewässer und das friedvolle Plätschern wirkten Wunder. Jules freute sich schon darauf, sich nach der Bootsfahrt mit Joanna nach einem netten Lokal umzusehen, in dem sie zu Abend essen würden. Einige vielversprechende Wirtshäuser mit Tischen direkt an der Lauch hatte er vom Wasser aus schon erspäht.

Er fühlte sich zunehmend gelöst und versuchte ernsthaft, nicht länger an die Arbeit zu denken. Wenn da nicht diese ungelösten Fragen gewesen wären, die ihm seit den tödlichen Schüssen auf Benoît durch den Kopf gingen …

Joanna wusste seine versunkene Miene zu deuten. »Fast hätte ich geglaubt, dass du in deinen Gedanken bei mir bist«, sagte sie etwas enttäuscht.

»Bin ich doch.« Jules merkte selbst, wie wenig überzeugend das klang.

Joanna seufzte. »Lassen dich die Bilder vom Fabrikgelände nicht los? Der Einsatz war sicher verstörend, selbst für einen Profi wie dich, richtig?«

»Daran liegt's nicht«, entgegnete Jules und hielt seine Hand ins kühle Flusswasser. »Es ist bloß so, dass das Ganze einfach nicht schlüssig ist.«

»Nicht schlüssig?« Joanna runzelte die Stirn. »Benoît hat mit Drogen gedealt und hätte dich um ein Haar erschossen. Es gibt außerdem noch eine Zeugin, die ihn belastet. Was willst du denn mehr?«

»Zum Beispiel die Namen der Hintermänner. Wer zieht von Straßburg aus die Fäden, und wer ist sonst noch daran beteiligt? Benoît war mit Sicherheit nicht der Einzige mit Dreck am Stecken – wenn er denn überhaupt damit zu tun hatte.«

»Glaubst du etwa an das, was er dir weismachen wollte? Dass man ihn reingelegt hat und ihm die Drogengeschichte angehängt wurde?« Die Skepsis stand Joanna ins Gesicht geschrieben.

»Zumindest halte ich es nicht für ausgeschlossen.«

Der Kahn war zurück am Anleger, wo die kurzweilige Tour begonnen hatte. Jules half Joanna beim Aussteigen.

»Was willst du also tun?«, fragte sie ihn, während die anderen Fahrgäste an ihnen vorbeizogen.

Jules zuckte die Achseln. »Am liebsten mit dir essen gehen. Einen romantischen Abend verbringen.«

»Solange du mit deinem Kopf woanders bist, lege ich keinen Wert darauf«, sagte sie.

»Das kann ich verstehen«, meinte er. »Dann lass mich versuchen, mit dieser Sache ins Reine zu kommen. Es gibt da noch einen Ansatz, den ich verfolgen möchte.«

»Also mal wieder kein gemeinsames Essen«, stellte Joanna ernüchtert fest.

»Heute nicht«, bestätigte Jules. »Aber morgen. Und dann bin ich ganz bei dir. Versprochen!« Er lächelte sie gewinnend an.

Doch Joanna erwiderte sein Lächeln diesmal nicht. »Deine Versprechen kenne ich inzwischen«, sagte sie und wandte sich ab. »Pass auf, dass dieser Fall für dich nicht zur Manie wird.«

Das wird er nicht, dachte Jules, während er ihr nachsah. Denn während der Bootsfahrt war er nicht nur ruhiger und besonnener geworden, auch seine Gedanken hatten sich geordnet. Daher wusste er nun, wie er weiter verfahren musste. Zunächst würde er jemandem einen unangekündigten Besuch abstatten.

SECHSUNDDREISSIG

Wie ihm bekannt war, lag ihre Wohnung am Champs de Mars, einer schönen Parkanlage, deren Wiesen zum Verschnaufen einluden. Sie wohnte im zweiten Stock eines vermutlich Ende des 19. Jahrhunderts errichteten Hauses. Im Parterre befand sich eine Apotheke, die um diese Zeit schon geschlossen hatte. Da die Haustür nur angelehnt war, gelangte Jules bis vor die Wohnungstür. Er klingelte.

»Du?« Yvonne sah ihn überrascht an. Sie wirkte mitgenommen, die Strapazen waren ihr deutlich anzusehen.

»Ich wollte mich nur erkundigen, wie es dir geht«, sagte Jules und betrat die Wohnung. Er sah locker verteiltes Mobiliar, hübsche Bilder und einige Pflanzen. Eine helle, freundliche Wohnung, in der es angenehm nach Tee und Parfüm duftete. Überlagert wurde das Aroma allerdings durch den Schweißgeruch, der von Yvonne ausging. Das verriet Jules genug über den Zustand, in dem sich Yvonne befand.

»Wie soll es mir schon gehen? Nicht sonderlich gut«, antwortete sie auf Jules' Frage und führte ihn ins Wohnzimmer. Vom Fenster aus hatte man einen wundervollen Blick auf den Park. »Aber das ist wohl normal nach einer solchen Erfahrung.«

»Holst du dir psychologische Hilfe?«, erkundigte sich Jules.

»Der Capitaine hat mir dazu geraten«, sagte Yvonne und fuhr sich mit der Hand durchs Haar. »Aber erst einmal muss ich die bürokratischen Hürden überwinden: Natürlich wird es eine Befragung geben, ich werde mich *en détail* erklären müssen.«

»Da rettet man einem das Leben und darf sich zum Dank dafür rechtfertigen.«

»So sind die Regeln nun einmal«, sagt Yvonne. »Das gehört zu unserem Job eben dazu.« Sie zeigte auf ein Sofa mit geblümten Kissen. »Magst du dich setzen? Kann ich dir etwas zu trinken anbieten?«

»Sehr gern«, antwortete Jules. »Ich müsste mir nur kurz die Hände waschen. Wo ist denn die Toilette?«

»Den Gang entlang, dann die letzte Tür rechts.«

»Danke.«

Jules verließ den Wohnraum und zog die Tür hinter sich zu. Er ging durch den Flur, jedoch nicht bis zum Bad, sondern nur bis zu einer Tür in der Mitte des Gangs, an der sie gerade schon vorbeigekommen waren. Ihm war aufgefallen, dass sie einen Spalt offen stand. Nun stieß Jules sie ganz auf und betrat Yvonnes Schlafzimmer.

Was er sah, wunderte ihn nicht. Es machte ihn bloß traurig. Gern hätte er sich mit dem Verdacht, der in ihm während der Bootsfahrt aufgekeimt war, getäuscht.

Hinter ihm räusperte sich jemand.

Ohne sich umzusehen, fragte Jules: »Willst du verreisen?« Vor ihm auf dem Bett lag ein geöffneter Koffer, überall im Zimmer waren Sachen verstreut. Hier hatte es jemand sehr eilig zu packen.

Keine Antwort. Die Wohnung war nun von einem unheilvollen Schweigen erfüllt.

Nach langen Sekunden der Stille hörte er wieder Yvonnes Stimme hinter sich: »Du hättest nicht herkommen sollen.« Yvonne trat vor ihn und durchquerte mit entschlossenem Blick das Zimmer. Ihr leidender Gesichtsausdruck war vollständig verschwunden. In der rechten Hand hielt sie ihre Dienstwaffe, deren Mündung auf Jules gerichtet war.

Für einige Momente sahen sich beide unschlüssig an, als wäre der Ausgang dieser Begegnung völlig offen. Dann machte Yvonne ein paar schlendernde Schritte auf Jules zu. Sie wirkte nun selbstsicher, so, als wäre sie in jeder Beziehung Herrin der Lage.

»Du lässt so leicht nicht locker, wie?«, fragte sie ihn.

»Ich höre erst auf, wenn der Fall zu Ende ist.«

»Und jetzt ist der Fall zu Ende?«

Jules musterte sie und sagte: »Ja.«

»Ja ... Du bringst deine Fälle wohl immer zu Ende.«

»Das tue ich, selbst wenn es mich den Kopf kostet.«

Sie sah ihn mit großen Augen an. »Hat es dich denn schon mal den Kopf gekostet?«

»Bisher nicht. Dafür aber den von Natascha Smirnowa und von Benoît.«

Yvonne reagierte verärgert. »Natascha war naiv. Sie hatte es nicht besser verdient.«

»So? Dann hattest du also eine Versagerin engagiert. Natascha hat doch für dich gearbeitet, oder? Sie war einer deiner Dealer.«

»Warum bist du so direkt, so ungemütlich?« Sie tat, als wäre die Pistole in ihrer Hand ein Spielzeug, während sie um ihn herumtänzelte, als könnte ihr nichts passieren.

»Wenn jemand eine Pistole auf mich richtet, werde ich

immer ungemütlich«, sagte Jules im Bemühen darum, seine Nervosität zu unterdrücken und ganz ruhig zu bleiben.

»Die Pistole? Beachte sie einfach nicht, und rede weiter.«

»Was soll ich sagen? Dass du auch Michelle auf dem Gewissen hast? Oder beinahe gehabt hättest?«

»Sie war ein Kollateralschaden. Möglicherweise habe ich auch überreagiert.«

»Hat sie dich erkannt, als du mit dem Messer auf sie losgegangen bist?«

»Vielleicht, vielleicht auch nicht. Wie auch immer: Am Ende war sie sich nicht zu schade dafür, das Geld anzunehmen, das das Syndikat ihr angeboten hat.«

Jules begriff: »Ach, deswegen hatte sie sich umentschieden und wollte nicht mehr mit mir sprechen. Hat Michelle sich auch dafür bezahlen lassen, Benoît zu belasten und gegen ihn auszusagen?«

»Michelle hat nie einen Hehl daraus gemacht, dass sie käuflich ist.«

»Dann hättest du ja nicht zum Messer greifen müssen«, sagte Jules und sah sie scharf an.

Yvonne schien das nicht sonderlich zu belasten. »Ich sagte es doch schon: Da habe ich wohl überreagiert.«

Jules nickte. »Ich frage mich nur: Warum das alles? Ausgerechnet die junge, smarte Ermittlerin Yvonne, die mit Sicherheit eine erfolgreiche Karriere bei der Gendarmerie vor sich gehabt hätte, gibt sich mit Drogenhandel ab und wird zur Mörderin. Diese bittere Wahrheit wird nicht nur Capitaine Debré erschüttern, der so viel von dir hält.«

»Vorausgesetzt, er erfährt davon.«

»Um das zu verhindern, bleibt dir nur übrig, mich zu erschießen.«

»Was natürlich ein schwerer Entschluss ist, meinst du?«, sagte sie süffisant. »Tja, aber sag mir noch eines: Wie bist du dahintergekommen?«

»Dass du für das Drogensyndikat arbeitest?«

»Zwei Jahre lang ist es keinem einzigen Menschen aufgefallen, obwohl sich viele Leute damit befasst haben. Intelligente Leute sogar, wie zum Beispiel Benoît. Ich weiß, du mochtest ihn nicht, aber er hatte den richtigen Riecher. Trotzdem konnte ich ihn immer wieder austricksen und auf falsche Fährten führen.«

»Ach, weißt du: Mit Intelligenz hatte das gar nicht mal so viel zu tun, eher mit Glück. Ich hatte das Glück, dabei zu sein, als dir ein paar Fehler unterliefen.«

Sie zog die Brauen nach oben. »Ach? Was sollen denn das für Fehler gewesen sein?«

»Gleich zu Beginn habe ich das erste Mal gestutzt: Als ich an meinem ersten Tag mit Debré zum Tatort gefahren war, kamen wir darauf, dass das Kissen die Mordwaffe gewesen sein musste. Zunächst wussten nur Debré und ich davon, in der Gendarmerie hast aber dann auch du über das Kissen gesprochen, obwohl du eigentlich nichts davon wissen konntest – es sei denn, du wärst selbst schon einmal am Tatort gewesen. Bewusst geworden ist mir dieser Fauxpas allerdings erst viel später.«

»Sehr gescheit von Ihnen, Major Gabin. Und was für weitere Fehler habe ich begangen?«

Jules spürte, dass er Yvonne auf diese Weise aus der Reserve locken konnte. Also machte er weiter: »Als ich aus Straßburg in der Gendarmerie anrief, um meine

Verabredung mit Michelle anzukündigen, warst du am Telefon. Niemand sonst wusste davon, dass ich sie in der Markthalle treffen wollte. Also musst du es gewesen sein, die Michelle mit dem Messer überfallen hat. Zugegeben: Auch das ist mir erst später klar geworden, denn mit deiner Bemerkung, dass auch Capitaine Debré mitgehört habe, hast du geschickt von dir abgelenkt.«

»Sprich nur weiter.«

»Mit dem Wissen über die Auftraggeber in Marseille, die Kontaktleute in Straßburg und das Bindeglied in Colmar ist mir nun klar, dass das Syndikat mit dir die perfekte Besetzung gefunden hatte. Niemand hätte ernsthaft damit gerechnet, dass du diejenige bist, vor der Natascha meinen Onkel Eric warnen wollte. Es war hervorragend eingefädelt: Die Fäden liefen bei derjenigen zusammen, die gleichzeitig dem Ermittlungsteam angehörte und über alle neuen Erkenntnisse aus erster Hand informiert wurde. Denn nur so konnte unser Täter beziehungsweise unsere Täterin über alles im Bilde sein, was die Polizei gerade in Erfahrung brachte. Die Bestätigung meines Verdachts hast du spätestens während unserer Plauderei auf der Parkbank geliefert, als du mich auf die Spur eines Straßburger Staatsanwalts lenken wolltest. Du wusstest genau, dass Joanna mit Victor befreundet ist und ich nach deinen Andeutungen gleich an ihn denken würde. Damit wolltest du von dir selbst ablenken. Aber hast du ernsthaft erwartet, ich würde diese Kröte schlucken?«

Yvonnes aufgesetzte Lockerheit wirkte nun nicht mehr ganz so überzeugend. »Vielen Dank, das genügt«, sagte sie, und der harte Zug um die Lippen kehrte zurück. »Jetzt kannst du aufhören zu reden. Fehlt nur noch, dass du mir auch die Entführung deines Onkels anlastest.«

»Nein, das haben andere für dich übernommen. Ich nehme an, es war eine Art Schadensbegrenzung des Syndikats. Nachdem du mit dem Mord an der Smirnowa wahrscheinlich übers Ziel hinausgeschossen bist und dadurch die Organisation gefährdet hast, wollte man vermeiden, dass du bei Eric die gleichen Methoden anwendest.«

»Du hältst mich ja für ziemlich rabiat«, stellte sie fest und musterte Jules kühl. »Deiner Theorie zufolge muss ich dich also umbringen, wenn ich verhindern will, dass du mich den Kollegen übergibst.«

»Ich wüsste keinen anderen Weg. Ausgenommen, du stellst dich selbst.«

»Du weißt keinen anderen Weg? Wirklich nicht?« Etwas Verletzliches lag jetzt in ihrem Blick. »Jules, meine Sympathie für dich war nicht nur gespielt. Es ist mir ernst damit. Ich mag dich, sehr sogar.«

Jules wusste nicht, was er von diesem raschen Umschwung der Stimmung halten sollte. »Schmeichelhaft«, sagte er vorsichtig. »Aber dieses Geständnis ist jetzt wohl fehl am Platz.«

»Ich will dir gar nicht schmeicheln.«

»Sondern?«

»Ich will, dass du selbst deinen Nutzen aus dem Ganzen ziehst. So viele Menschen, die ich kenne, achten bloß auf den eigenen Vorteil. Warum nicht auch du?«

Jules ging nicht darauf ein. »Du hast zwei Morde, einen Mordversuch und jede Menge Drogendelikte auf dem Gewissen. Mindestens drei gute Gründe dafür, um dich festzunehmen.«

Yvonne versuchte es weiter: »Wenn es dir ums Geld geht, daran soll es auch nicht scheitern.«

»Kein Zweifel, nachdem du mindestens zwei Jahre mit Drogen gedealt hast.«

»Die Drogen waren immer Fluch und Segen zugleich. Und ich mag nicht mehr, Jules, ich will Schluss machen damit.« Sie ließ die Pistole sinken, aber nur so weit, dass sie sie jederzeit wieder hochreißen konnte. »Ich will weg von hier, irgendwohin, möglichst weit weg. Alles hinter mir lassen. Aber ich möchte nicht allein gehen.«

Jules zweifelte zunehmend an ihrem Verstand. »Das meinst du nicht ernst, oder?«

»O doch! Ich mache keine Scherze. Nicht in solchen Dingen und nicht in einem solchen Moment.«

Jules betrachtete sie forschend, weil er nicht wusste, auf was sie abzielte. Spielte sie mit ihm Katz und Maus? Oder war es wahr, was sie behauptete? »Glaubst du denn, du könntest mir trauen, und ich könnte dir trauen?«, fragte er.

»Warum nicht? Vorausgesetzt, wir sehen uns beide als das, was wir sind.«

Jules konnte nicht anders, als zu lachen. »Kriminelle, die sich zusammentun? Ich halte mich aber nicht für einen Verbrecher und will auch keiner werden.«

»Halte es, wie du willst. Ich weiß, was ich will, und du solltest dir auch darüber klar werden. Mag sein, dass du mich nicht liebst. Aber du findest mich anziehend, oder etwa nicht?«

»Ich bin ja nicht aus Holz.«

Diese Antwort schien ihr zu gefallen. »Es wird nicht lange dauern, bis ich dir deine komischen Vorstellungen über Recht und Gerechtigkeit ausgeredet habe. Betrachte es doch einmal von der anderen Seite: Wie viele Menschen brauchen Rauschgift? Brauchen es wirklich verzweifelt und können es sich nicht auf legalem Weg beschaffen? Jemand muss es ihnen doch liefern.«

»Das soll die Morde entschuldigen?«

»Nataschas Leben hatte nicht den geringsten Wert. Sie hat die Hände aufgehalten und unser Geld genommen, trotzdem wollte sie mich verpfeifen.«

»Du meinst, das wäre Rechtfertigung genug?«

Yvonne antwortete nicht. Stattdessen sagte sie mit leiser Stimme: »Lass mich dir noch etwas sagen: Anton, mein verstorbener Mann – er brauchte Heroin. Kam nicht mehr ohne aus.«

Das war es also! Jules hatte endlich das verborgene Motiv gefunden. »Ich hätte mir denken können, dass es kein Flugzeugabsturz war, der ihn das Leben gekostet hat.«

»Absturz? Nein. Anton war ein guter und sicherer Pilot. Aber als sie ihn wegen seiner Abhängigkeit nicht mehr ins Cockpit ließen …«

Jules erschloss sich nun die ganze Dimension dieses Dramas. »Du willst behaupten, du bist für deinen toten Mann ins Drogengeschäft eingestiegen? Wie konntest du nur?«

»So ist es aber!«

»Eine seltsame Logik. Eigentlich hättest du nach dem Verlust deines Mannes das genaue Gegenteil tun sollen, nämlich Drogen verbannen und gegen diejenigen ankämpfen, die damit handeln.«

»Ach, Jules.« Mitleidig blickte sie ihn an. »Wer hätte denn etwas davon? Das Kartell ist wie eine Hydra. Wenn man einen Kopf abschlägt, wachsen zwei andere nach. Sei doch nicht so naiv zu glauben, die Fahnder hätten auch nur die geringste Chance.«

Jules schüttelte den Kopf. »Na, vielleicht kannst du vor Gericht auf Unzurechnungsfähigkeit plädieren. Du hast deinen Anton ans Heroin verloren und spielst ausgerechnet denjenigen in die Hände, die mitschuldig sind an seinem Tod – jeder Richter wird an deinem Geisteszustand zweifeln.«

Ihre Augen funkelten. »Das siehst du völlig falsch! Anton hat Selbstmord begangen, weil er nicht mehr fliegen durfte. Ein Leben auf dem Boden, das war für ihn unvorstellbar. Wäre der Stoff für ihn frei zugänglich gewesen und hätte er seinen Beruf weiter ausüben können, wäre alles gut gewesen.«

»Ein Kampfpilot auf Drogen? Das ist doch völlig verrückt, Yvonne!«

Sie wandte sich für einen Moment ab und sammelte sich, bevor sie mit bebender Stimme fortfuhr: »Überleg es dir, Jules. Noch ist es nicht zu spät.«

»Es gibt nichts zu überlegen. Entweder du drückst ab, oder ich verhafte dich und nehme dich mit auf die Gendarmerie.«

»Okay, dann eben nicht.«

Jetzt meinte er es im Glanz ihrer Augen zu erkennen: Sie war tatsächlich weit entfernt von geistiger Zurechnungsfähigkeit. Sie hatte den Tod ihres Mannes – wahrscheinlich die erste und einzige Liebe ihres Lebens – nicht verwunden und war innerlich daran zerbrochen.

Einen Moment lang blickte sie beiseite, ließ ihn aus

den Augen, und in dieser Sekunde packte er sie. Fest wie ein Schraubstock schloss er seine Finger um ihr Handgelenk. Sie stieß einen spitzen Schrei aus, hielt die Pistole aber weiterhin umklammert. Jules drückte noch stärker zu, versuchte ihr die Waffe aus der Hand zu schütteln.

Doch das gelang ihm nicht. Yvonne hatte den Schreck schnell überwunden, war wieder ganz bei der Sache. Ihr Kampftraining kam ihr zugute. Sie setzte Knie und Ellenbogen ein, um sich zu befreien. Aber auch Jules war kampferprobt. Er wusste sich zu schützen und hielt sie unerbittlich fest.

Sie rangen um ihr Leben. Beiden war bewusst: Wer die Pistole zu fassen bekam, hatte den Kampf für sich entschieden.

Plötzlich knallte es. Ohrenbetäubend laut. Jules sah, dass eine Vase zu Bruch gegangen war. Dahinter hatte das Projektil Putz aus der Wand geschlagen.

»Lass sie fallen!«, schrie er.

Doch Yvonne gab noch immer nicht auf. Zäh rang sie um die Pistole. Mit ihrer freien Hand schlug sie auf Jules ein, versuchte sich ihm zu entwinden. Mit dem Hacken ihres Schuhs trat sie Jules auf den Fuß.

Trotz des heftigen Schmerzes ließ er nicht locker, mit aller Kraft drückte er zu. Er spürte die Sehnen und Knochen ihres schmalen Gelenks. Es fehlte nicht viel, und er würde es ihr brechen.

»Lass los!«, zischte er Yvonne ins Ohr.

Mit einem dumpfen Poltern fiel die Pistole auf den Boden. Jules verpasste ihr einen Tritt mit der Fußspitze und beförderte sie außer Reichweite. Gleichzeitig spürte er, wie Yvonnes Körperspannung nachließ.

Sie hatte den Kampf aufgegeben.

EPILOG

»Ich glaube, ich bin dir etwas schuldig«, sagte Eric, kaum dass Jules neben ihm im Fond des großen Citroën Platz genommen hatte. Auch Joanna war mit von der Partie, sie saß auf Erics anderer Seite.

Jules machte es sich bequem, was ihm nicht schwerfiel. Die Ledersitze waren glatt und angenehm straff. Vor ihnen verriet eine gut sortierte Minibar, dass der Besitzer dieses Wagens über einen erlesenen Geschmack verfügte.

»Darf ich euch etwas anbieten?«, erkundigte sich Eric und gab dem Chauffeur einen Wink, dass er losfahren könne. Neben dem Mann am Steuer saß ein Aufpasser der CRS. »Ich habe sogar etwas Typisches aus der Region im Sortiment: *Crémant d'Alsace*. Ein vorzüglicher Schaumwein.«

Joanna stimmte zu, und auch Jules ließ sich einen Champagnerkelch reichen.

»*À votre santé*!« Eric ließ die Gläser klirren, während die Limousine nahezu geräuschlos über die schmalen Straßen zwischen den Weinbergen rollte. »Wie gesagt: Ich bin dir etwas schuldig, Jules«, setzte Eric fort. »Du hast alles darangesetzt, mich aus den Händen der Entführer zu befreien. Auch wenn ich mich über deren Behandlung nicht beklagen konnte und – zugegeben – die unfreiwillige Auszeit durchaus ein wenig genossen habe, hätte es am Ende böse ausgehen können. Ich bin dir daher sehr dankbar. Deswegen habe ich euch zwei heute eingeladen. Dies ist mein letzter Abend im Elsass, morgen früh geht es zurück nach Paris. Ich möchte meinen Abschied mit euch gemeinsam feiern. Lasst euch also überraschen.«

Jules sah aus dem Fenster, sie fuhren über Land. Wahrscheinlich waren sie unterwegs in eines der Örtchen entlang der Weinstraße. Zu einem Winzerbetrieb vielleicht, wo Eric sie zu einer Degustation einladen würde. Oder zu einem der hoch gepriesenen Feinschmeckerlokale, von denen es in der Gegend viele gab.

»Gibt es eigentlich Neues über Yvonne zu berichten?«, fragte Eric und schenkte sich und den beiden anderen nach. »Ihre Festnahme liegt inzwischen ja mehr als eine Woche zurück.«

»Sie sitzt in Straßburg in Untersuchungshaft«, erzählte Joanna. »Bis Anklage gegen sie erhoben wird, kann es eine Weile dauern. Wie ich von den Kollegen gehört habe, wird sie womöglich auf einen Deal eingehen: Die Staatsanwaltschaft ist überaus interessiert daran, die Namen ihrer Komplizen zu erfahren, darunter auch die Ihrer Entführer, Eric. Die Auftraggeber aus Marseille würde man natürlich ebenfalls gern überführen, doch dafür war Yvonne wahrscheinlich ein zu kleines Licht.«

»Man kann nie wissen«, meinte Jules. »Viel Handlungsspielraum wird der Richter aber ohnehin nicht haben. Zwei Morde und ein Mordversuch lassen sich nicht zu einer Bagatelle herunterstufen. Man kann ihr also nur wenig entgegenkommen.«

Der Citroën fuhr nun durch bekanntes Terrain. In

dieser Gegend hatte Jules während seiner Rebenheimer Zeit oft zu tun gehabt. Mit einem Anflug von Wehmut dachte er an diese wenigen Jahre zurück und sehnte sich nach der Kleinstadtidylle, den Boule-Freunden und der mütterlichen Wirtin Clotilde.

»Ob es gelingen wird, das Komplott restlos aufzudecken, das wage ich zu bezweifeln«, sagte Jules.

»Wenn, dann dank deiner Leistung«, bemerkte Eric. »Nur durch deinen Scharfsinn konnte Yvonne zur Strecke gebracht werden. Ich finde, das schreit nach Beförderung.«

»Oder nach Degradierung«, sagte Joanna mit einem Augenzwinkern, doch ihre Worte klangen durchaus ernst gemeint. »Durch deine Eigenmächtigkeiten und dein Handeln ohne Netz und doppelten Boden riskierst du immer wieder den Hals, Jules.«

»Wer nicht wagt, der nicht gewinnt«, sprang Eric ihm bei. »Ich bin mächtig stolz auf das, was mein Jules so alles leistet.« Er wuschelte Jules durchs Haar, als wäre er noch ein kleiner Junge.

Hinter der nächsten Kurve tauchte die malerische Stadtmauer Rebenheims auf, überragt von den spitzgiebeligen Dächern der Altstadt. Ihr Ziel musste also ganz in der Nähe seiner alten Wirkungsstätte sein, ahnte Jules.

»Was wirst du tun, wenn du wieder in Paris bist?«, wollte er von Eric wissen.

Dieser ließ sich Zeit mit der Antwort. »Es ruhiger angehen lassen«, sagte er schließlich. »Weißt du, Jules, die vergangenen Tage haben mir die Augen geöffnet. Ich habe erkannt, wie schnell sich das Leben verändern kann – und wie schnell es vorbei sein kann. Dass ich noch einmal mit heiler Haut davongekommen bin, betrachte ich als eine große Gnade. Ich will mich nun ganz ins Private zurückziehen und die letzten verbleibenden Jahre in vollen Zügen genießen. Vielleicht in Paris, vielleicht aber auch in der Heimat: In Royan könnte ich mit deinem Vater einen draufmachen, ganz wie in alten Zeiten.«

Der Wagen passierte den Ortseingang von Rebenheim. Was sollte das? Jules hatte keine Vorstellung, wo genau diese Fahrt ins Blaue enden sollte. Über ein Sternelokal verfügte Rebenheim seines Wissens nicht.

Über die Hauptstraße und den zentralen Place Turenne gelangten sie bis zur *Brasserie Georges*. Zu Jules' großer Verwunderung blieb der Citroën dort stehen.

Jules sah Eric fragend an. »Was machen wir hier?«

Eric grinste ihn breit an. »Habe ich doch gesagt: feiern!« Der Chauffeur öffnete ihnen die Tür. »Feiern unter Freunden!«

Über ihnen funkelte der Sternenhimmel, als sie die Stufen auf die Terrasse des Lokals erklommen, aus dessen bodentiefen Fenstern einladend warmes Licht nach außen fiel. Jules griff nach Joannas Hand, während sie Eric in die Brasserie folgten.

Dort wurden sie bereits erwartet: Die Boule-Runde, Jules' Radsportfreunde und die früheren Kollegen aus der Gendarmerie standen Spalier. Dahinter konnte Jules ein Büfett erahnen, mit allem, was das Elsass kulinarisch aufzubieten hatte. Clotilde hatte wohl ihren Part dazu beigesteuert, denn die Wirtin der *Auberge de la Cigogne* stand mit stolzgeschwellter Brust daneben.

Wer das alles eingefädelt hatte, wurde Jules spätestens in dem Moment klar, als Lino sich aus der Gruppe löste und auf Eric zustürzte. Die beiden alten Männer fielen sich in die Arme und drückten sich innig.

Jules spürte, wie ihm das Herz aufging. Er wandte sich Joanna zu, deren Augen ebenfalls feucht wurden.

»Ich bin ja kein sentimentaler Mensch«, raunte sie ihm zu. »Aber das hier rührt mich echt zu Tränen.«

Jules gab ihr einen Kuss.

Maison d'arrêt de Strasbourg. Eine graue Betonburg, abstoßend und hässlich. Eine weit sichtbare Ermahnung, nicht vom rechten Pfad abzuweichen.

Die Strafvollzugsanstalt war mit über siebenhundert Inhaftierten stark überbelegt. Allein in den letzten zwei Monaten gab es mehr als fünfzig Neuzugänge zu verzeichnen. Um alle Strafgefangenen unterbringen zu können, waren die acht Quadratmeter kleinen Einzelzellen durch das Aufstellen von Doppelstockbetten zu Zweierzellen umfunktioniert worden. So blieb jedem und jeder Gefangenen eine Fläche von nur vier Quadratmetern einschließlich Toilette. An Privatsphäre war nicht zu denken. Die Fenster waren doppelt vergittert, der fehlende Ausblick ließ die Zelle noch kleiner wirken und erzeugte eine zusätzliche psychische Belastung. Diese Unterbringung führte zum Ansteigen der Aggressionen. Gewalttätige Auseinandersetzungen häuften sich. Oftmals griffen die Wachen nicht ein.

In den letzten Wochen war es wiederholt zu spontanen Protesten gekommen. Während des Freigangs oder bei der Essensausgabe in der Kantine schlossen sich Inhaftierte zusammen und verkündeten lautstark ihren Unmut. Die Gefängnisleitung fürchtete eine

Revolte und unterband derartiges Aufbegehren durch strenge Sanktionen und Strafmaßnahmen. Das schürte die Unzufriedenheit noch weiter, die Stimmungslage wurde von Tag zu Tag schlechter.

Es rumorte nicht nur im Männertrakt, sondern auch unter den weiblichen Strafgefangenen. Am Vormittag des 15. Juni kam es erneut zu einer Zusammenrottung. Mehrere Frauen machten ihrer Wut auf dem Freigelände Luft, indem sie Sportgeräte beschädigten und die Wachen anpöbelten. Die Lage eskalierte und mündete in einer Prügelei. Zwischen Insassinnen und Wärterinnen, aber auch zwischen den Gefangenen selbst.

Der Aufstand forderte mehrere Verletzte und ein Todesopfer. Wie der Gefängnisarzt später feststellte, war auf Untersuchungshäftling Yvonne Bélanger mehrfach mit einem spitzen Gegenstand eingestochen worden. Sie starb noch auf dem Weg in die Krankenstation.

Von wem die tödliche Attacke ausgegangen war, ließ sich nicht feststellen.

COLMAR ERKUNDEN MIT MAJOR JULES GABIN

Hätten Sie Lust auf eine Kahnfahrt auf der Lauch wie Jules und Joanna im Roman? Der Ableger befindet sich in Sichtweite der Brücke Saint Pierre vor dem Restaurant *Le Caveau Saint-Pierre* und ist von der Rue de la Herse oder dem Boulevard Saint-Pierre aus zugänglich. An Bord eines Boots führt die Tour mitten durch Colmar, an bezaubernden Orten vorüber. Man bestaunt bunte Fachwerkhäuser und genießt die Idylle des Bezirks der Gemüsegärtner, wo eine vielfältige Vegetation zu bestaunen ist. Kartenverkauf auf den Booten selbst oder beim Tourismusbüro. Auf einen Kahn passen sieben bis neun Personen, die Fahrtzeit beträgt dreißig Minuten.

Für Familien mit Kindern sind Fahrten in der »Bimmelbahn«, dem *Petit Train*, eine schöne Alternative, um die Stadt zu erkunden. Es gibt mehrere Anbieter, Anne Ludmann und ihr Team stehen seit mehr als fünfundzwanzig Jahren für ihre Kunden bereit. Bei der in vierzehn Sprachen kommentierten Tour entdeckt man den ganzen Charme Colmars. Die Fahrt beginnt in der Innenstadt, in der Straße Rue Kléber neben dem Unterlinden-Museum. Glanzstück des Museums ist der Isenheimer Altar (*Retable d'Issenheim*), für viele Kunstbeflissene *der* Anziehungspunkt Colmars. Zurzeit wird er restauriert, ist aber weiterhin zu besichtigen; man kann bei den Restaurierungsarbeiten zuschauen. Bis Ende 2020 soll die Restaurierung abgeschlossen sein. Die Bimmelbahnfahrt führt durch die Kopfstraße (*Rue des Têtes*), benannt nach dem Kopfhaus (*Maison des Têtes*) von 1609. Weiter geht es durch die Straße der Kaufleute (*Rue des Marchands*), vorbei am Bartholdi-Museum. Dann zuckelt man entlang der Stiftskirche St. Martin bis zum Pfister-Haus (*Maison Pfister*), das 1537 von einem Schuhmacher namens Scherer aus Besançon errichtet wurde. Nachdem man am ehemaligen Zollamt (*Koïfhus*) vorbeigekommen ist und das Gerberviertel (*Quartier des Tanneurs*) passiert hat, kann man den Blick auf Klein-Venedig (*Petite Venise*) mit seinen alten Fachwerkhäusern genießen. Die rund dreißigminütige Tour endet wieder in der Rue Kléber.

Um Colmars Vorzüge so richtig schätzen zu können, sollte man auch die kulinarische Seite kennenlernen. Unbedingt probiert werden müssen natürlich die typisch Elsässer Flammkuchen und das Rösti – beides wird in den meisten Restaurants in Colmar angeboten. Zu empfehlen ist das Restaurant *Caveau Saint Jean* in der Rue Saint Jean, ein typisch elsässisches Gasthaus, ebenso wie das *L'Amandine* an der Place de la Cathédrale. Da Flammkuchen besonders gefragt sind, bieten einige Restaurants inzwischen *tarte flambée à volonté* an, frei übersetzt: »Flammkuchen all-you-can-eat«. Ein gutes Preis-Leistungs-Verhältnis dürfen Gäste im *Le Flamm's* in der Rue des Serruriers erwarten.

Wenn Untersuchungsrichterin Joanna Laffargue der Sinn nach Süßem steht, genießt sie Crêpes im *Majessthé* in der Rue des Marchands. Und Jules Gabin kehrt nach Feierabend gern auf ein Bier in einem der Pubs und Sportcafés an der Ecke Rue des Écoles/Rue Saint Jean ein.

Noch ein Tipp für Naschkatzen: Die *Patisserie Gilg* in der Nähe des Schwendi-Brunnens verkauft französische und elsässische Süßspeisen. Vor allem die Auswahl an *macarons* ist unübertroffen: Man hat die Qual der Wahl zwischen den Geschmacksrichtungen Heidelbeere, Erdbeere, Himbeere, Vanille, Schoko, Mango, Erdnuss und und und …

Bon appétit!

MERCI

Merci für die große Hilfe, die mir bei der Erstellung dieses Buchs zuteilwurde: Vielen Dank an Marie-Anne Tan dafür, dass sie mich mit dem Elsass vertraut gemacht hat. Dr. Uwe Meier für seine schonungslose Kritik, aber auch für die vielen unkonventionellen Ideen, die dem Buch gutgetan haben. Oliver Grill für seine Tipps zur Polizeiarbeit. Sabine Gräwe und Werner Hellwig fürs genaue Hinsehen, vor allem bei den französischen Einsprengseln, sowie Karsten und Christiane Naumann für die medizinische Beratung. Und natürlich an meine Frau Susanna und die ganze Familie!

Für die vertrauensvolle und wieder sehr ergiebige Zusammenarbeit danke ich meiner Lektorin Uta Rupprecht und Regine Schmitt vom Piper Verlag.

Mord am Canal du Midi – Der erste Fall für den Kommissar mit dem Hausboot

* Cover- und Preisänderungen vorbehalten

Jules Besson
Die Toten von Carcassonne
Monsieur Keller ermittelt

Piper Taschenbuch, 320 Seiten
€ 10,00 [D], € 10,30 [A]*
ISBN 978-3-492-31637-8

Konrad Keller, pensionierter Hauptkommissar aus Bayern, hat nach dem Tod seiner geliebten Frau seinen Lebensmittelpunkt nach Frankreich verlegt. Dort ist er mit seinem Hausboot auf den Flüssen und Kanälen unterwegs. Seine Fahrt über den Canal du Midi führt ihn nach Carcassonne. Doch die entspannte Urlaubsstimmung wird jäh durch einen brutalen Mord gestört. Die örtliche Polizei hat schnell einen Verdächtigen, von dem der erfahrene Kommissar jedoch ahnt, dass er nicht der Täter ist.

PIPER

Leseproben, E-Books und mehr unter **www.piper.de**